Mirjam Mous

Paradise Project

Der Schein lügt

Mirjam Mous,
geboren 1963 in Made in den Niederlanden, arbeitete als Sonderschullehrerin, bevor sie hauptberuflich Schriftstellerin wurde. Sie schreibt Bücher für Kinder und Jugendliche und ist besonders bekannt für ihre mitreißenden Thriller. Ihr erster Jugendroman »Boy 7« wurde verfilmt und lief 2015 in den deutschen Kinos.

Weitere Bücher von Mirjam Mous im Arena Verlag:

Boy 7 – Vertraue niemandem. Nicht einmal dir selbst

Romm 27 – Zur falschen Zeit am falschen Ort

Passwort – Zugriff für immer verweigert

Crazy Games – Der perfekte Tag, der in der Hölle endete

Virus – Wer aufgibt, hat verloren

Last Exit – Das Spiel fängt gerade erst an

Mirjam Mous

Paradise Project

Der Schein lügt

Aus dem Niederländischen
von Verena Kiefer

Arena

FSC
www.fsc.org
MIX
Papier aus verantwortungsvollen Quellen
FSC® C110508

1. Auflage 2018

Die Originalausgabe erschien 2017 unter dem Titel »Het Eos-project«
bei Van Holkema & Warendorf, Houten

Aus dem Niederländischen von Verena Kiefer
Covergestaltung: Cornelia Niere unter Verwendung
von Shutterstock-Motiven
Gesamtherstellung: Westermann Druck, Zwickau GmbH
ISBN: 978-3-401-60431-2

www.arena-verlag.de
www.twitter.com/arenaverlag
www.facebook.com/arenaverlagfans

TEIL 1

VERSCHWINDETRICK

Magicians disappear all the time, but as soon as a regular person does it, everyone is all scared.
»Tom's gone!«
»Is he a magician?«
»No.«
»Then let's print up some flyers!«

(Mitch Hedberg – amerikanischer Stand-up Comedian, 1968–2005)

Mink Bekkering

Freitag, 31. März 2017

Mink überquert den zugigen Parkplatz der Shopping Plaza. Im Glas der Eingangstüren sieht er einen bleichen Jugendlichen mit gehetztem Blick. Er hat die Kapuze seines schmuddeligen Oversize-Pullis über den Kopf gezogen, sodass nur ein paar fettige Haarsträhnen hervorlugen. Die Haut zwischen Mund und Nase glänzt vor Schweiß.

Fuck, denkt Mink. Bin ich das?

Sobald sich die automatischen Türen öffnen, wird sein Spiegelbild auseinandergerissen und die brummende Klimaanlage lenkt ihre eiskalte Luft auf ihn.

Er zögert. Auf dem Parkplatz konnte er noch in alle Richtungen flüchten, aber die Einkaufsgalerie hat nur *einen* Ein- und Ausgang.

Während er sich die Oberlippe mit dem Ärmel trocknet, versucht er, seine Panik wegzuschieben. Die Shopping Plaza liegt nicht in seinem Viertel, also wird er wohl kaum Bekannten begegnen. Na ja, vielleicht jemandem von der Schule, aber der oder die wird ihn vermutlich sowieso nicht erkennen – das gelingt ihm ja selbst kaum noch.

Seine Nerven lassen sich nicht beschwichtigen. Er holt tief Luft und betritt die weißen Fliesen – behutsam, als wäre es der Boden eines Verschwindeschranks, der jeden Moment unter seinen Füßen wegklappen könnte.

Der Boden ist stabil genug, aber Minks Beine sind wie schlaffe Seile. Ihm ist schwindelig vor Hunger und er kommt nur langsam voran. Rechts und links drängen sich Menschen an ihm vorbei und in der Eile prallt jemand gegen seine Schulter. Er erschrickt – Idiot, du darfst nicht auffallen! – und versucht, seinen Gang zu beschleunigen, aber es ist vor allem sein Herzschlag, der immer schneller wird.

Daans Tierspezialgeschäft. Ein Bekleidungsgeschäft namens Conny.

Mit jedem Schritt erhöht sich der Druck auf seine Brust.

Handyman. Der Goldschmied.

Bei Olala Chocola bleibt er keuchend stehen.

Er sollte lieber zurückgehen, bevor er einen Panikanfall bekommt.

In dem Moment sieht Mink in der Ferne das Logo vom Supermarkt. Sein Magen knurrt wie ein gefährlicher Hund – essen! – und es gelingt ihm, seine All Stars doch wieder in Bewegung zu setzen, Richtung Pommesbude, wo eine Gruppe Jugendlicher versucht, während des Essens den Weltrekord im WhatsApp-Schreiben zu toppen.

Shit! Micha aus seiner Klasse steht dabei! Warum isst der Trottel nicht einfach in der Schulcafeteria?

Mink ignoriert den überwältigenden Duft von Fritten und Kroketten und stolpert weiter. Zum Glück achtet Micha nicht auf ihn. Keiner der Typen übrigens. Sie sind zu sehr mit ihren Handys beschäftigt.

Vor der Drogerie steht ein Verkäufer von Obdachlosenzeitungen, ohne Telefon. Und der guckt sehr wohl! Sein breites Grinsen legt jede Menge Zahnfleisch und kaum noch Zähne frei. Mink verkrampft sich innerlich. Weiß der Mann, wer er ist? Vielleicht fängt er gleich an zu rufen und auf ihn zu zeigen und dann …

Mink starrt auf den Boden und wünscht, er wäre unsichtbar, während er sich in Gedanken zubrüllt: Lauf, lauf, lauf!

Erst ein ganzes Stück weiter traut er sich, den Kopf zu heben.

Er hat sich völlig umsonst Sorgen gemacht. Um ihn herum schlendern Leute mit Papiertüten. Zwei Männer in dunkelblauen Anzügen und mit kurz getrimmten Bärten kommen ihm entgegen. Sie interessieren sich nicht für schmuddelig gekleidete Jugendliche.

Eine ältere Frau mit einem Cornetto lehnt sich an ein Schaufenster. Mink muss sich beherrschen, damit er ihr das Eis nicht aus den Händen reißt. Ihm ist schlecht vor Gier, aber er läuft weiter, während die Sonnenstrahlen so feindselig durch das Glasdach stechen, dass schwarze Flecken vor seinen Augen tanzen.

Es ist ein Wunder, dass er den Supermarkt erreicht, ohne in Ohnmacht zu fallen.

Vor dem Eingang steht ein Spielzeugzug. Das Mädchen, das darin sitzt, schreit vor Vergnügen. Sie hat drei Zöpfchen, die wie Mini-Bonsais von ihrem Kopf abstehen. Mink macht einen großen Bogen um sie, denn ihre Mutter fotografiert sie und er hat eine Heidenangst, sie könnte ihn auf einem Foto einfangen.

Da ist die Reihe mit den Einkaufswagen! Mit zitternden Fingern steckt er eine Münze in den Schlitz und schiebt den Karren zur Schranke, die kurz für ihn aufschwenkt. Der Wagengriff gibt ihm Halt, aber im Kopf ist ihm ganz schwindelig von all den Reizen. Die bunten Verpackungen scheinen plötzlich Augen zu haben. Und hingen diese Spiegel und Kameras immer schon da?

Plötzlich ist er ganz sicher, dass er gleich im Rampenlicht steht. Dass eine muntere Stimme aus den Lautsprechern an der Decke ihm zurufen wird: »Herzlichen Glückwunsch! Sie sind der hunderttausendste Besucher und Sie dürfen ein Jahr lang kostenlos bei uns einkaufen!«

Trotz Klimaanlage fängt Mink an zu schwitzen. So schnell seine schlaffen Beine es zulassen, geht er zur Gemüseabteilung und biegt ziemlich schwungvoll um die Ecke. Sofort ertönt ein unangenehmes Quietschen.

Blöde Räder!

Bei den Paprikaschoten schaut eine Frau ihm direkt ins Gesicht. Mink wendet den Kopf ab und schnappt sich ein Büschel Bananen. Viel Eiweiß, also nahrhaft – er hat keine Ahnung, woher er diese Informationen hat –, und, auch nicht unwichtig: preiswert.

Beeilung! Eine Flasche Wasser. Erdnussbutter.

Ein Mann und ein Kind starren ihn an. Mink versucht, sich noch tiefer in seinem Hoodie zu verkriechen, und flüchtet in die Brotabteilung. Eins oder zwei? So sehr viel Bargeld hat er nicht mit und wer weiß, wie lange er noch damit auskommen muss.

Seine Augen werden feucht.

Nicht hier! Mühsam zwinkert er die Tränen weg. Er legt zwei Plastikbeutel mit geschnittenem Brot in den Wagen und im nächsten Gang wirft er auch noch eine Packung Spaghetti und ein paar Dosen mit Tomatenwürfeln dazu. Den teuren Parmesankäse, den er heiß und innig liebt, lässt er notgedrungen links liegen.

Einfach weiteratmen! Er schiebt seinen Einkauf zur Kasse – manchmal hat man ja auch Glück: keiner vor ihm – und legt die Artikel auf das Band.

Dann sieht er es.

Mink Bekkering

Freitag, 31. März 2017

Sein Gesicht.

Auf einem Plakat über der Sammelstelle für leere Batterien.

Es steht VERMISST dabei, aber Mink weiß nur zu gut, dass »gesucht« gemeint ist. Sofort bricht ihm der Angstschweiß aus allen Poren. Es ist eine Kopie des Fotos, das bei ihnen zu Hause in der Diele hängt. Darauf wirkt er eher treudoof und nicht gerade wie ein Verbrecher. Eine Telefonnummer steht dabei, damit man die Polizei benachrichtigen kann.

Das Mädchen an der Kasse erkennt ihn zum Glück nicht.

»Hallo.« Ihr Lidschatten ist knallblau und ihr Namensschild sagt, dass die Desie heißt.

Mink murmelt etwas Undeutliches zurück und hält schon mal das Geld bereit, während er versucht, sie in Gedanken zu beschwören: nicht gucken, nicht gucken.

Sie schaut ihn forschend an. »Hast du alles finden können?«

Beeil dich doch, Mensch! Er nickt.

»Möchtest du eine Tüte?«, fragt sie.

Er brummt etwas, das sich wie Ja anhört.

»Das sind dann fünfundzwanzig Cent extra.« Sie legt die Plastiktüte vor ihn.

Mink stopft die gescannten Einkäufe hinein. Seine Bewegungen fühlen sich steif an, wie bei einem Roboter. Unterdessen hört er, wie sich hinter ihm zwei Frauen unterhalten.

»Sie glauben nicht, dass sie es schafft«, sagt die eine. »Das sagt zumindest meine Tochter, die in ihre Klasse geht.«

»Wie schlimm«, sagt die andere. »Ein so junges Mädchen.«

Als Desie den Kopf schüttelt, bewegen sich ihre langen Ohrringe aus blau gefärbten Federn. »Anscheinend kannte sie den Täter. Er soll sogar ein guter Freund von ihr gewesen sein.«

Ein Schauder überläuft Mink. Sie spricht von ihm!

Er gibt sich große Mühe, ruhig zu bleiben, und konzentriert sich auf die Tüte, die immer schwerer wird, die Griffe, die in sein Handgelenk schneiden.

Nur die Erdnussbutter muss noch gescannt werden.

»Solche Freunde braucht man.« Desie zeigt mit einem Kopfnicken zu dem Plakat hinüber. »Das ist er übrigens. Sie haben überall welche aufgehängt, aber sie haben ihn noch nicht gefunden.«

Der Laden beginnt sich zu drehen. Mink klammert sich an die hochstehende Kante des Warenbands.

»Alles in Ordnung?«, fragt Desie. Sogar ihr blauer Lidschatten wirkt besorgt.

»Ja, ja, danke.« Seine Stimme klingt seltsam.

»Das macht dann neun Euro fünfundneunzig«, sagt sie.

Er will ihr den Zehner geben, aber der Schein bleibt an seinen feuchten Fingern kleben. Sie schaut auf seine Hand und dann zu ihm und dann – NEIN! – ihr Gesicht wendet sich seinem Foto auf dem Plakat zu.

Sie kneift die Augen zusammen. »Eigentlich siehst du ihm ziemlich ...«

Den Rest ihres Satzes wartet er nicht ab, lässt den zerknüllten Geldschein auf das Band fallen und sprintet los. Wie es möglich ist, weiß er nicht, aber plötzlich hat er Flügel.

»Haltet ihn!«, ruft Desie.

Ein Wachmann taucht vor ihm auf. Er sieht aus wie im neunten Monat und schwitzt noch schlimmer als Mink, der dem Mann in einem Reflex die Tüte vors Knie schlägt.

Ein Hoch auf die knüppelharten Tomatendosen. Der Wachmann krümmt sich und ist für ein paar Sekunden ausgeschaltet.

Rennen!

Mink zerrt einen verirrten Einkaufswagen zu sich und schubst ihn, so fest er kann, auf den Bewacher zu. Dann flüchtet er in die Galerie, läuft an den Läden entlang, schiebt – Sorry! Sorry! – ein paar Leute zur Seite und donnert fast durch die träge Schiebetür aus Glas. Parkplatz überqueren!

»Stehen bleiben!«, hört er jemanden rufen.

Bestimmt nicht! Er fliegt durch Straßen und Brandgassen, über den Pfad beim Spielplatz. Die Tüte knallt ihm wieder und wieder gegen die Beine und sein Herz hämmert so fest gegen die Rippen, dass Mink fürchtet, sie könnten brechen. Der Gedanke an Jools ist wie Kerosin. Wenn sie ihn fassen, ist alles verloren. Sein Versteck ist nur noch ein paar Minuten von hier entfernt.

Er schaut über die Schulter. Keiner da. Er wird langsamer und nimmt sich kurz Zeit zum Verschnaufen. Jetzt erst merkt er, wie erschöpft er ist. Seine Lunge rasselt, er hat Puddingknie und … Wieso starrt ihn der Mann auf der anderen Seite so an?

Minks Sinne sind plötzlich wieder geschärft. Weg hier!

Er biegt links ab, dann nach rechts.

Endlich! Dort ist das leer stehende Gebäude, in dem er sich die letzten Tage versteckt hat. An der Vorderseite ist alles fest vernagelt, aber an der Seite befindet sich ein geheimer Eingang. Die Platte, die eigentlich die Türöffnung verschließen soll, ist in Wirklichkeit lose und man kann sie einfach zur Seite ziehen.

Mink späht um die Ecke und dann läuten in seinem Kopf Hunderte von Alarmglocken.

Er ist ganz sicher, dass er die Platte auf ihren Platz zurückgestellt hat, bevor er zur Shopping Plaza gegangen ist. Dass er den geheimen Eingang sehr sorgfältig verschlossen hat, wie Lena ihm aufgetragen hatte. Mit derselben Holzplatte, die jetzt im Gras liegt!

Mink starrt auf das Loch ohne Tür und denkt an die Gasflasche, die dadrinnen liegt. Gekochte Spaghetti kann er vorläufig abschreiben.

Was jetzt? Er traut sich nicht, das Gebäude zu betreten.

Das einzige Wort, das ihm einfällt, ist Zonneheuvel.

TEIL 2

PAMELA ANDERSON

Magic is all about directing attention.

(Keith Barry – irischer Mentalist,

Hypnotiseur und Illusionist)

Mink Bekkering

Samstag, 2. Mai 2015

Mink war vierzehn, als er Jools zum ersten Mal sah. Oder besser gesagt: hörte.

Opa wohnte noch in seinem Ferienhäuschen auf Zonneheuvel und hatte Mink zum Gartengemeinschaftsschuppen geschickt, um eine Gießkanne zu holen. Mink ging hinein und wollte Licht anmachen, als die Tür mit einem Knall hinter ihm zuschlug. Zum Glück hatte der Lichtschalter auch eine Kontrollleuchte, sodass er im Dunkeln zu finden war.

»Nicht anmachen!«, erklang es.

Reflexartig zog Mink den Finger zurück. Danach dachte er: Hallo, wieso das denn? Aber dann hörte er ein leises Schluchzen, so schien es zumindest, also ließ er die Hand sinken und blieb eine Weile lauschend im Dunkeln stehen.

Ganz bestimmt, hinten im Schuppen hockte jemand und weinte.

»Alles in Ordnung?«, fragte Mink.

»Lass mich in Ruhe.« Eine Mädchenstimme.

»Vielleicht hilft es, darüber zu reden.«

»Geh weg.«

»Ich lasse auch das Licht aus«, versprach er.

»Bist du taub?«, schnauzte sie. »Gönn mir mal ein wenig Privacy, ja?«

Mink dachte an einen Satz aus seinem Zaubertrickbuch: Ablenkung ist das Schlüsselwort.

Vielleicht funktionierte es ja auch bei weinenden Mädchen.

»Du brauchst dich wirklich nicht zu schämen«, sagte er. »Ich weine oft.«

»Ja, sicher.«

»Kennst du die Geschichte von Hachi dem Hund, der neun Jahre lang auf sein verstorbenes Herrchen wartet? Das ist der traurigste Film, den ich je gesehen habe. Ich habe eine ganze Packung Kleenex verbraucht.«

Sie konnte ein leises Kichern nicht unterdrücken.

»Nicht weitererzählen, okay?«, sagte Mink.

»Und mir sagen, ich bräuchte mich nicht zu schämen.«

Ihre Stimme war heiser, was nicht gut zu ihrem Dialekt passte – als hätte sie eine heiße Kartoffel im Mund. Mink versuchte, sich eine Vorstellung von ihr zu machen. Blonde Haare bis auf die Schultern – leicht gewellt, kein Pony. Einen auffallend großen Mund in einem schmalen Gesicht. Sommersprossen vielleicht.

»Darum geht es nicht«, sagte er in einem Versuch, sich herauszureden. »Ich habe nur keine Lust auf Generve. Wenn Sebas dahinterkommt, muss ich mir das noch wochenlang anhören.«

»Sebas?«

»Mein bester Freund. Der heult echt nie und deswegen schaue ich mir mit ihm immer nur Actionfilme an. Na ja, außer im Kino. Solange ich lautlos weine, merkt er nichts.«

Jetzt lachte sie laut heraus. »Bis das Licht angeht.«

»Ja, das ist tatsächlich ein Nachteil beim Kino.«

Sie war einen Moment still. Mink hörte nur ihren Atem.

Die Dunkelheit war wie eine Sicherheitsjacke, sie hatte etwas Intimes und zugleich Anonymes, weswegen er sich traute: »Was ist denn passiert?«

»Geht dich nichts an.« Aber sie klang nicht mehr so abweisend wie anfangs.

»Das liegt an diesem *blind date,* was? Darauf hast du natürlich gar keine Lust.«

Sie lachte schon wieder.

»Du hast recht«, sagte er. »Dieser Ort ist auch wirklich zum Heulen. Hier gibt's nicht mal Eis oder Cola. Außer einer Rosenschere kann ich dir nur wenig anbieten. Oder hättest du lieber eine Schaufel?«

»Lieber einen Rechen.«

»Bisschen schwierig zu finden. Soll ich vielleicht doch lieber Licht machen?«

»Du hast versprochen, es auszulassen!«

»Auch gut. Dann bleiben wir eben gemütlich im Dunkeln.«

Sie schnäuzte die Nase und sagte nichts mehr. Die Stille baute eine Mauer zwischen ihnen. Mit jeder Sekunde wurde Mink unsicherer und die Dunkelheit war plötzlich nur noch unpraktisch. Was ging in ihr vor? Wenn er nur mal kurz ihr Gesicht sehen könnte ...

Er wollte etwas Schlagfertiges sagen, damit sie wieder lachte, aber mehr als Small Talk fiel ihm nicht ein: »Vom Klang her bist du nicht aus dieser Gegend.«

Na ja, wenigstens reagierte sie. »Groningen.«

»Machst du hier Urlaub?«, fragte er.

Es ging also noch abgedroschener.

»Schön wär's«, murmelte sie.

»Entschuldigung, aber ich kann dir gerade nicht ganz folg...«

»Meine Eltern haben sich getrennt, wenn du es unbedingt wissen willst!«

Mink erschrak vor ihrem heftigen Ausbruch und wollte ihr sagen, dass es ihm leidtäte, aber das Mädchen war so wenig zu stoppen wie ein Fahrrad, das mit kaputten Bremsen einen Berg runterrollt.

»Mama wollte unbedingt in ihren Geburtsort umziehen«, ratterte sie. »Hieteren also. Oder: der langweiligste Ort der Welt. Das fand Mama früher auch, aber ihre Familie wohnt immer noch dort und die ist anscheinend mit einem Schlag wichtig, wenn man sich scheiden lässt. Wir haben nicht mal eine eigene Wohnung, sondern schlafen vorläufig bei Tante Susanne.« Ihre Stimme war plötzlich wieder voller Tränen. »Also wohne ich jetzt meistens in Hieteren und hin und wieder hier. Papa hat ein Ferienhaus gekauft, damit ich an den Tagen, an denen ich bei ihm bin, nicht jedes Mal nach Groningen fahren muss. Stattdessen kommt er nach Zonneheuvel.« Sie stieß einen Seufzer aus, der klang, als käme er von tief unten aus ihren Zehen.

»Hieteren ist eigentlich ganz okay«, meinte Mink vorsichtig. »Ich wohne auch dort.«

»Es ist überhaupt nicht okay. Ich vermisse unser altes Haus und meine Freunde und dann muss ich auch noch auf dieses blöde Sint Maartencollege, wo ich niemanden kenne.«

»Du kennst mich doch? Ich bin auch auf dem Sint Maarten.«

Sie weinte mit lang gezogenem Schluchzen, als würden seine Worte es noch schlimmer machen.

Aber es konnte natürlich auch sein, dass sie ihn einfach nicht verstanden hatte.

»He«, sagte Mink etwas lauter. »Ich verstehe ja, dass es dir stinkt, aber vielleicht gefällt es dir ja nach einer Weile auch.«

»Du kapierst echt überhaupt nichts! Geh weg!«

Mink spürte einen leichten Luftzug. Dicht neben ihm fiel etwas zu Boden. Hatte sie ihm etwa was an den Kopf werfen wollen?

»Jetzt reiß dich mal zusammen!«, rief er empört.

»Selbst schuld«, sagte sie. »Ich habe gesagt, du sollst gehen.«

Als würde der Schuppen ihr allein gehören. Mink wollte schon fast das Licht anknipsen, als ihm Sebas einfiel. Der hatte am Tag, als seine Mutter starb, alle Laternen am Bremzenpfad kaputt geschlagen. Kummer machte manchmal seltsame Sachen mit einem und bei all den gefährlichen Werkzeugen hier ...

»Immer mit der Ruhe«, sagte Mink. »Ich gehe ja schon.«

Sobald er die Tür öffnete, wurde es heller im Schuppen. Sein Blick suchte das Mädchen und fand sie ganz hinten. Ein großes Gartengerät – ein Rasenmäher? – verdeckte sie, sodass Mink nur ihre Beine sehen konnte.

Mit leisem Bedauern schloss er die Tür hinter sich.

Dumm, dumm, dumm. Wenn er ihr demnächst in der Schule begegnete, würde er nicht einmal wissen, dass sie es war. Hätte er sie doch nur nach ihrem Namen gefragt!

Er konnte natürlich auch auf sie warten. Hier, beim Schuppen.

Der Gedanke verschwand noch schneller, als er gekommen war. Sie würde bestimmt wieder Streit anfangen. Oder noch schlimmer: Sie könnte denken, er fände sie nett.

Die Sonne blendete ihn und auf dem Weg zum Gemüsegarten kniff er die Augen zusammen. Opa hockte auf einer Kiste neben dem Spinat.

»Ich kann die Gießkanne nicht holen«, sagte Mink. »Im Schuppen sitzt ein Mädchen und weint.«

Opa beugte sich vor, zupfte ein wenig Unkraut und ja, klar – da kam wieder einer seiner weisen Sprüche: »Halt dich von weinenden Frauen fern, sie geben dir sonst die Schuld sehr gern.«

Mink grinste pflichtgemäß und starrte auf die zig weißen Häuschen, die aussahen, als hätte man sie wie Kaugummis über den grünen Hügel gestreut.

Eigentlich hatte Opa ja auch recht. Die meisten Mädchen waren hysterisch und nervten total. Der lebende Beweis saß in großer Zahl in seiner Klasse. Deswegen wollte Mink das Mädchen aus dem Schuppen so schnell wie möglich vergessen.

Mink Bekkering

Sonntag, 3. Mai 2015

Opa rief an. »Könntest du noch mal nach Zonneheuvel kommen?«

»Um dir im Garten zu helfen?«, fragte Mink und seine Begeisterung hielt sich in Grenzen.

»Nein, es geht um etwas anderes. Meine Nachbarin sucht einen Zauberer für das Kinderfest ihres Enkels Luuk.«

Es dauerte einen Augenblick, bevor das bei Mink angekommen war. »Du meinst ...«

»Magic Mink! Das klingt doch großartig?«

Mink konnte geradezu hören, wie Opa ins Telefon lächelte.

»Aber ich bin doch noch nie vor echtem Publikum aufgetreten.« Er zögerte.

»Oh, und was bin ich dann?«, fragte Opa. »Eine Schaufensterpuppe? Und deine Eltern und Tante Helga ...«

»Familie zählt nicht.«

»Du bekommst fünfundzwanzig Euro dafür«, sagte Opa.

Mink vergaß einen Moment zu atmen. Das war mehr als sein Taschengeld für einen ganzen Monat!

»Hallo?«, fragte Opa. »Bist du noch dran?«

Er könnte ja immer noch so tun, als wäre er eine Reinkarnation von Tommy Cooper. Der ließ seine Tricks absichtlich schiefgehen und war damit weltberühmt geworden.

»Ich mach's«, sagte Mink.

Am Wochenende danach stand er im Haus von Opas Nachbarin und zog seine präparierte Zauberjacke an. Er war völlig fertig mit den Nerven. Was, wenn dieser Luuk ein verwöhnter Bengel war – so ein Ekelpaket, das sich sogar bei einer Show von Hans Klok zu Tode langweilen würde?

»Fertig?«, fragte Opa. »Sie warten auf dich.«

Mick kam durch die Verandatür, schob die gelben Vorhänge zur Seite ...

Eine ganze Wiese voller Kinder. Erwachsene auf Stühlen und Hockern und – Hilfe! – ein paar Jungen und Mädchen in seinem Alter, die auf einer Gartenbank hingen und völliges Desinteresse zur Schau stellten. Er wusste auf einmal, wie sich ihr Mathelehrer Melkers jeden Tag fühlen musste.

Ein zögernder Applaus erklang, als Mink den Garten betrat.

»Ich habe gehört, hier hat jemand Geburtstag?«, rief er. »Aber wer, oh wer?«

Er zauberte eine Girlande aus seiner Innentasche und hängte sie dem Geburtstagskind um den Hals. »Herzlichen Glückwunsch!«

Luuk machte ein völlig verblüfftes Gesicht. »Woher weißt du das denn?«

Der Junge trug eine Krone mit einer Sieben auf dem Kopf! Schlagartig fiel alle Nervosität von Mink ab.

»Magic Mink weiß alles«, sagte er. »Genau wie der Nikolaus.«

Sogar von der Gartenbank kam ein Kichern.

Die Show lief wie geschmiert. Er zauberte Münzen hinter den Ohren des Geburtstagskinds hervor, knotete Ballonhunde und zeigte Tricks mit Softbällen und Karten.

»Könnt ihr ein Geheimnis bewahren?«, fragte er dann.

Alle nickten.

»Eigentlich bin ich kein Zauberkünstler, sondern ein gefährlicher Ninja.«

Er zog eine Spielkarte aus einer Innentasche. »Und das ist meine Geheimwaffe.«

Ein großes, dünnes Mädchen auf der Gartenbank hielt sich die schlaksigen Arme schützend vor ihr Gesicht. »Uh! Passt bloß auf, Leute!«

Das Publikum lachte. Mink starrte sie an. Diese heisere Stimme!

»Würdest du mir assistieren?«, fragte er.

»Von mir aus.« Das Mädchen zwängte sich nach vorn und stellte sich neben ihn.

Sie sah total anders aus, als Mink sie sich im Dunkeln vorgestellt hatte. Ihre kurzen schwarzen Haare waren glatt und wirkten so samtweich, dass er sich zwingen musste, sie nicht kurz zu berühren. Ein eher schmaler als breiter Mund mit nach oben zeigenden Mundwinkeln, der aussah, als würde sie nonstop lächeln.

»Wie heißt du?«, fragte er.

»Jools«, sagte sie.

Mink glaubte nicht, dass sie seine Stimme erkannt hatte. Und wenn doch, hatte sie ein gutes Pokerface.

»Okay, Jools. Hier hast du die Karte und einen Bleistift. Würdest du bitte überprüfen, ob sie irgendwie bearbeitet worden sind?«

Sie kontrollierte die Gegenstände gewissenhaft.

»Nein, da wurde nicht geschummelt«, sagte sie feierlich zu den Kindern.

Er ließ sie den Bleistift an beiden Enden festhalten.

»Seid ihr bereit?«

»Ja!«, riefen die Kinder.

Mink stieß einen Karateschrei aus. Dann zerschlug er den Bleistift mit der Karte.

Na ja, jedenfalls sah es so aus. In Wirklichkeit hatte er hinter der Karte heimlich seinen Zeigefinger ausgestreckt und nach dem Karateschlag blitzschnell wieder zurückgezogen.

»Wie hast du das gemacht?«, fragte Jools erstaunt.

»Ich habe doch gesagt, das ist eine Geheimwaffe.«

»Haha.«

Mink dachte an die zusammengeknoteten Taschentücher in seinem Ärmel – ein endlos scheinendes Band, das eigentlich für das große Finale gedacht war – und zog sie in einer Anwandlung heraus.

»Hier, für den Fall, dass du dir Hachi noch einmal anschaust.«

Ihr Gesicht verwandelte sich in ein einziges Fragezeichen.

»Den Film.«

»Wie bitte?« Sie gab ihm die beiden Bleistifthälften zurück.

»Schon gut.« Offensichtlich hatte er sie damals im Schuppen nicht besonders beeindruckt und er musste zugeben, dass ihn das ziemlich wurmte. »Einen großen Applaus für Jools!«

Mit gerunzelten Augenbrauen mischte sie sich wieder unters Publikum und Mink zeigte noch einen Trick mit einem Plüschkaninchen. Anschließend bekam er seine fünfundzwanzig Euro und alle waren zufrieden. Er sammelte seine Zaubersachen ein und stopfte sie hastig in seine Schultertasche. Wenn er sich ein wenig beeilte, konnte er den nächsten Bus noch kriegen.

Während er zur Haltestelle unterhalb von Zonneheuvel lief, tauchte Jools neben ihm auf.

»Ich weiß es«, sagte sie. »Du bist der Junge vom Schuppen.«

»Und du der Aggressivling, der mich totwerfen wollte.«

»Das tut mir leid.« Sie gab sich große Mühe, schuldbewusst auszusehen. »Ich hätte mich nicht an dir abreagieren sollen.«

»Wohl wahr.«

Ihre Augen leuchteten auf. »Aber du übertreibst schon ein bisschen. Das war mein Schuh, keine elektrische Heckenschere.«

Mink nickte zu ihren Füßen hinunter. »Größe dreiundvierzig kann auch Schaden anrichten.«

»Zweiundvierzigeinhalb«, sagte sie gespielt empört.

»Immer noch Ruderbootgröße. Bist du eigentlich nicht schon viel zu alt für Kinderfeste?«

»Ich war zum Helfen da. Luuks Mutter ist mit Tante Susanne befreundet und hat mich darum gebeten.«

»Musst du dann nicht zurück?«

»Sie können ruhig mal einen Moment auf mich verzichten.«

Vom anderen Ende der Straße kam der Bus.

»Das ist meiner«, sagte Mink.

Jools lief einfach neben ihm weiter. »Von wem hast du so gut zaubern gelernt?«

»Die meisten Tricks hole ich mir aus dem Internet. Aber ich habe auch Bücher und DVDs.«

»Könnte ich das auch lernen?«

»Wenn du jeden Tag übst, vielleicht.« Er dachte an Sebas mit seinen ungeschickten, steifen Fingern. »Manche lernen es nie.«

Mink überquerte die Straße. Jools folgte ihm wie sein Schatten.

»Mir kommt da plötzlich eine großartige Idee«, sagte sie. »Stell dir vor, ich hätte Talent ...«

Der Bus stoppte an der Haltestelle.

»Sorry, ich muss los!« Mink begann zu rennen, während er wild die Arme schwenkte, um die Aufmerksamkeit des Fahrers auf sich zu lenken.

Ja, der Bus blieb stehen! Keuchend stieg er ein und setzte sich.

Kaum waren die Türen zu, bollerte Jools an die Scheibe.

Der Fahrer ließ sie rein. »Fast zu spät, Fräulein.«

»Ich muss nur schnell was abgeben.« Sie ließ den Blick schweifen, bis sie Mink sah. »Aus deiner Tasche gefallen.«

Sein Plüschkaninchen! Sobald sie es hochhielt, brachen alle

Fahrgäste in Lachen aus. Mink wäre am liebsten im Erdboden versunken.

»Danke!«, sagte er mit zusammengepressten Kiefern und riss ihr das Ding aus der Hand.

»Guck nur, wie er sich über sein Kuscheltier freut«, sagte ein Junge mit einer Berglandschaft aus Pickeln. »Kann er heute Nacht wieder gut schlafen.«

Mink hätte ihn würgen können – und Jools dazu. Mit knallrotem Kopf begrub er das Kaninchen, so tief es ging, in seiner Tasche.

Jools bedankte sich beim Fahrer fürs Warten und rief dann zu Mink hinüber: »Ich schreib dir über WhatsApp!«

Berglandschaft gab ein Grölen von sich.

Jools sah ihn mitleidig an. »Das Kuscheltier ist übrigens ein Zauberkaninchen, Idiot.«

Sie stieg aus.

»Skelettbitch«, murmelte Berglandschaft.

»Du meinst wohl, die hat Feuer«, sagte der Fahrer.

Als Mink ein paar Stunden später bei Sebas im Zimmer saß, bekam er eine Nachricht.

Hab in der Cafeteria von Zonneheuvel einen Zettel ausgehängt.

Zauberer mit Assistentin für Kinderfeste.

Schon zwei Anmeldungen!

Also, Hans Klok ...

Wann üben wir?

Pamela Anderson

Wie kam sie an seine Nummer?

Über Opa wahrscheinlich.

Sebas hatte mitgelesen und sah Mink neugierig an. »Wie heißt sie wirklich?«

»Jools.«

»Sieht sie wenigstens ein bisschen aus wie Pamela Anderson?« Sebas' Hände vor seinem Oberkörper formten Megabrüste.

»Ob sie blond ist, meinst du?«, fragte Mink.

Er bekam einen Stoß.

Mink dachte an Jools' Ausbruch im Schuppen. Daran, wie sie ihn im Bus lächerlich gemacht hatte. *No way,* dass sie seine Assistentin werden würde!

Dann dachte er an alle Tricks, die er niemals allein würde durchführen können, aber zusammen mit Jools schon.

Morgen um 14:00 Uhr Kapelstraat 6, schrieb er zurück.

Mink Bekkering

Montag, 18. Mai 2015

Es war Jools' erster Schultag. Sie standen auf dem Hof.

»Meine neue Assistentin«, sagte Mink. »Jools, das ist Sebas.«

Sie musterte beide wie ein Such-die-zehn-Unterschiede-Bildchen. »Ihr könntet durchaus als Brüder durchgehen.«

»Schade, dass du nicht die Schwester von Pamela Anderson bist.« Sebas warf einen Blick auf ihre Brüste vom Format halber Mandarinen. »Wenn du verstehst, was ich meine.«

Sie stieß ihm einen spitzen Ellenbogen in die Rippen. »Sexist.«

»Au!«, rief er. »War doch nur ein Witz.«

»Du hast noch Glück«, meinte Mink, »dass sie dir nichts an den Kopf wirft.«

»Macht ihr immer so blöde Witze?«, fragte Jools. »Dann nehme ich demnächst Lachgas mit.«

Es läutete.

»Mathearbeit.« Sebas seufzte tief. »Wenn ich die noch mal verhaue, bekomme ich die ganzen Ferien über Nachhilfe.«

Eine Stunde später verließen sie den Klassenraum wieder.

»Und?«, fragte Mink. »War doch ganz okay, oder?«

Als Antwort kickte Sebas seinen Rucksack so fest durch den Korridor, dass der fast einen Unterstufenschüler zu Fall brachte.

»Geht's noch?«, fragte Jools.

»Du hast leicht reden«, murrte Sebas.

Während der Rest der Klasse über der Arbeit schwitzte, hatte Jools in einem Mathebuch ankreuzen dürfen, welcher Lehrstoff in ihrer vorigen Schule schon behandelt worden war.

»Das war meine letzte Chance, hat Melkers gesagt. Ich bleibe ganz bestimmt sitzen.«

»Wirklich?« Jools sah Mink durchdringend an. »Du bist doch hier der Zauberkünstler. Kannst du dir keinen Trick ausdenken?«

Mink wollte nichts lieber als das. Ohne Sebas würde er im Unterricht vor Langeweile umkommen.

Er zermarterte sich das Hirn. Die meisten Lehrer nahmen die Klassenarbeiten zur Korrektur mit nach Hause, aber Melkers machte sich einen Sport daraus, alles noch am selben Tag nachzusehen. Das machte er während seiner Mittagspause. Mink sah ihn immer allein im Matheraum sitzen, bewaffnet mit einer Butterbrottüte, einer Tasse Kaffee und einem Rotstift.

Mit ein wenig Magie und den richtigen Zauberutensilien ...

Das Schreibmaterial war kein Problem. Sie hatten alle einen eigenen Block für Klassenarbeiten, Sebas könnte also einfach ein neues Blatt abreißen. Bloß ...

»Wisst ihr die Fragen noch auswendig?«, fragte Mink.

Das Aufgabenblatt mussten sie immer zusammen mit den Antworten abgeben.

»Ich habe sie sogar auf Papier«, sagte Jools. »Der Test lag auch auf meinem Platz, und weil ich niemanden stören wollte, habe ich ihn einfach eingesteckt.«

Mink lächelte zufrieden. »Bist du bereit für deinen ersten Auftritt?«

Sobald es zur Mittagspause läutete, gingen Mink und Jools zum Matheraum. Sie sahen, dass Melkers auf der anderen Seite des Fensters seine Tasche auf das Pult stellte und auspackte. Brote. Seinen Stift.

Auf demselben Pult lag auch ein Stapel Papier. Das waren bestimmt ihre Tests.

Mink klopfte an der Tür.

»Ja?«, fragte Melkers irritiert.

In dem Moment, in dem sie eintraten, wurde Mink klar, was er übersehen hatte. Der Schreibtisch stand auf der anderen Seite des Raums. Um auch nur in die Nähe der Tests zu kommen, müsste er fünf Meter überbrücken.

Was jetzt? Es würde merkwürdig wirken, wenn er erst zu Melkers hinginge, um dort dann zu antworten.

»Entschuldigen Sie die Störung«, sagte Mink, um Zeit zu gewinnen.

Er musste sich etwas ausdenken. Etwas, das keinen Argwohn wecken würde.

»Jools hat Sie gesucht.« Er sprach möglichst langsam und dehnte die Worte wie Gummi. »Und ich weiß, dass Sie immer hier sitzen, daher ...«

Suggestion. Mehr fiel ihm so schnell nicht ein.

»Danke, Mink, du kannst gehen.« Melkers Aufmerksamkeit wandte sich Jools zu. »Wie kann ich dir helfen?«

»Also ...« Sie schluckte übertrieben mühsam.

»Alles in Ordnung?« Er machte ein paar Schritte auf sie zu.

Perfekt. Das Pult befand sich jetzt in seinem toten Winkel.

»Nicht wirklich. Meine Eltern haben sich getrennt und ...« Jools schlug die Hände vor die Augen und ließ die Schultern hängen.

»Aber, Mädchen.« Melkers hatte Mink komplett vergessen.

Das war der ersehnte Moment!

Schnell huschte Mink zum Pult, schob den Stapel Papier auf den Boden und machte gleichzeitig ein Geräusch, von dem er dachte, dass jemand es machen würde, wenn er etwas fallen sieht und es aufzufangen versucht. Sofort drehte Melkers sich um.

Aber da hielt Mink die Tasche schon wie eine Trophäe in den Armen.

»Gerettet, dank meines fantastischen Reaktionsvermögens.«

Melkers schaute auf die abgestürzten Tests, die über den Boden verstreut lagen.

»Ich hebe sie gerne für Sie auf«, sagte Mink.

Melkers schaute zu Jools. »Nun ...«

»Macht mir nichts aus«, sagte sie, »Mink kennt die Geschichte schon, denn er hat mir bei meinem Auftrag geholfen.«

»Was für ein Auftrag?«, fragte Melkers.

Jools begann zu erzählen. Dass sie nicht gut mit der Scheidung ihrer Eltern umgehen konnte und den Umzug nach Hieteren sehr schwierig fand. Aber dass sie jetzt Hilfe von einer Therapeutin bekäme, die ihr manchmal Aufträge erteilte.

Inzwischen checkte Mink die Namen auf den Tests. Kelly, Inge, Wouter, Lukas ...

»Ich soll mich auf positive Dinge konzentrieren«, sagte Jools. »Darum fotografiere ich alle schönen Sachen in meinem neuen Leben.«

Tess, Jonathan ...

Ja, da war er endlich: Sebas' Test!

Mink kroch fast unters Pult und ließ das Blatt mit Lichtgeschwindigkeit in seiner Tasche verschwinden. Die anderen legte er auf einen Stapel.

»Und aus diesen Fotos soll ich dann wieder eine Collage machen«, sagte Jools.

Mink stand auf und nickte ihr zu.

»Ich habe mich nicht getraut zu fragen, als der Rest der Klasse dabei war.«

Jools gestikulierte mit ihrem Telefon. »Aber darf ich vielleicht ein Selfie mit Ihnen machen? Mathe ist nämlich mein Lieblingsfach.«

»Klar.« Melkers freute sich wie ein Kind im Süßwarenladen.

Mink legte die Mathetests auf das Pult. Der erste Teil des Tricks hatte geklappt.

Während Jools fotografierte, lief Mink zu den Schließfächern, wo Sebas wartete.

»Hier.« Er gab ihm seinen Test. »Du bekommst eine zweite Chance. Bau aber absichtlich ein paar Fehler rein. Sonst kommt es doch noch raus.«

»Mach ich.« Sebas steckte die Arbeit ein und grinste. »Danke dir, Mann.«

»Bedank dich bei Jools. Sie war große Klasse.«

Sebas seufzte – ganz leise, aber Mink hörte es doch.

»Wann kommst du denn mal wieder mit Billard spielen oder zum Gamen? Ihr habt so ziemlich die ganzen Ferien über geübt.«

»Nach der Schule«, versprach Mink.

Aus den Augenwinkeln sah er sein Nachbarmädchen Lonneke vorbeikommen. Normalerweise redete man ja nicht mit Schülern aus der Unterstufe, aber er brauchte sie. Melkers war vielleicht ein wenig gutgläubig, aber nicht doof.

»Momentchen«, sagte Mink. »Muss kurz mal jemanden bestechen.«

Lonneke war wie ein kleiner Bankdirektor. Wenn man sich bei ihr Geld lieh, verlangte sie Zinsen. Sie verschaffte Alibis gegen Bezahlung und verkaufte regelmäßig alte Buchbesprechungen ihrer Schwester.

»Du hast doch Mathe bei Melkers, oder?«, fragte Mink.

»Willst du dir einen Euro verdienen?«

Sie zog spöttisch die Augenbrauen hoch.

»Na gut, zwei?«

»Ich weiß ja nicht einmal, worum es geht«, sagte sie.

Mink passte auf, dass niemand mithörte. »Morgen findest du ganz zufällig einen Test im Mathematikraum. In der Nähe vom Pult. Er ist unter den Schrank oder die Heizung gerutscht und du siehst ihn plötzlich da liegen. Du hebst ihn auf und gibst ihn Melkers.«

»Und wie kommt der dahin?«, fragte Lonneke.

»Ich habe einen ganzen Stapel Klassenarbeiten fallen lassen und wieder aufgehoben, aber diesen einen habe ich übersehen. Jedenfalls ...«

»... willst du, dass Melkers das denkt.« Sie kicherte. »Wo und wann kann ich ihn abholen?«

»Morgen früh im Fahrradschuppen. Steck ihn aber gut weg, damit das Papier flach und glatt bleibt.«

Sie nickte. »Und du vergiss die zwei Euro nicht.«

Mink schlenderte zu Sebas zurück. »Ich bekomme zwei Euro von dir.«

»Wieso?«

»Magie kostet Geld. Weißt du, was Hans Klok für die Moretti-Box bezahlt hat?«

»Woher soll ich das denn wissen? Ich kenne den Typen nicht mal.«

»Du kennst Hans Klok nicht?«, fragte Jools, die sich zu ihnen gesellte.

Sebas seufzte ermüdet. »Ich meine natürlich More...« Dann erst sah er das Glitzern in ihren Augen. »Haha.«

»He, Jools«, erklang es hinter ihnen.

Kelly und ihre Freundinnen – K3 nannten Sebas und Mink sie. In Jeansshorts und Kaugummi kauend kamen sie auf sie zu.

»Wir probieren gleich ein paar Klamotten an bei Kelly«, sagte Kim. »Hast du Lust mitzugehen?«

»Ich kann nicht«, sagte Jools. »Mink und ich proben noch.«

»Oh. Okay.« Mit völlig verblüfften Gesichtern drehten sie ab.

Sebas hüstelte bedeutungsvoll.

»Sebas und ich, wir hatten uns eigentlich schon zum Poolbillard verabredet«, sagte Mink.

»Ich liebe Poolbillard«, sagte Jools. »Viel schöner als shoppen.«

Sebas schaffte eine Zwei und wurde versetzt. Es wurde ein großartiger Sommer mit langen Nachmittagen im Schwimmbad, Wasserkämpfen und jeder Menge Grillabende. Und dann hatte Mink auch noch einen fantastischen Ferienjob. Während die anderen Regale im Supermarkt füllten, Tomaten pflückten oder Reklameblättchen austrugen, gaben Jools und er Zaubershows auf Dutzenden von Kinderfesten. Dass sein Leben nur zwei Jahre später zum Albtraum werden würde, schien damals noch vollkommen absurd.

TEIL 3

UNTERWASSERACT

You can fool the eyes and minds of the audience,
but you cannot fool their hearts.

(Howard Thurston – Magier, 1869–1936)

Mink Bekkering

Montag, 20. Februar 2017

Alles hatte mit diesem stumpfsinnigen Auftrag für die Schule angefangen.

»Was wollt ihr später mal werden?«, hatte Iepema während des Unterrichts gefragt.

»Reich!«, rief Sebas.

Alle mussten lachen.

»Die Frau von Dylan O'Brien«, sagte Kelly mit einem Blick, als meinte sie es ernst.

Daraufhin wurde noch lauter gelacht.

Nur Iepema stand reglos in seiner zu hoch gezogenen Jeans neben dem Pult und sah seine Schüler durch seine Brille ernst an. Er war sowieso nicht gerade ein Mensch, der gerne lachte – wie Minks Mutter nach dem ersten Elternabend festgestellt hatte –, und wusste vermutlich überhaupt nicht, wer Dylan O'Brien war.

»Bitte mal ernsthaft.« Iepema presste seine Lippen aufeinander. »Nächstes Jahr macht ihr euren Abschluss. Und danach? Wollt ihr studieren? Arbeiten?«

Ein müdes Stöhnen zog durch die Klasse.

»Es geht um eure Zukunft«, sagte Iepema. »Ihr könnt keine verantwortungsbewusste Entscheidung treffen, ohne euch zuvor gut zu orientieren. Notiert euch dieses Datum schon einmal im Kalender ...« Er drehte sich um und schrieb mit rotem Stift

MITTWOCH, 22. MÄRZ: BERUFSORIENTIERUNGSTAG an die Tafel. Die Riesenbuchstaben reichten ihm offensichtlich noch nicht, denn er unterstrich sie doppelt. »An diesem Tag habt ihr keinen Unterricht, sondern begleitet jemanden an seinen oder ihren Arbeitsplatz. Wo und mit wem? Das dürft ihr selbst bestimmen. Es gibt nur eine einzige Einschränkung. Es geht darum, dass ihr euren Horizont erweitert, die Berufe eurer Eltern scheiden also aus.«

Es läutete und alle standen auf.

»Ich möchte, dass ihr eure Erfahrungen in einem Bericht festhaltet!«, rief Iepema über den Geräuschpegel hinweg. »Spätestens am darauffolgenden Montag abgeben.«

Sebas war es gelungen, den Bürgermeister so weit zu kriegen, dass er einen Tag reinschnuppern durfte. Oder besser gesagt, Sebas' Vater, der Beigeordneter war, konnte den Bürgermeister dazu bewegen.

Jools würde vierundzwanzig Stunden in der Feuerwehrkaserne verbringen.

»Und du?«, fragte sie Mink. »Hat es noch geklappt mit dieser Sheila?«

»Nöö.« Er hatte allen Illusionisten mit einer Mailadresse auf der Website eine Nachricht geschickt. Fünf von ihnen hatten ein digitales signiertes Foto zurückgeschickt, der Rest hatte sich nicht einmal die Mühe gemacht zu reagieren. Die einzige ernsthafte Antwort war von Sheila gekommen. Sie würde darüber nachdenken. Nun, das hatte sie getan.

»Sie will nicht. Kann ich schon nachvollziehen«, sagte Sebas. »Zauberkünstler haben Angst, dass man ihre Tricks verrät.«

Mink verstand das überhaupt nicht. Als würde er auch nur irgendeine Kleinigkeit weitererzählen.

»Und jetzt?«, fragte Jools. »Morgen ist es schon so weit. Du hast dir doch hoffentlich eine Alternative überlegt, für den Fall, dass nichts daraus würde?«

Er kickte einen unsichtbaren Stein weg. »Nicht dran gedacht.«

Wie Jools ihn anschaute! Mink fühlte sich wie ein Vollidiot.

»Kopf hoch.« Sebas haute ihm auf die Schulter. »Du kannst wenigstens schön ausschlafen.«

»Das glaube ich nicht«, sagte Jools. »Ich rufe Onkel Herman an.«

Der war Journalist bei Dagblad Zuid und schrieb öde Artikel über Hundekacke und rumhängende Jugendliche.

»Aber ich will gar nicht bei einer Zeitung arbeiten«, protestierte Mink.

»Du willst aber auch keine Sechs.« Jools hielt sich schon ihr Telefon ans Ohr.

Sebas sah Mink an und feixte. »Sie ist noch schlimmer als deine Mutter.«

Fünf Minuten später war alles geregelt.

»Ich schicke dir gleich eine Nachricht mit seiner Adresse«, sagte Jools.

Ihr Onkel wohnte in der Chevalierstraat, sah Mink auf seinem Display. Er konnte sich nicht erinnern, dort jemals gewesen zu sein.

Im Nachhinein betrachtet wäre er auch besser weggeblieben. Dann wäre wahrscheinlich niemand verletzt worden oder umgekommen.

Herman van Romondt

Freitag, 3. März 2017

Ich habe was für dich.« Die Nachbarin reichte ihm einen großen, dicken Umschlag.

Herman hatte nichts bestellt, sein Journalistenherz schlug schneller.

»Du hast Glück, dass ich gerade unten war«, sagte sie. »Der Briefträger wollte ihn schon wieder mitnehmen.«

Immer diese verfluchte Werbung. Die verstopfte alles, sodass kein normaler Brief mehr in den Kasten passte.

»Danke«, sagte Herman und schloss die Tür.

Der Umschlag war schwer. Die rechte obere Ecke war eine wahre Flickendecke aus Briefmarken. Hermans Name und seine Adresse waren in schwarzen Blockbuchstaben geschrieben, ein Absender fehlte. Herman versuchte, durch das Papier zu fühlen, was drinsteckte. Ein Buch vielleicht. Aber kein Hardcover, denn der Umschlag ließ sich ein wenig biegen.

Er legte ihn auf den Esszimmertisch und nahm den Brieföffner aus dem Becher im Schrank. Vorsichtig schlitzte er den Umschlag oben auf.

Papiere in verschiedenen Formaten, von DIN A4 bis zu Kassenbons, mal dünn und durchscheinend, mal dick und stabil, bedruckt oder beschrieben. Verträge, sah er in der Eile. Bankauszüge. Briefe von Institutionen. Rechnungen. Eher etwas, das man seinem Steuerberater oder so schicken würde.

Erneut betrachtete er den Briefumschlag. Der war doch wirklich an ihn adressiert.

Weil er Artikel für Dagblad Zuid schrieb? Aber dann wäre es logischer gewesen, die Redaktionsadresse zu verwenden. Außerdem gab es andere Berichterstatter, die hierfür viel geeigneter waren als er. Finanzsachen fielen nicht in sein Ressort, die wurden meist seinem Kollegen Koen zugeteilt.

Aber es interessierte ihn schon.

Herman schaltete das Licht über dem Tisch an, schenkte sich eine Tasse Kaffee ein und setzte sich.

Mink Bekkering

Mittwoch, 22. März 2017

Um neun Uhr drückte Mink auf die Klingel neben Hermans Briefkasten. Es erklang ein Summen, dann konnte er die gelbe Tür zur Eingangshalle aufdrücken.

Während er die Treppe zum ersten Stock hochging, wurde er immer nervöser. Wie oft hatte er Jools' Onkel insgesamt gesehen? Zweimal, dreimal? Auf jeden Fall immer zusammen mit Jools und manchmal war Herman ganz schön angeschickert gewesen, denn meistens war Mink ihm bei Festen in Jools' Elternhaus begegnet.

Herman hatte die Wohnungstür angelehnt. Mink konnte einfach reingehen.

»Hallo!«, rief er. »Ich bin's, Mink!«

»Komm rein.«

Mink erwartete herumliegende Bierdosen und Kartons voller verschimmelter Pizzareste, einen riesigen Fernseher, Berge von Computerspielen und ein Basketballnetz an der Tür – ohne Mamas Dazwischenfunken sähe sein eigenes Zimmer in etwa so aus –, aber das kleine Apartment war erstaunlich aufgeräumt.

Herman saß in einem Ledersessel, einen Laptop auf dem Schoß und einen Kaffeebecher in der Hand. Er trug einen dunkelblauen Bademantel und Badeschlappen. Mink versuchte, das graue Brusthaar zu ignorieren, indem er sich auf Hermans Gesicht konzentrierte, aber auch das war kein reines Vergnügen.

Herman hatte einen Dreitagebart und beachtliche Tränensäcke – als hätte er ein Poffertje durchgeschnitten und unter jedes Auge eine Hälfte geklebt.

»Bin ich zu früh?«, fragte Mink.

»Nein, ich bin zu spät. Ich habe eine anstrengende Nacht hinter mir und kaum geschlafen.« Herman klappte den Laptop zu und stellte ihn neben sich auf den Tisch. »Die Arbeit eines Journalisten ist nie zu Ende.«

»Was war denn?«

»Tut nichts zur Sache. Heute beschäftigen wir uns mit anderen Dingen.« Herman gestikulierte mit seinem Kaffeebecher in Richtung Küchenzeile. »Nimm dir einen Kaffee oder Tee, wenn du magst, während ich mich anziehe.«

Er verschwand, vermutlich in sein Schlafzimmer. Auf der Rückseite seines Bademantels prangte das rotgelbe Logo von Superman.

Wäre er wohl gern.

Unbehaglich setzte sich Mink in den Sessel. Irgendwo wurde ein Wasserhahn geöffnet. Er hörte ein Plätschern und dachte daran, was Herman über die vergangene Nacht gesagt hatte.

Oder eigentlich nicht gesagt hatte.

Aber vielleicht hatte er ja etwas darüber geschrieben.

Solange er unter der Dusche steht, kann ich ja ruhig mal einen Blick auf seinen Laptop werfen, dachte Mink.

Das kannst du doch nicht machen, würde Jools sagen.

Aber Jools war nicht hier.

Als Mick den Monitor aufklappte, leuchtete eine digitale Seite von Dagblad Zuid auf. Er überflog die Artikel. Blitzer sorgt für viel Aufhebens im Viertel. Außer Kontrolle geratene Schlägerei im Zentrum. Berichterstatter: H. van Romondt.

Herman hatte in seinen eigenen Zeitungsartikeln herumgestöbert.

Enttäuscht schloss Mink den Laptop und ging durchs Zimmer. Wieder fiel ihm auf, wie ordentlich alles war. Die Bücher im Regal standen in alphabetischer Reihenfolge. Auf dem untersten Brett lagen zwei kerzengerade Stapel aus Zeitschriften und ein paar Schreibblöcke. Sie wurden von einem Becher mit der Abbildung eines knurrenden Hundekopfs bewacht. Der Becher war ein Sammelplatz für Kugelschreiber, Bleistifte und Radiergummis. Minks Hand streckte sich wie von selbst danach aus. Eine Sache der Gewohnheit. Wenn er irgendwo warten musste oder sich langweilte, trainierte er seine Finger mit allem, was ihm so begegnete. Das konnte alles Mögliche sein: eine Münze oder ein Teelöffel und jetzt also ein Kuli. Er entschied sich für ein meergrünes Exemplar und ließ es zwischen Daumen, Zeigefinger und Mittelfinger hin- und herlaufen. Bis er einen Klingelton hörte. Das Geräusch kam aus der Jacke, die über einem Stuhl hing.

Rangehen? Oder sollte er Herman rufen? Der war mittlerweile fertig mit Duschen. Jedenfalls hörte Mink kein Wasserrauschen mehr.

Zu spät. Das Telefon schwieg.

Ein paar Sekunden. Dann fing es wieder an.

Es war ein aufdringlicher Klingelton. Ein schriller Hahnenschrei, der beim ersten Mal noch witzig wirkte, aber schnell anfing zu nerven, wie kleine Geschwister manchmal.

Ich sollte lieber drangehen, dachte Mink. Wenn es derselbe Anrufer ist wie eben, könnte es dringend sein.

Der Kugelschreiber verschwand in Minks Ärmel und anschließend in seiner Innentasche – noch so eine Angewohnheit –, während er zu der krähenden Jacke umwandte. Kaum hatte er das Telefon gefunden, ging dem Hahn die Luft aus. Mink schaute auf das Display. Verpasster Anruf. Anonym.

Noch bevor er das Gerät zurückstecken konnte, kam Herman

rein – mit rotem Kopf und noch dampfend von der heißen Dusche.

»Was machst du an meinem Telefon?«, fragte er.

»Jemand hat angerufen.« Mink reichte es ihm – auf der Rückseite klebte ein Sticker mit dem Text JE SUIS CHARLIE. »Zweimal sogar.«

Herman sah ihn an wie Sebas auf einem Urlaubsfoto, kurz bevor er in die Kingda Ka steigt – die schnellste und höchste Achterbahn der Welt. Aufgeregt, aber auch leicht nervös. »Und hat dieser Jemand eine Nachricht hinterlassen?«, fragte er, während er an seinem Goldkettchen herumfummelte.

»Ich war nicht schnell genug«, sagte Mink. »Aber vielleicht hat er oder sie auf die Mailbox gesprochen.«

Herman überprüfte seine Nachrichten.

»Und?«, fragte Mink.

»Bist du immer so neugierig?« Herman steckte das Handy in seine Gesäßtasche und musste plötzlich grinsen. »Für einen Journalisten übrigens keine schlechte Eigenschaft.«

»Ich will kein Journalist werden.«

Hermans Augenbrauen schnellten in die Höhe.

»Sorry«, sagte Mink, »aber über Verkehrsunfälle und Schlägereien zu schreiben scheint mir nicht gerade ein weltbewegender Job.«

»Ach, was denn dann?«

»Illusionist.«

Herman lachte abfällig. »Die halbe Welt besteht aus Illusionisten. Bankiers, Direktoren, Politikern und Maklern. Die machen nichts lieber, als anderen etwas vorzugaukeln.« Seine Stimme loderte auf wie Feuer. »Sie sind der Grund, weswegen ich in den Journalismus gegangen bin. Wenn ich auch nur ein paar von diesen Dreckskerlen entlarven kann ... Kennst du den Ausdruck *Die Feder ist mächtiger als das Schwert?* Das ist wirklich so. Die Presse kann jemanden erschaffen und zerstören.«

Indem er dösige Artikel im Dagblad Zuid schrieb? Mink sagte es nicht laut, er dachte es nur. Aber Herman schien plötzlich Gedanken lesen zu können wie Uri Geller.

»Natürlich schreibe ich oft über läppische Dinge«, sagte er. »Ich muss eben wie jeder andere auch Miete zahlen und die Lokalnachrichten bringen Geld in die Kasse. Aber unterdessen arbeite ich an einer anderen, viel wichtigeren Story. Etwas Großem.«

»Worum geht's?«

»Das kann ich dir jetzt noch nicht verraten, aber sie wird einschlagen wie eine Bombe.«

Sein Telefon krähte zum dritten Mal. Sofort wurde Herman wieder nervös. »Warte mal kurz.« Er nahm das Gerät mit in die kleine Diele und schloss die Tür hinter sich.

Mink stellte sich so dicht dran, wie er sich traute, und spitzte die Ohren.

»Der Fl... Versprich mir ...«

Mehr konnte er nicht verstehen.

Die Klinke bewegte sich nach unten und Mink machte schnell ein paar Schritte rückwärts, sodass es aussah, als würde er am Fenster stehen und hinausschauen.

»Alles in Ordnung?«, fragte er.

»Ja, klar.« Hermans Blick ging vom Beistelltisch zu Minks leeren Händen. »Hast du dir nichts zu trinken genommen?«

Mink schüttelte den Kopf. »Nicht nötig.«

»Du bist natürlich schon ganz scharf darauf loszulegen.«

Erwachsene hatten wirklich manchmal keine Ahnung.

»Diese wichtige Story«, versuchte Mink noch einmal sein Glück.

»Ich hätte nicht davon anfangen sollen.« Herman zog seine

Jacke an und schob seinen Laptop in die orangefarbene Tasche. »Sollen wir dann mal?«

Mit Hermans altem Fiat fuhren sie zu einem grauen Bürogebäude. Die Redaktion von Dagblad Zuid befand sich im dritten Stock.

»Das ist Mink«, sagte Herman. »Er begleitet mich heute.«

»Ihr seid spät dran«, sagte sein Chef. »Die Arbeit ist schon verteilt. Du fängst mit dem Schriftsteller an wie gestern besprochen und danach gehst du zur Eröffnung vom Kinderbauernhof. Ich hätte gern einen Bericht mit Foto.«

Der Schriftsteller roch nach Gras und beantwortete Hermans Fragen immer mit »absolut«, statt einfach »ja«. Mink war sicher, dass er nie im Leben ein Buch von dem Typen lesen würde. Er war froh, als sie endlich zum Kinderbauernhof aufbrechen konnten.

Beim hohen Eingangsportal warteten schon einige Leute. Mink sah ein paar Fotografen, einige Eltern, Omas und Opas und vor allem viele Kinder – im Buggy oder wild herumtobend.

Mitten im Tumult stand ein Mann im Overall mit einer Ziege am Strick. Er sah zu den schreienden Kindern hinüber, als wollte er sie am liebsten auch festbinden. Die Ziege blieb überraschend ruhig und knabberte an ein paar Grashalmen, die zwischen den Bodenplatten hervorlugten. Sie trug ein rotes Band mit einem Schlüssel um den Hals.

Herman stieß Mink mit dem Ellenbogen an. »Es geht los.«

Zwei Männer kamen herbei.

»Der kleine mit der Regenjacke ist Lambert Groen«, sagte Herman. »Der Kinderbauernhof ist eins seiner Projekte. Den Beigeordneten Damen kennst du natürlich ...«

»Hallo Peer!«, rief Mink.

Sebas' Vater hob die Hand.

Peer Damen war so ganz anders als Minks Vater. In seiner Freizeit ging er regelmäßig mit Sebas und Mink schwimmen oder Billard spielen. Oder sie schauten sich Filme über den Beamer an und lieferten sich Popcornschlachten. Mink fand ihn wirklich witzig, aber in seiner Rolle als Beigeordneter ...

Seine Rede über die Bedeutung des Kinderbauernhofs war einschläfernd. Mink spielte mit einer Münze, die er in seiner Jackentasche fand, und wurde erst wieder wach, als die Ziege aktiv wurde. Sobald Peer das rote Band von ihrem Hals lösen wollte, stieß sie ihm den Kopf zwischen die Beine, als wollte sie sagen: Finger weg! Die Leute lachten, machten Fotos und filmten.

Der Mann im Overall übernahm, aber auch er bekam den Schlüssel nicht zu fassen. Die Ziege wurde immer widerspenstiger und Groen musste eingreifen. Er zog seine Regenjacke aus, reichte sie jemandem im Publikum und schwang sein rechtes Bein über die Ziege. Mink erwartete fast, dass er zu einem kurzen Ritt auf dem Tier ansetzen würde, aber es war nur eine Methode, sie festzuklemmen, damit er ihr das Band vom Hals ziehen konnte. Er reichte den Schlüssel Peer Damen, der ihn mit seinem strahlenden Politikerlächeln ins Schloss des schmiedeeisernen Tors steckte. »Hiermit erkläre ich den Kinderbauernhof *Zur glücklichen Ziege* für eröffnet!«

Es war noch ein wenig Kichern zu hören, aber auch Applaus, und während alle das Gelände durch das geöffnete Tor betraten, versuchte Herman, den Beigeordneten einzufangen. »Darf ich ...«

»Tut mir leid«, sagte Peer. »Die Pflicht ruft. Ich muss in fünf Minuten ...«

Was er in fünf Minuten musste, erfuhren sie nicht mehr. Eilig bewegte er sich von ihnen weg, zu seinem Auto.

»Immer dasselbe mit den Typen«, murrte Herman. »Wenn sie

dich brauchen, darfst du antraben, aber sonst ...«

»Der Vater von Sebas ist voll okay«, sagte Mink heftig.

»Wenn du es sagst.« Herman stiefelte vor ihm her, um wenigstens ein paar Besucher des Bauernhofs zu interviewen.

Nicht dass sie etwas Besonderes zu erzählen gehabt hätten.

Als Nächstes hielten sie bei Loesjes Lunchroom im Stadtzentrum. Herman bestellte Kaffee und klemmte sich zum Schreiben hinter seinen Laptop. Mink checkte unterdessen die Nachrichten auf seinem Smartphone.

Ein Selfie von Sebas. Gemeinsam mit dem Bürgermeister saß er neben einer Frau mit vielen Runzeln und einer großen Kuchenschachtel vom Konditor. Sie aßen Torte. Über ihren Köpfen hingen Fähnchen mit HURRA! 100.

Such die Unterschiede!, hatte er dazugeschrieben.

Die Antwort hatte er gleich hinterhergeschickt: die Schachteln!

Und danach noch eine dritte Nachricht: Tortenschachtel und alte Schachtel.

Als würde Mink es sonst nicht kapieren.

Jools erkundigte sich danach, wie es bei Onkel Herman war. Sie hatte morgens beim Feuerwehrsport mitgemacht und ging jetzt zum Mittagessen.

Tauschen?, schrieb Mink beiden eine Nachricht. Ich langweile mich zu Tode.

Und darüber sollte er dann auch noch einen Bericht schreiben. Über zwei DIN-A4-Seiten!

Ihm reichte ein Zweizeiler.

Das einzig Positive waren die widerspenstige Ziege und das Brötchen, das Herman spendierte. Sonst war es ein Scheißtag.

Er konnte ja nicht wissen, dass ihm das Schlimmste noch bevorstand.

Mink Bekkering

Mittwoch, 22. März 2017

Geh du bitte mit Muffin«, sagte Ma nach dem Abendessen zu Mink.

Ihre Yorkshireterrier-Hündin war fast fünfzehn, lief wie eine alte Dame und blieb alle drei Meter zum Pinkeln stehen.

Zum Glück hatte Mink auch noch einen achtjährigen Bruder.

»Das kann Tom doch machen?«, sagte er. »Ich muss noch einen Bericht über den Orientierungstag schreiben.«

»Das war keine Frage, Mink.« Ma stapelte die Teller. »Und den Bericht musst du erst nach dem Wochenende abgeben.«

Er vermutete, dass es eine geheime »Für-Schüler-verboten«-WhatsApp-Gruppe gab, in der Eltern und Lehrer alle Infos austauschten. Stöhnend nahm er die Hundeleine von der Garderobe, hakte sie in Muffins Halsband und streifte seine Jacke über.

»Vergiss die Kotbeutel nicht!«, rief Ma.

Widerwillig stopfte Mink sie in die Hosentasche. Als wäre spazieren gehen mit Muffin nicht schon albern genug. Er hasste es, mit der dampfenden Kacke in einem Beutel neben ihr herzulaufen.

Die Tür schlug ein wenig zu fest hinter ihnen zu.

Muffin knickte schon beim Schuppen in den Hinterbeinen ein.

»Komm schon, du alte Pinkelliese«, sagte Mink. »Wir gehen zu den Blauwe Bosjes.«

So hieß das Naturschutzgebiet am Fluss. Eigentlich war es

für Hunde verboten, weswegen kaum jemand dorthin ging. Nur tagsüber hatte Mink schon mal einen Spaziergänger mit Fernglas gesehen.

Obwohl es nur knapp fünf Minuten entfernt lag, brauchten sie dank Muffin eine Viertelstunde für den Weg. Mink leinte sie ab, damit sie ein wenig rennen konnte.

Muffin hockte sich auf ihren dicken Hintern.

»Du sollst dich bewegen«, sagte Mink. »Sonst hätten wir auch zu Hause bleiben können.«

Sie schaute ihn mit schräg gelegtem Kopf an.

»Komm jetzt.« Er ging vor ihr her und trabte zum Wasser hinunter.

Zwischen dem Schilfgürtel trieb etwas.

Kleidungsstücke, versuchte Mink sich zu beruhigen.

Aber es waren keine leeren Kleidungsstücke. Da steckte deutlich noch was drin.

Jemand drin.

Er sah kein Gesicht, nur dunkle Haare.

Es war, als würde ihm jemand die Luft abschnüren. Was sollte er machen? Den Notruf wählen?

Muffin fiepte und drückte ihren Kopf gegen sein Bein. Er schob sie mit dem Fuß weg. Da fiepte sie noch lauter.

Mink schaute auf sein Telefon. Die Ziffern sahen aus, als würden sie zittern.

Anrufen! Mit bebendem Daumen berührte er das Display.

Eins, eins, zwei ...

Es dauerte eine halbe Ewigkeit, bis es läutete, und danach noch mal eine Ewigkeit, bevor jemand dranging.

»Ich bin im Naturschutzgebiet Blauwe Bosjes«, sagte Mink atemlos.

Die Frau am anderen Ende der Leitung fragte nach seinem Namen und seiner Adresse.

»Da liegt jemand im Fluss.«

Erneut fragte sie nach seinem Namen, als wäre das wichtiger.

»Hören Sie!«, rief Mink. »Vielleicht lebt er ja noch.«

Er hörte sie wieder reden. Sie sagte, er solle Ruhe bewahren, aber wie sollte er ruhig bleiben, wenn ...

»Ich gehe ins Wasser«, sagte Mink.

»Warte! Wo bist du genau?«

»In den Blauwe Bosjes, das habe ich doch schon gesagt! Das ist ganz nah bei uns zu Hause.«

»Ich weiß immer noch nicht, wie du heißt und wo du wohnst.«

»Mink Bekkering.« Er nannte die Adresse und warf sein Telefon ins Gras. Jacke aus!

Der Fluss wirkte schwarz und bedrohlich. Bevor er es sich anders überlegen konnte, ließ Mink sich vom Ufer ins eiskalte Wasser rutschen. Es war, als würden seine Adern wie Türschlösser zufrieren, und er hörte sich selbst vor Schmerz aufschreien.

Muffin reagierte vom Ufer aus mit nervösem Kläffen.

»Jaja«, murmelte Mink. Er spürte seine Füße nicht mehr, es war ein Wunder, dass er noch stehen konnte.

Vorsichtig beugte er sich vor und streckte einen Arm aus. Er war zu kurz. Oder der Körper lag zu weit weg. Mink versuchte, einen Schritt näher ranzukommen, aber der Flussschlamm hatte sich an seinen Schuhen festgesogen und wollte ihn nicht mehr freigeben. Sie kämpften darum. Der Schlamm gab sein Bestes, aber Mink zog fester und gewann. Sein rechter Fuß kam mit einem Ruck frei.

Die Nerven in seiner Fußsohle waren mittlerweile auch wieder zum Leben erwacht. Als Mink seinen Fuß ein Stück vorsetzte, fühlte es sich an, als würde er in etwas Sumpfiges treten, wie nasses Gras oder Hundekacke. Ihm wurde klar, dass er nur noch eine Socke trug; sein rechter Schuh musste im Schlamm stecken geblieben sein.

Zum zweiten Mal streckte er den Arm aus. Ja! Er bekam den Kragen des Pullovers zu fassen. Jetzt brauchte er den Körper nur noch zu sich heranzuziehen. Er holte tief Luft und zog.

Fuck, fuck, fuck! Er bewegte sich keinen Millimeter.

Mink riss jetzt auch seinen linken Fuß los und wollte einen großen Schritt machen, näher ran zum Körper, während er versuchte, sein Gleichgewicht mithilfe des Schilfrohrs zu halten – und plötzlich hatte er keinen Grund mehr unter den Füßen! Damit hatte er überhaupt nicht gerechnet. Das Schilf rutschte ihm durch die Hand und er ging unter. Wasser drang ihm in Mund und Nase. Für einen Moment wusste er nicht mehr, wo unten und oben war, und nicht einmal mehr, wie das ging mit dem Schwimmen, also ruderte er panisch mit Armen und Beinen, bis sein Sockenfuß den Boden berührte.

Sofort hatte er sich wieder im Griff.

Stell dich nicht so an, Houdini würde sich kaputtlachen, wenn er dich so sähe.

Er stieß sich ab und kam hustend und prustend wieder an die Oberfläche. Ein paar Schläge, dann war er wieder bei dem Körper, der sich im Schilf verhakt hatte. Plötzlich kostete es erstaunlich wenig Mühe, ihn davon zu befreien. Er schleppte ihn mit zum Ufer, wo Muffin auf seiner Jacke hockend auf ihn wartete. Aus seinem Telefon tönte noch immer die blecherne Stimme der Frau von der Notrufzentrale.

»Ich habe ihn!«, rief Mink, vielleicht noch mehr zu sich als zu ihr. »Ich habe ihn!«

In der Ferne heulten Sirenen. Mink kletterte die Böschung hoch und hakte seine Hände unter die Achseln des Körpers. Seine Finger waren steif und das Zähneklappern war nicht mehr abzustellen.

Eins, zwei ...

Der Körper war wie ein Felsblock. Mink bekam ihn nur mit

dem Oberkörper aufs Ufer. Die Sirenen gellten mittlerweile so laut, dass Muffin sich unter einen Strauch verzog.

Scheinwerfer. Zwei Rettungswagen und ein Polizeifahrzeug parkten mitten auf dem Gras. Die Sirenen schwiegen, aber die Signalleuchte blinkte weiter und tauchte das Naturschutzgebiet alle paar Sekunden in gespenstiges Blau.

Zwei Männer mit gelben Schutzwesten eilten zu ihm hin.

»Zur Seite, Junge«, brummte einer.

Mink machte einen Schritt zurück. Seine Kleider waren schwer und tropften. Während sich die Männer über den Körper beugten und ihn weiter aufs Ufer zogen, starrte Mink auf die Beine des Opfers. Sie waren mit einer Jacke verknotet.

Eine Frau mit einer goldfarbenen Rettungsdecke kam zu ihm. »Du bist Mink?«

Sobald sie ihn in die Decke wickelte, fühlte sich Mink wieder wie ein Kind, das von seiner Mutter ins Bett gesteckt wird. Tränen drückten von innen gegen seine Augenlider.

»Lass sie ruhig kommen«, sagte sie. »Das erleichtert.« Sie legte den Arm um ihn und streichelte seine Schulter. »Ich heiße übrigens Ilse.«

Die Rettungssanitäter drehten den Körper um.

Mink schaute in das bleiche Gesicht. Sein Atem stockte. »L-lebt er noch?«

Die Männer schauten sich an. Dann ging ihr Blick zu Ilse. Einer von ihnen schüttelte kaum merklich den Kopf.

Es war, als würden die Blauwe Bosjes schmelzen. Der Fluss veränderte sich in eine wogende schwarze Masse und Minks Knie …

Wenn Ilse ihn nicht festgehalten hätte, wäre er garantiert umgefallen.

»Setz dich einen Moment«, sagte sie und brachte ihn zum Rettungswagen.

Zwischen den geöffneten Türen ließ er sich auf den Boden des Fahrzeugs sinken, die Beine außerhalb des Wagens. Seine Finger waren voller Schnitte von den scharfen Schilfblättern; erst jetzt begannen sie zu schmerzen.

Ein Polizist stellte sich zu ihnen. Mit seinen hervorquellenden Augen und dem breiten Mund ähnelte er einem Frosch. »Polizeiwachtmeister van der Smissen«, stellte er sich vor. »Du hast das Opfer im Fluss gefunden?«

Mink konnte nicht mehr sprechen. Seine Zunge klebte irgendwo hinten im Hals.

»Der Junge muss nach Hause«, sagte Ilse. »Er ist unterkühlt.«

»Das mag ja sein, aber ...«

»Der hier hockte mit Todesangst im Gebüsch!« Ein blonder Polizist brachte Muffin herbei. Sie lag wie eine Prinzessin in seinen Armen.

»Das Tier hat hier überhaupt nichts zu suchen«, sagte van der Smissen.

Als Mink sie dem blonden Polizisten aus den Armen nahm, ließ Muffin einen schallenden Furz fahren. Sie mussten alle lachen und für einen Augenblick schien die Welt wieder in Ordnung. Bis Mink zu dem Körper hinüberschaute.

»Das ist Herman van Romondt«, sagte er heiser. »Journalist beim Dagblad Zuid.«

Mink Bekkering

Mittwoch, 22. März 2017

Es war schon dunkel, als sie im Polizeiwagen von den Blauwe Bosjes nach Hause fuhren. Während die Polizisten seine erschrockene Mutter beruhigten, duschte Mick heiß und zog sich trockene Klamotten an.

Tom stand im Schlafanzug auf dem Treppenabsatz und drückte die Tür zu Micks Zimmer einen Spalt auf. »Die Polizei sagt, dass du einen Mann aus dem Wasser geholt hast.«

Mink sah Hermans leichenblasses Gesicht wieder vor sich. »Stimmt.«

»Cool.«

»Es war vor allem kalt, nass und eklig.«

»Trotzdem finde ich es cool.«

»Deine Sache.« Mink schlüpfte mit Socken in seine Slipper und lief die Treppe hinunter.

»Da ist er«, sagte Pa, der am Kamin stand und sich mit dem Unterarm darauf abstützte.

Alle Gesichter wandten sich Mink zu. Er fühlte sich wie ein Künstler, der auf die Bühne kam – der neue Hans Kazàn oder so – und von dem man einen großartigen Trick erwartete. Nur Muffin hatte null Interesse und lag wie immer schlafend im Körbchen.

»Tee?«, fragte Ma.

Tom rannte an Mink vorbei. »Und einen Keks!«

Ma nahm eine Sirupwaffel aus der Keksdose. »Hier. Aber bitte oben essen.«

Tom wollte eindeutig lieber unten bleiben. Schließlich saßen nicht jeden Tag zwei Polizisten im Wohnzimmer.

»Na los«, sagte Ma. »Die Polizei möchte kurz in Ruhe mit Mink reden.«

»Und etwas zu trinken?«, versuchte Tom sein Glück.

»Nimm dir einen kleinen Fruchtsaft aus dem Kühlschrank.«

Tom hatte noch nie so lange gebraucht, um in die Küche zu gehen.

Ma schenkte in der Zwischenzeit Tee ein. Die Becher, die sie normalerweise nahmen, waren offenbar nicht gut genug für Polizisten, denn sie hatte Omas Teeservice hervorgekramt. Hässliche Tässchen mit kleinen Henkeln und Goldrand. Sie mussten mordsmäßig wertvoll sein. Mas Hand war unsicher. Mick sah nicht, dass sie zitterte, aber immer wenn sie jemandem eine Tasse mit Untertasse reichte, erklang ein leises Klirren.

Tom kam wieder ins Zimmer und trödelte beim Sofa herum.

»Nach oben mit dir«, sagte Ma. »Du darfst noch eine Viertelstunde in unserem Schlafzimmer fernsehen.«

Er warf den Polizisten noch einen letzten Blick zu. Der Fernseher mit seinen dreihundert unbeaufsichtigten Sendern siegte und er rannte die Treppe hinauf.

»Geht's wieder etwas besser?«, fragte van der Smissen Mink. »Können wir dir ein paar Fragen stellen?«

Zum dritten Mal innerhalb der letzten drei Minuten warf Pa einen prüfenden Blick auf die Wanduhr. Jetzt erst wurde Mink klar, warum: Heute war sein fester Schachabend.

»Setzt dich jetzt mal, Gerard«, sagte Ma.

»Ich stehe hier prima.«

Gleich würden sie noch im Beisein der Polizisten Streit anfangen!

Mink nahm seinen Tee und ließ sich in Pas Sessel fallen. »Fragen Sie nur«, sagte er in der Hoffnung, die Aufmerksamkeit von seinen Eltern abzulenken.

»Woher kennst du das Opfer ...« Van der Smissen schaute kurz auf sein Handydisplay. »... Herman van Romondt?«

Ma stieß einen Schrei aus. »Aber das ist doch ...?«

Mink nickte. »Der Onkel von Jools.«

Sie sollte über Nacht in der Feuerwehrkaserne bleiben und wusste wahrscheinlich noch von nichts!

Er stellte seine Tasse mit Untertasse ab. »Ich muss zu ihr.«

»Wer ist Jools?«, fragte der blonde Polizist.

»Eine Freundin«, sagte Ma.

Mink lief zur Diele und nahm seine Jacke.

»Wir sind noch nicht fertig«, rief van der Smissen.

»Erst Jools holen!« Mink fischte seinen Fahrradschlüssel vom Haken, ging raus und schlug die Haustür hinter sich zu. Sein Rad lehnte am Schuppen. Keine drei Sekunden später fuhr er die Straße hinunter.

Die Einsatzwagen der Feuerwehr standen hinter riesigen Türen aus Glas und Metall wie Riesenspielzeugautos in einem beleuchteten Schaufenster.

»Jools!« Mink warf sein Rad gegen die Mauer und machte sich nicht die Mühe, es abzuschließen.

Wo war der Eingang?

Er lief am Gebäude entlang, bis er eine Tür mit einer Klingel fand. Weil nicht gleich jemand kam, wummerte er gegen das Holz. Da wurde endlich geöffnet.

»Wo brennt's denn?«, fragte eine Frau mit breitem Grinsen und abstehenden Haaren.

Mink war nicht gerade in der Stimmung für Scherze.

»Jools«, sagte er kühl. »Ich möchte sie sprechen.«

»Das Mädchen, das heute einen Tag bei uns reinschnuppert?« Die Frau sah ihn forschend an. »Bist du ihr Freund?«

»Ich muss ihr etwas erzählen. Es ist wichtig.«

»Ah, verstehe, sie hat dich sitzen lassen und jetzt ...«

»Sie verstehen gar nichts.« Er schmetterte ihr die Worte ins Gesicht. »Ihr Onkel ist tot!«

Sofort wollte er sich die Zunge abbeißen. Hinter der Frau tauchte noch jemand auf.

Langer, dünner Hals und noch dünnere Handgelenke, spitze Schultern und schier endlose Arme. Sogar im Dunkeln erkannte er Jools sofort.

»Mink?« Ihre Stimme zitterte noch heftiger als die Tassen auf den Untertassen von Omas Teeservice.

»Tut mir leid«, stammelte Mink. »Herman ... Er ...«

Sie kam raus. »Das kann nicht sein. Du warst doch heute noch bei ihm?«

Die Frau mit den abstehenden Haaren betrachtete sie kurz und ging dann wieder rein. Jools und Mink blieben allein zurück – zwei Punkte auf dem riesigen, leeren Parkplatz.

»Es ist vorhin erst passiert«, sagte Mink. »Nach dem Essen habe ich Muffin draußen bei den Blauwe Bosjes laufen lassen und plötzlich sah ich jemanden im Fluss. Ich bin ins Wasser gegangen und habe noch versucht, ihn zu retten, aber ...« Der restliche Satz blieb Mink wie eine sperrige Gräte im Hals stecken. Er schüttelte den Kopf. »Der Rettungswagen war sofort da. Erst als sie ihn umdrehten, sah ich, dass es dein Onkel war.«

Jools gab ihm einen Stoß gegen die Schulter. »Du lügst.«

»Ich wünschte, es wäre so«, sagte er leise.

Sofort stieß sie wieder zu, jetzt gegen die andere Schulter. »Und warum hat Mama mich dann nicht angerufen?«

Dann trommelte sie mit beiden Fäusten auf seine Brust. Er

musste sich Mühe geben, nicht umzufallen, und versuchte, ihre Handgelenke einzufangen.

»Jools, jetzt beruhig dich doch«, flehte er.

Sie schlug noch ein paarmal zu und dann, endlich, konnte er sie festhalten. Ihre Arme erschlafften, erschöpft lehnte sie sich an ihn und weinte in seine Jacke, während er ihr ungeschickt den Rücken tätschelte, als wäre sie ein Hund, den er trösten wollte.

Wie lange sie dort standen? Mink hatte keine Ahnung. Auf jeden Fall lange genug, dass er einen Krampf in den Armen bekam, aber er wagte es nicht, als Erster loszulassen.

Da läutete ihr Telefon.

Sie wischte die Tränen weg und zerrte es aus der Hosentasche. »Hallo?«

Es war Ma. Mink hatte sein Telefon zu Hause liegen lassen, also hatte sie Jools angerufen. Im Auftrag der Polizisten.

»Sie warten immer noch hier«, sagte sie. »Und sie möchten, dass ihr hierherkommt.«

Kurz darauf saßen sie gemeinsam bei Mink zu Hause im Wohnzimmer. Pa hatte seinen Schachabend offensichtlich abgeschrieben, denn er hatte sich mit missmutigem Gesicht und einer Flasche Bier in seinen Sessel verzogen.

»Wann hast du Herman van Romondt zum letzten Mal gesehen?«, fragte van der Smissen Mink. »Lebend, meine ich.«

Ein seltsames Geräusch kam aus Jools' Kehle.

»Gegen vier Uhr.« Mink erzählte von seinem langen und langweiligen Schnuppertag. »Als ich nach Hause ging, war noch alles in Ordnung.«

Der blonde Polizist kam aus der Küche, wohin er zum Telefonieren gegangen war. »Ich habe mit der Pathologie gesprochen. Alles deutet auf einen Unfall hin. Wahrscheinlich ist das

Opfer zum Urinieren runter zum Fluss und anschließend dort hineingeraten.«

Es klang, als würde er ein Protokoll vorlesen.

»Und wie kam dann die Jacke um seine Beine?«, fragte Mink.

»Der Arzt vermutet, dass er sich die Jacke um die Hüfte geknotet hat«, sagte der Polizist. »Nur nicht fest genug. Das Kleidungsstück ist runtergerutscht, das Opfer hat sich sozusagen in seine eigene Jacke verstrickt und dadurch das Gleichgewicht verloren.«

»Ich kapiere das nicht.« Jools zupfte an einem Stückchen Haut an ihrem Daumennagel. »Onkel Herman kann doch schwimmen!«

»Das Wasser war eiskalt«, sagte van der Smissen. »Wahrscheinlich hat sein Herz es nicht ausgehalten.«

Mink bekam einen unangenehmen Geschmack in den Mund. Was wäre gewesen, wenn sein Herz es auch ...

Jools dachte bestimmt dasselbe wie er. Plötzlich zitterte sie. »Weiß Mama eigentlich schon, dass Onkel Herman ...«

»Noch nicht«, sagte der blonde Polizist.

»Wir bringen dich nach Hause.« Van der Smissen stand auf. »Dann können wir es ihr zusammen erzählen.«

Jools sah ihn dankbar an.

»Ich bringe euch zur Tür«, sagte Papa übertrieben munter. »Augenblick.« Van der Smissen schrieb etwas in seinen Notizblock, riss das Blatt ab und reichte es Mink. »Meine Telefonnummer. Falls dir noch was einfällt ... Du kannst mich jederzeit anrufen.«

Sobald die Polizisten aus dem Raum waren, stieß Mama einen Seufzer aus. Dann schob sie die Vorhänge demonstrativ zu, als könnte sie Hermans Tod damit ausschließen.

Mink Bekkering

Donnerstag, 23. März 2017

Mink holte Sebas am nächsten Morgen ab, um gemeinsam zur Schule zu radeln. Er wartete an der Auffahrt und betätigte die Fahrradklingel.

Sebas kam raus. »Du siehst ja aus.«

»Schlecht geschlafen.« Mink hatte geträumt, er würde ertrinken. Er wollte sich abstoßen und aus dem Wasser springen, aber seine Füße hatten sich in einer Jacke verheddert.

Als er wach wurde, befand sich keine Jacke um seine Beine, aber seine Waden hatten sich im Deckbett verstrickt. Er hatte es abgestreift und sich unter die Dusche gestellt, um die scheußlichen Bilder aus dem Kopf zu spülen.

Das hatte offensichtlich nicht funktioniert.

»Hörst du überhaupt zu?«, fragte Sebas. »Warhammer oder Batman, habe ich gefragt.«

»Sorry«, sagte Mink. »Du hast es noch nicht gehört?«

»Was?«

»Von gestern.« Er berichtete von seiner misslungenen Rettungsaktion im Naturschutzgebiet.

»Fuck, Mann!« Sebas schlingerte so heftig, dass sich ihre Fahrradlenker berührten. »Warum erzählst du das denn jetzt erst?«

»Es war Jools' Onkel. Ich war der Ansicht, sie müsste es als Erste wissen. Und dann wollte mir die Polizei noch allerhand Fragen stellen. Es wurde spät, ich war müde ...«

Sebas gab ihm einen Schubs. »Opa.«

Mink knuffte ihn zurück.

»Wenn ich du wäre, würde ich schön zu Hause bleiben.« Sebas warf einen Blick auf Minks verpflasterte Finger. »Du darfst dich doch bestimmt ein wenig erholen?«

»Und was, wenn Jools da ist?« Mink schüttelte den Kopf. »Ich kann sie doch jetzt nicht im Stich lassen.«

Jools war nicht in der Schule.

Mink schickte ihr eine Nachricht: Soll ich nachher vorbeikommen?

Erst eine halbe Stunde später bekam er Antwort.

Krise hier.

Lass uns bei den Blauwe Bosjes treffen.

16:15 Uhr.

Er hatte sich vorgenommen, nie mehr – ganz bestimmt nie mehr – auch nur in die Nähe der Blauwe Bosjes zu kommen.

Ok, schrieb er zurück.

Jools sah mindestens so fertig aus wie er. Ihre Haut war grau, die Nase rot und sie hatte an den Fingernägeln geknabbert. »Ich kann es immer noch nicht glauben«, sagte sie. »Alle sagen, es war ein Unfall, aber mein Gefühl sagt etwas anderes. Okay, das Wasser war kalt – aber du lebst doch auch noch?«

Mink starrte auf das Glitzern der Sonne auf der Wasseroberfläche. Auf das Schilf, das sanft im Wind wogte. Es wirkte nicht wie ein unheilvoller Ort. Eher im Gegenteil.

»Und nicht nur das«, fuhr sie fort. »Wie viel Grad waren es gestern? Elf? Zwölf? Dann zieht man doch seine Jacke nicht aus?«

»Vielleicht hatte er Lust, ein Stück zu joggen?«

»Onkel Herman?« Sie lachte leicht hysterisch. »Für den war es schon Sport, wenn er Dart im Fernsehen anschaute.«

Wenige Meter von ihnen entfernt wirkte das Gras am Ufer ziemlich niedergetrampelt. Als Mink auch noch ein paar schlammige Schleifspuren entdeckte, war er sicher, dass er dort ... Er bekam Gänsehaut am ganzen Körper.

Jools hatte nichts mitbekommen und schaute sich suchend um. »Onkel Herman war ein Stadtmensch und hatte null Interesse an der Natur – ich verstehe also wirklich nicht, was er hier wollte.«

Sie lauschten dem Keckern einiger Elstern.

»Ich könnte einen Aufruf auf Instagram und Facebook posten«, überlegte sie auf einmal. »Vielleicht hat ihn gestern jemand hier gesehen.« Sie fotografierte den Fluss und das Ufer. Danach schaute sie zu Mink. »Ist dir nichts aufgefallen? Du bist doch den ganzen Tag mit ihm herumgezogen. Hat er vielleicht etwas Besonderes gesagt oder getan?«

Mink zuckte mit den Schultern. »Nur dass er mit irgendeiner wichtigen Story beschäftigt sei.«

»Was für eine Story?«

»Das wollte er nicht erzählen.«

»Und sonst ist nichts Merkwürdiges passiert?«

Mink wollte schon verneinend den Kopf schütteln, als er an das Telefongespräch dachte. »Dein Onkel wurde ein paarmal angerufen. An sich ist das nichts Ungewöhnliches, aber er gab sich ziemlich geheimniskrämerisch. Ich durfte jedenfalls nicht mithören, denn er stellte sich mit dem Telefon in die kleine Diele.«

»So wie ich dich kenne, hast du doch bestimmt was gehört«, sagte Jools.

»Nur ein paar Fetzen.« Er versuchte, sich an die Worte zu erinnern.

»Der Fl... Damit fing es an und dass der Anrufer ihm etwas versprechen sollte. Wenn du das verstehst.«

Jools runzelte die Stirn.

»Der Fl, das ist natürlich der Fluss!«, rief sie dann. »Darum war er gestern Abend bei den Blauwe Bosjes! Er hatte sich dort mit jemandem verabredet.«

»Mit wem denn?«, fragte Mink.

Sie schwiegen einige Sekunden. »Vielleicht ja mit seinem Mörder.«

Mink Bekkering

Donnerstag, 23. März 2017

Eine Viertelstunde später betraten sie die Polizeiwache.

»Es tut mir leid, aber ich wollte gerade gehen«, sagte eine Polizistin mit müdem Blick. Die Uhr über ihrem Kopf zeigte fünf vor fünf.

»Es ist noch nicht mal fünf Uhr.« Jools platzierte ihre Fäuste auf dem Tresen. »Wir möchten Polizeiwachtmeister van der Smissen sprechen.«

»Der ist schon nach Hause.« Die Polizistin nahm einen Schlüsselbund aus der Schublade. »Kann ich ihm vielleicht etwas ausrichten?«

»Ich glaube, dass mein Onkel ermordet wurde.«

Der Arm der Polizistin zuckte. »Ich werde sofort jemanden benachrichtigen. Wo ist dein Onkel?«

»Im Leichenschauhaus«, sagte Mink. »Es ist gestern schon passiert.«

Die Polizistin sah ihn verständnislos an.

»Sie sagen, es war ein Unfall.« Jools' Fäuste wurden zu Schraubzwingen. Sie hielt sich am Tresenrand fest, als wollte sie ihn nie wieder loslassen. »Aber das glaube ich ganz und gar nicht. Onkel Herman ging nie in die Blauwe Bosjes und er konnte sehr gut schwimmen und ...«

»Meinst du Herman van Romondt?«, fragte die Polizistin mitfühlend. »Der Fall ist doch abgeschlossen? Das war kein

Mord, sondern ein Unfall. Der Pathologe hatte keinerlei Zweifel.«

»Wir schon«, sagte Jools. »Es gibt Dinge, die einfach nicht stimmen.«

»Und wir dürften Polizeiwachtmeister van der Smissen jederzeit anrufen«, sagte Mink. »Bloß habe ich seine Nummer jetzt nicht dabei.«

Die Polizistin seufzte kaum hörbar.

»Setzt euch mal kurz«, sagte sie. »Dann schaue ich mal, ob ich ihn erreichen kann.«

Jools und Mink saßen nebeneinander am Tisch, van der Smissen gegenüber. Die Stühle waren gerade und unbequem, das Zimmer klein und kahl. Ein Verhörraum, tippte Mink. Die Wände hatten eine undefinierbare Farbe und in der Ecke über der Tür hing eine Kamera, die wie ein Gewehrlauf auf Jools und ihn gerichtet war. Aber es brannte kein Lämpchen.

»Was war denn jetzt so dringend?«, fragte van der Smissen.

Er hatte drei Pappbecher mit Wasser in die Mitte gestellt.

»Mink hat Onkel Herman reden hören«, sagte Jools. »Am Telefon.«

Der Polizist verschränkte die Finger und legte seine Hände auf seinen Bauch. »Und?«

»Er sagte etwas über den Fluss und jetzt denken wir, dass sich mein Onkel dort mit jemandem verabredet hat. Er ging sonst nie in die Blauwe Bosjes.«

Van der Smissen bewegte seine Finger ungeduldig auf und nieder.

»Meiner Ansicht nach hatte dieses Treffen mit seiner Arbeit zu tun«, sagte Jools. »Er erzählte, er sei mit einer wichtigen Story beschäftigt.«

Mink nickte. »Die einschlagen würde wie eine Bombe.«

»Was wollt ihr jetzt eigentlich genau sagen?«, fragte van der Smissen. »Das ändert doch nichts an der Situation? Gut, er hatte eine Verabredung am Fluss und danach musste er pinkeln ...«

»Stand sein Hosenschlitz offen?«, fragte Jools.

Mink konnte sich nicht erinnern.

»Korrektur: Dein Onkel *wollte* pinkeln gehen ...« Der Polizist trank einen Schluck. »Er fiel ins Wasser, bevor er die Chance hatte, den Reißverschluss zu öffnen, wir haben Urinflecken an seiner Kleidung gefunden, und die Kälte erledigte den Rest.«

»Wenn es so kalt war ...« Jools kniff die Augen zusammen. »Warum hatte er dann seine Jacke um die Taille geknotet?«

»Es gibt nun mal solche Leute.« Van der Smissen trank seinen Becher leer und zerknüllte ihn. »Ein einziger Sonnenstrahl und mein Bruder läuft in kurzen Hosen herum – zu dem Zeitpunkt trage ich noch meine Winterjacke.«

»Warum überprüfen Sie nicht sicherheitshalber sein Telefon?«, fragte Mink. »Dann können Sie doch herausfinden, wer Herman angerufen hat. Er oder sie kann uns bestimmt mehr erzählen.«

Jools nickte heftig.

»Das wird nicht leicht sein.« Van der Smissen benutzte den zerknüllten Becher als eine Art Antistressbällchen. »Wir haben kein Telefon bei der Leiche gefunden. Wahrscheinlich liegt es im Fluss. Wie übrigens auch sein Schlüsselbund.«

Mink dachte an seinen zurückgebliebenen Schuh. »Danach kann man doch tauchen lassen?«

»Wir sind hier nicht bei CSI New York.« Van der Smissen hatte genug herumgefingert, legte die Pappkugel zur Seite und schob seinen Stuhl zurück, als wären sie fertig. »Außerdem ist die Kombination elektronisches Gerät und Wasser nicht gut. Die Wahrscheinlichkeit, dass noch brauchbare Daten auf dem Gerät sind, geht gegen null.«

»Onkel Herman hatte aber so ein Bauarbeitertelefon«, sagte Jools. »Die sind wasserfest.«

»Tut mir leid, Mädchen. Forensische Untersuchungen kosten einen Haufen Geld. Ich müsste Taucher anheuern, einen Mann für die digitale Recherche abstellen ... Solche Mittel darf ich nur im Verdachtsfall einsetzen. Dein Onkel ist ertrunken oder hatte einen Herzinfarkt mit Todesfolge.«

»Oder er wurde gestoßen!«, rief Jools verzweifelt.

»Von wem denn?« Der Polizeiwachtmeister schüttelte den Kopf. »Dein Onkel ist weder verletzt noch beraubt worden. Sonst wären uns wirklich Zweifel gekommen. Aber sein Geldbeutel steckte noch in der Hose und sein Goldkettchen hing noch ganz normal um seinen Hals.«

Mink dachte an den alten Fiat. »Und sein Auto?«

»Das haben wir inzwischen gefunden. Es parkte in einer der Straßen in der Nähe der Blauwe Bosjes.« Van der Smissen erhob sich. »Wirklich, ihr könnt es mir glauben, es war reines Pech. Zu viel getrunken, unsicher auf den Beinen ...«

»Wie, zu viel getrunken?«, fragte Jools.

»Wir haben Restalkohol im Blut gefunden und hier und da nachgehakt. Verschiedene Kollegen gaben an, er hätte in der letzten Zeit schon mal öfter nach Alkohol gerochen.«

Das konnte Mink sich durchaus vorstellen.

Jools zischte missbilligend und stand so heftig auf, dass sie gegen den Tisch stieß. Wasser schwappte über den Rand der Becher.

Van der Smissen brachte gelassen ein Taschentuch zum Vorschein und legte es über die kleine Pfütze. »Ich verstehe, dass es dir schwerfällt, den Tod deines Onkels zu akzeptieren. Aber es gibt wirklich keine verdächtigen Umstände. Und dürfte ich euch dann bitten ...«

»Trottel«, murmelte Jools, als sie das Zimmer verließen.

Mink sah den Polizisten entschuldigend an.

Der nickte mit seinem Froschkopf – er verstand schon.

»Du glaubst, ich stelle mich an?«, fragte Jools, sobald sie draußen bei den Rädern waren.

»Natürlich nicht.« Mink rüttelte an seinem Schloss. »Aber es kann natürlich sein, dass sie recht haben. Dass es wirklich ein Unfall war.«

Sie kaute auf der Innenseite ihrer Wange und sagte dann: »Gib mir mal deine Jacke.«

»Aber es ist total kalt.«

»Weichei.« Sie zog ihre eigene Jacke aus und knotete sie lose um ihre Taille. »Stell dir vor, ich bin Onkel Herman und gehe zum Fluss.« Sie machte ein paar Schritte und half ein wenig nach, damit ihre Jacke nach unten rutschte.

Sie blieb nicht um ihre Beine hängen, sondern plumpste auf den Boden.

Mink Bekkering

Donnerstag, 23. März 2017

Jools sah Mink triumphierend an.

Er hatte keine Lust, wieder eine halbe Stunde umsonst auf der Polizeiwache zu verbringen. »Vielleicht ist deine Hose glatter«, sagte er. »Und deine Oberschenkel sind auch viel dünner als die von Herman.«

Jools raffte ihre Jacke auf. »Also ist sie auf seinen Oberschenkeln hängen geblieben?«

»Das scheint mir logisch.«

»Wieso scheint?« Mit knappen, energischen Gesten zog sie ihre Jacke an. »Du warst doch selbst dabei?«

Mink gab sich größte Mühe, sich die Situation vor Augen zu holen. War die Jacke um Hermans Oberschenkel oder seine Knie gebunden gewesen? Im letzteren Fall hatte vielleicht jemand anderes ...

Die Bilder schoben sich über- und durcheinander.

»Ich weiß es nicht mehr«, sagte Mink. »Je länger ich darüber nachdenke, desto mehr fange ich an zu zweifeln.«

»Wie kann man so etwas denn nur vergessen?«, rief Jools.

Es hätte ihn nicht gewundert, wenn sie mit etwas geworfen hätte.

»Vielleicht habe ich es verdrängt.« Nervös leckte er sich über die trockenen Lippen. »Wenn du wüsstest, wie ...«

»Idiot.« Sie sprang auf ihr Rad und fuhr davon.

Mink ertappte sich dabei, dass er wie van der Smissen dastand und verständnisvoll nickte.

Aber eigentlich war er sauer.

Nach dem Abendessen musste er unbedingt zu Sebas.

Er stand noch keine fünf Minuten in der hypermodernen Küche und schon fühlte er sich besser.

»Natürlich ist Jools durcheinander. Aber dann braucht sie doch nicht so zu reagieren?« Sebas stellte zwei Gläser auf die Anrichte. »Du bist kein Idiot, sondern ein Held.«

Das hatte Mink noch keiner gesagt.

»Na ja«, protestierte er anstandshalber.

Sebas öffnete den Kühlschrank, der fast so groß war wie Minks Kleiderschrank und eine Eiswürfelmaschine besaß. »Ganz bestimmt.« Er nahm eine Flasche Cola aus dem Regal neben der Tür. »Du hättest ihren Onkel auch einfach im Wasser liegen lassen können, während du auf den Rettungswagen gewartet hast.«

Mink sah zu, wie Sebas ihre Gläser füllte. »Irgendwie verstehe ich sie ja schon. Es ist auch seltsam. Ich meine ... Ich sehe alles noch vor mir. Wie Herman im Fluss lag. Sein bleiches Gesicht.« Mink musste einen Schluck Cola trinken, um weiterreden zu können. »Aber wie seine Jacke um die Beine hing? Keine Ahnung. Und genau das will Jools wissen.«

»Was will sie wissen?« Peer Damen kam in die Küche.

»Ihr Onkel ist doch ertrunken«, sagte Sebas. »Nun, die Polizei geht von einem Unfall aus, aber Jools ...«

»Sie ist davon überzeugt, dass ihn jemand umgebracht hat.« Mink erzählte von der Jacke und dem Telefongespräch. »Jools und ich waren auf der Polizeiwache, aber sie wollen keine weiteren Nachforschungen anstellen.«

»Wie traurig für das Mädchen«, sagte Peer. Er legte seine

fleischige Hand auf den Ärmel von Minks Pullover. »Für dich muss das übrigens auch abscheulich gewesen sein. So ganz allein mit einem Toten.«

Seine Worte waren wie warme Schokoladensoße. Mink traute seiner Stimme nicht mehr, deswegen nickte er nur vage, starrte auf die Tropfen am Küchenfenster und seufzte.

»Über dieses Telefon würde ich mir keinen Kopf machen«, sagte Sebas. »Das Ding ist doch längst im Eimer.«

»Vielleicht.« Mink hatte sich wieder unter Kontrolle und spielte mit seinem Glas. »Aber Jools sagt, es ist ein Spezialteil, das wasserfest ist.«

Peer machte sich mit viel Lärm einen Espresso.

»Ich habe euch doch erzählt, dass mein alter Freund Drummer wieder in Hieteren wohnt?«, sagte er, als die Kaffeemaschine schwieg. »Er hat ein Tauchdiplom und würde bestimmt gern helfen.«

»Echt?«, fragte Mink.

»Ich rufe ihn gleich mal an, ob er morgen kann.« Peer nahm die winzige Tasse Kaffee mit. An der Küchentür drehte er sich noch einmal kurz um. »Wird schon klappen.«

Und Mink glaubte es auch noch.

Herman van Romondt

Mittwoch, 22. März 2017

Die heiße Dusche hatte Herman gut getan, ebenso wie der Schluck Cognac in seinem Kaffee. Er zog sich wieder an, etwas schneller als sonst, weil er wusste, dass Mink in seinem Wohnzimmer auf ihn wartete wegen seines ... wie hieß das noch?

Berufsorientierungstag. Das war es.

Wenn er ehrlich war, hatte er wenig Lust, den Jungen ins Schlepptau zu nehmen, vor allem jetzt, aber Jools konnte er nie etwas abschlagen, also setzte er ein Lächeln auf, ging rein und ...

Aber hallo.

»Was machst du an meinem Telefon?«, fragte er verärgert.

Mink tat, als wäre es die normalste Sache der Welt, und reichte es ihm. »Jemand hat angerufen«, sagte er. »Sogar zweimal.«

Hatte das was mit Ruxandra zu tun?

Die Unruhe, die Herman während der letzten Tage verspürt hatte, kam mit voller Wucht zurück. »Und hat dieser Jemand eine Nachricht hinterlassen?«, fragte er, während er sich über sein schmerzhaft gespanntes Zwerchfell strich.

»Ich war nicht schnell genug«, sagte Mink. »Aber vielleicht hat er oder sie auf die Mailbox gesprochen.«

Herman überprüfte seine Nachrichten.

»Und?«, fragte Mink.

»Bist du immer so neugierig?« Herman ärgerte sich, aber er wollte nicht wie ein alter Sack wirken, also steckte er sein Handy mit einem Grinsen in die Gesäßtasche. »Für einen Journalisten übrigens keine schlechte Eigenschaft.«

»Ich will kein Journalist werden«, sagte Mink und begann zu erklären, warum nicht.

Herman empfand das Bedürfnis, sein Fach zu verteidigen, und setzte zu einem Vortrag an – also doch alter Sack, aber wenigstens ein begeisterter. Er schien nicht viel Eindruck auf den Jungen zu machen und da rutschte ihm heraus: »Aber währenddessen arbeite ich an einer anderen, viel wichtigeren Story.«

Sofort hatte er Minks uneingeschränkte Aufmerksamkeit. »Worum geht's?«

»Das kann ich dir jetzt noch nicht verraten, aber es wird einschlagen wie eine Bombe.« Herman bereute sofort, dass er sich hatte verleiten lassen, überhaupt davon anzufangen. Wer weiß, vielleicht brachte er Mink noch in Gefahr und ...

Sein Telefon klingelte!

Herman verspürte ein Ziehen im Magen.

»Warte mal kurz«, sagte er und zog sich in die Diele zurück.

»Van Romondt.«

»Hör gut zu«, erklang eine Männerstimme. »Ich sage das nur ein einziges Mal.«

»Mit wem spreche ich?«, fragte Herman.

»Wir wissen, dass diese Rumänin für dich gearbeitet hat. Sie hätte sie dir nie geben dürfen. Wir wollen sie zurückhaben.«

Herman wurde schwindelig. War Ruxandra erwischt worden? Hatte sie sich verplappert?

»Heute noch«, sagte der Mann. »Sonst garantiere ich für nichts.«

Herman presste die Fingernägel in seine Handfläche. »Wenn Ruxandra auch nur ein Haar gekrümmt wird, dann ...«

»Wir stellen hier die Forderungen. Nicht du.«

Ein kleiner Schweißstrahl rann Herman vom Nacken in den Kragen seines Pullovers.

»Kennst du die Blauwe Bosjes?«, fragte der Mann.

»Das Naturschutzgebiet am Fluss.«

»Dort kommst du hin, Punkt fünf.«

»Wie erkenne ich dich?«

»Ich erkenne dich. Sorge dafür, dass du sie bei dir hast und keiner sie sieht.«

»Und Ruxandra?«

»Wir reden weiter, wenn wir sie haben.«

»Versprich mir, dass ihr nichts passiert ...« Herman starrte verzweifelt auf sein Telefon. Der Mann hatte schon aufgelegt.

Mink Bekkering

Freitag, 24. März 2017

Sebas hatte Tennisunterricht und Jools war noch einen weiteren Tag nicht in der Schule gewesen, also radelte Mink nach Unterrichtsschluss allein zu den Blauwe Bosjes. Er traf Jools bei der Laterne am Anfang des Pfads.

»Wie ist es zu Hause?«, fragte er. »Immer noch Krise?«

»Mama will weiße Lilien auf dem Sarg«, sagte sie. »Und Tante Susanne rote Rosen.«

Mink grinste, bis ihm klar wurde, dass das vielleicht nicht so passend wirkte. »Sorry.«

»Das sollte ich lieber sagen.« Sie schloss ihre beiden Fahrräder mit einer Kette zusammen. »Tut mir leid wegen gestern. Du versuchst, mir zu helfen, und ich benehme mich wie eine Bitch.«

»Yep.«

Da grinste sie auch.

Der Mann mit Tauchdiplom fuhr in einem Transporter von Groen Compleet vor. Ein baumlanger Typ mit schlohweißen Haaren und buschigen Augenbrauen. »Nennt mich Drummer. Das machen alle.«

Mink zeigte ihm die Stelle, an der er Herman gefunden hatte. Drummer zog seine Ausrüstung über und stieg in den Fluss. Mit einer Lampe leuchtete er den Grund ab.

»Kennst du die Geschichte von Houdini?«, fragte Mink, während er dem schwachen Schein durch die Wasseroberfläche folgte. »Er ließ sich in den New York East River werfen, ohne Taucheranzug, aber mit Handschellen. Sie sperrten ihn in eine Holzkiste und warfen die über Bord. Alle fürchteten, er würde ertrinken.«

»Er ist bestimmt rechtzeitig entkommen«, sagte Jools, »wie ich Houdini kenne ...«

Mink nickte. »Bevor er in die Kiste kroch, küsste er seine Frau voll auf den Mund. Logisch. Es hätte ja auch schiefgehen können. Das Publikum wusste jedoch nicht, dass der Kuss Teil des Acts war. Die Frau hatte nämlich das Schlüsselchen von Houdinis Handschellen zuvor in ihrem Mund versteckt, und während sie sich innig küssten ...«

»Hat sie es heimlich ihrem Mann weitergereicht.« Jools grinste. »Glaub bloß nicht, dass ich dich für irgendeinen Trick küsse.«

»Es gibt Schlimmeres.« Mink erzählte von The Great Lafayette, dem berühmten Magier, der während eines Auftritts gestorben war, weil das Theater in Flammen stand. Über die Illusionisten Siegfried und Roy und den Angriff eines ihrer Tiger ...

Das Wasser im Fluss bewegte sich. Drummer kam mit einem Schuh zum Vorschein.

»Das ist meiner!«, rief Mink.

Drummer warf ihn aufs Ufer. Dann nahm er das Mundstück der Sauerstoffzufuhr aus dem Mund. »Ein Telefon habe ich nicht finden können!«

»Wie kann das sein?«, fragte Jools. »Laut van der Smissen wurde Onkel Herman nicht beraubt.«

»Seid ihr eigentlich schon in seinem Apartment gewesen?«, fragte Mink, während er seinen Schuh aufhob. »Nach seinem Tod, meine ich.«

»Nur Mama kurz. Noch am selben Abend, um seinen Laptop abzuholen. Sie will die Fotos, die dadrauf sind, und die Musik für die Bestattung verwenden. Wieso?«

»Sein Telefon könnte ja auch einfach zu Hause liegen.«

»Dann hätte sie es bestimmt gesehen. Übrigens trug Onkel Herman es immer bei sich.«

»Jeder vergisst mal was«, sagte Mink. »Lass uns sicherheitshalber nachschauen.«

Sie winkten Drummer zu, der zum Ufer schwamm. »Danke!«

Sie mussten erst bei Jools zu Hause vorbei, um den Reserveschlüssel zu holen.

»Mama und Tante Susanne haben sich geeinigt«, sagte Jools und verdrehte die Augen, als sie das Haus wieder verließ. »Es wird ein bunter Strauß.«

Sie fuhren zur Chevalierstraat und parkten ihre Räder. Sobald Jools' die Tür zum Gebäude öffnete, überkam Mink ein unbehagliches Gefühl – als würde Hermans Geist noch herumschweben.

Sie gingen die Treppe hinauf. Heute war die Tür nicht angelehnt. Jools' Hände zitterten leicht, als sie den Schlüssel ins Schloss steckte.

»Alles okay?«, fragte Mink.

Sie nickte.

Sobald sie in der kleinen Diele standen, rief sie das Telefon ihres Onkels an. Mink lauschte angespannt, aber ein Hahnengeschrei war nirgends zu hören. Das einzige Geräusch kam von Jools' Gerät.

»Der gewünschte Gesprächspartner ist zurzeit nicht erreichbar«, sagte sie.

»Vielleicht war Hermans Telefon schon kaputt, bevor er zu den Blauwe Bosjes ging«, überlegte Mink. »Dann hat er es deswegen nicht mitgenommen.«

»Ja klar.« Jools hielt die Idee für lächerlich.

»Wenn wir sowieso schon mal hier sind ...« Mink ging zur

Garderobe und begann in den Taschen einer Jacke zu wühlen. »Wer weiß, vielleicht finden wir ja etwas anderes, das uns weiterhilft.«

»Dürfen wir das einfach?«, fragte sie. »Ich komme mir vor wie ein Einbrecher.«

»Wir stehlen doch nichts? Wir suchen nur Informationen.« Mink fühlte in die Innentasche einer Anzugjacke. »Dein Onkel würde an unserer Stelle genau das Gleiche machen.«

Grübelnd blieb sie einen Moment stehen und nickte dann. »Du hast recht.«

Sie suchten in allen Schränken, zwischen den Sesselpolstern, in seiner Kleidung, unter dem Bett und sogar hinter den Vorhängen.

»Das ist ja seltsam«, sagte Jools plötzlich.

»Was?« Mink lag auf den Knien, sein Ohr am Boden wie ein Indianer an den Schienen, wenn er hören will, ob ein Zug kommt – und schaute nach, ob das Telefon vielleicht unters Bücherregal gerutscht war.

»Die Vase steht nicht an ihrem Platz.«

Mink setzte sich auf. »Wovon redest du?«

»Hier ist ein hässlicher Brandfleck im Teppich. Onkel Herman hat immer diese große Steinvase daraufgestellt, damit man ihn nicht sieht. Aber jetzt steht sie daneben.«

»Und das ist seltsam?«

»Sehr seltsam«, sagte sie entschieden.

»Wenn meine Mutter gestaubsaugt hat, steht auch schon mal was nicht an seinem Platz.«

Jools stöhnte. »Du siehst doch, wie ordentlich Onkel Herman ist. Der achtete auf solche Dinge.«

»Tut mir leid«, sagte Mink. »Aber du wirst allmählich wirklich auch ein wenig paranoid.« Er wollte aufstehen, als sein Blick an einer Reihe Bücher hängen blieb. Die Namen der Schriftsteller starrten ihn an. ZWAGERMAN. DE WINTER. ZEEMAN.

»Dein Onkel hatte seine Bücher doch alphabetisch geordnet?«, sagte Mink.

Jools nickte. »Und man durfte es wirklich nicht wagen, das zu ändern. Ich weiß noch gut, dass er einmal im Urlaub war und Mama sich um die Pflanzen kümmerte. Sie wollte ihn überraschen, indem sie sein Bücherregal anders einräumte, und sortierte seine Bücher nach Farbe, Blau zu Blau, Grün zu Grün, so wie sie es mit ihrer Kleidung macht.« Jools grinste bei der Erinnerung daran. »Onkel Herman war fuchsteufelswild, weil er nichts mehr finden konnte.«

»Zwagerman steht nicht an seinem Platz«, sagte Mink.

Jools' Augenbrauen zuckten.

»Er gehört hinter Zeeman.« Mink fuhr mit dem Zeigefinger über die Buchrücken. »Und ich sehe noch mehr Fehler. Rosenboom und Ruebsamen sind zum Beispiel vertauscht.«

Jools starrte das Regal an. »Du meinst ...«

»Dass jemand im Apartment deines Onkels gewesen ist.«

»Ein Einbrecher? Aber ich habe überhaupt keine Einbruchsspuren gesehen.«

»Vielleicht liegt der Schlüssel deines Onkels ja doch nicht im Fluss.« Mink sah das Bücherregal grübelnd an. »Wie auch immer – irgendwer hat die Bücher aus dem Regal genommen und wieder zurückgestellt. Nur nicht ordentlich genug.«

»Und aus Versehen die Vase verschoben.« Auf Jools Stirn erschien eine Falte. »Warum sollte jemand das tun?«

»Weil er etwas suchte? Etwas, das in der Vase oder hinter den Büchern stecken könnte?«

»Wie Onkel Hermans Telefon.«

»Oder seinen Laptop«, sagte Mink.

»Der passt in keine Vase.«

»Aber hinter eine Bücherreihe.« Mink sah sich suchend um, konnte aber weiter nichts Ungewöhnliches mehr entdecken. »Das war jedenfalls kein normaler Einbruch. Der Täter wollte nicht, dass jemand merkt, dass einer hier war.«

»Weil er Onkel Herman ermordet hat«, sagte Jools leise.

Das klang jetzt wieder ziemlich paranoid. Aber diesmal glaubte Mink ihr.

TEIL 4

AQUACADABRA

The key! Where's the bloody key!

(Alfred Borden im Film Prestige –
Der Meister der Magie – 2006)

Mink Bekkering

Freitag, 24. März 2017

Es war kein gutes Gefühl, sich in Hermans Sessel zu setzen, also benutzte Mink den Esstisch als Stuhl. »Sollten wir nicht lieber van der Smissen anrufen?«

»Der glaubt uns ja doch nicht«, sagte Jools. »Und überhaupt. Die Polizei wird wohl kaum die Spurensicherung schicken, nur weil ein paar Sachen verschoben sind.«

Sie hatte recht. Mink ließ die Beine baumeln. Gab es denn wirklich nichts, was sie tun konnten? Der Laptop!

»Du hast doch gesagt, dass deine Mutter Hermans Laptop mit nach Hause genommen hat.« Mink sprang vom Tisch. »Auf dem Ding hat er seine Texte getippt. Also muss diese wichtige Story, an der er arbeitete ...«

Jools stand bereits an der Tür.

Die Musik schlug ihnen schon in der Küche entgegen.

Na ja, Musik. In Minks Ohren klang es wie nervöses Klimpern ohne Melodie.

»Jazz«, sagte Jools.

Ihre Tante und ihre Mutter tanzten mit einem Glas Wein in der Hand durchs Zimmer. Das Jazzstück kam aus einem Laptop, der auf dem Tisch stand. Mink nahm an, dass es Hermans war, denn er sah genauso aus.

Sie betraten das Wartezimmer.

»Hier ist ja was los.« Jools konnte ihren Ärger nicht verbergen. »Ich dachte, ihr mögt keinen Jazz.«

»Aber Herman schon.« Jools' Mutter blieb keuchend stehen. »Wir suchen Musik für die Bestattung aus.«

Als ob es für die Angehörigen nicht schon ohne Jazz schlimm genug wäre.

Mink sah Jools eindringlich an.

»Mam«, sagte sie. »Wir wollten gern kurz an den Laptop.«

»Jetzt?« Ihre Mutter leerte ihr Glas und stellte es nicht allzu sanft auf den Tisch. »Ich habe mich doch klar genug ausgedrückt, oder? Nach der Trauerfeier gehört er dir. Bis dahin brauchen Susanne und ich ihn.« Sie zog eine Grimasse – ihre Zähne waren dunkel vom Wein, wodurch sie fast ein wenig gruselig aussahen, fand Mink – und klang plötzlich weinerlich. »Wir wollen die Fotos noch herunterholen und ...« Sie ließ sich auf einen Stuhl fallen.

Susanne stellte sich neben sie, schaltete die Musik aus und streichelte ihrer Schwester über den Rücken. Die reagierte kaum und starrte weiter auf den Bildschirm.

Vielleicht denkt sie ja an Ben, dachte Mink, denn auf dem Desktop war ein Foto von Zonneheuvel. Jools' Vater wohnte momentan bei seiner Freundin Maggie in New York, aber das Ferienhaus hatte er behalten. Wenn er in den Niederlanden war, wollte er sich nicht mit Jools' in einem unpersönlichen Hotelzimmer treffen.

»Wie wäre es, wenn wir Hermans Sachen dort lagern würden«, sagte Susanne plötzlich.

»In Bens Ferienhaus?« Jools' Mutter klappte den Deckel des Laptops zu, als würde sie damit einen Punkt hinter die ganze Idee setzen.

»Warum nicht?«, sagte Susanne. »Dann ist das Problem mit einem Schlag aus der Welt.«

Mink konnte seine Neugier nicht im Zaum halten. »Welches Problem?«

»Wenn das Apartment nicht vor dem 1. April leer ist, müssen wir einen Monat länger Miete bezahlen.« Susanne machte eine Wegwerfgeste. »Achthundert Euro, als wäre es nichts.«

»Aber das machst du doch wohl nicht, Mam?« Jools setzte sich ihrer Mutter gegenüber. »Papa macht es bestimmt nichts aus, wenn vorübergehend ein paar Kartons und zusätzliche Möbel im Haus stehen. Er kommt erst in den Sommerferien zurück.«

»Und was ist mit der Beerdigung?«

»Für die paar Tage geht er eben in ein Hotel.« Susanne drückte ihrer Schwester die Schulter. »Es ist doch schön, wenn wir in Ruhe aussuchen können, was wir behalten möchten und was wir übers Internet verkaufen.«

»Übers Internet.« Jools' Mutter griff nach der Weinflasche und schenkte ihr Glas fast bis zum Rand voll. »Ich weiß nicht so recht ...«

»Aber ich.« Susanne stemmte die Hände in die Hüften. »Und sein Auto verkaufen wir auch. Warum musst du bloß aus allem und jedem ein Problem machen?«

Mink fühlte sich unbehaglich.

»Ich muss gehen«, sagte er. »Sonst bin ich zu spät zum Essen.«

»Kommt der Herr auch noch mal wieder«, sagte Pa, als Mink nach Hause kam. »Das ist hier kein Hotel.«

»Das sagt ja der Richtige.« Ma schöpfte Blumenkohl und Kartoffeln auf die Teller.

Tom sah Mink vorwurfsvoll an. Als wäre er derjenige, der die Stimmung verdarb.

»Tut mir leid.« Mink trat sich die Schuhe von den Füßen, hing sein Fleece über die Rückenlehne und setzte sich. »Ich war bei Jools.«

»Weißt du schon, wann die Beerdigung ist?«, fragte Ma, während sie Schmorfleisch und Soße verteilte.

»Dienstag oder Mittwoch, glaube ich.«

»Können wir jetzt endlich anfangen?«, fragte Pa.

Sie aßen schweigend. Die Wanduhr tickte, Messer und Gabeln schabten über die Teller und Mink konnte hören, wie sein Vater schmatzte. Wie immer gingen ihm diese Geräusche auf die Nerven.

Beim Nachtisch hielt er es nicht mehr aus. »Ich möchte keinen Pudding, darf ich aufstehen?«

»Du bleibst sitzen«, sagte Pa.

»Jetzt lass ihn doch.« Ma klopfte ihm leicht auf die Hand. »Ich habe deine Kleidung gewaschen und in den Trockner gesteckt. Holst du sie selbst raus, wenn's piept?«

Sein Schuh, den Drummer rausgefischt hatte! Den hatte Mink ganz vergessen.

Auf Socken – brr! – lief er raus und zog seinen Schuh unter dem Gepäckträgerspannband hervor. Er nahm ihn mit in den Flur und stellte ihn an die Heizung.

Oben piepte der Trockner. Mink rannte die Treppe hoch zum Bad, öffnete die Tür und holte die noch warmen Kleidungsstücke aus der Trommel. Die Hose, die er getragen hatte, als er in den Fluss sprang. Seine Jacke – Ma meinte, sie würde nach Hund stinken, seit Muffin an diesem schrecklichen Abend darauf gesessen hatte. Seine Socken – der rechte war immer noch nicht ganz sauber – sein Shirt und der Pulli ...

Sein Blick fiel auf den Plastikkorb neben der Arielflasche. Bevor Ma die Wäsche in die Maschine steckte, überprüfte sie immer, ob die Taschen auch wirklich leer waren. Papiertaschentücher, Münzen, Süßigkeiten, alles, was sie fand, kam ins Körbchen. Mink sah die Kotbeutel für Muffin und einen Kuli mit der Aufschrift AQUACADABRA mit einer Telefonnummer dahinter.

Es war der meergrüne Stift, den er gedankenlos aus Hermans Apartment mitgenommen hatte.

Der Privatclub Aquacadabra lag außerhalb von Hieteren an der Bundesstraße. Den Namen konnte man kaum übersehen, denn er prangte in immerzu leuchtenden blauen Neonlettern an der Vorderseite des schwarzen Gebäudes. Auf die Seitenfassade war eine überlebensgroße Meerjungfrau gepinselt. Sie saß in einer als Bett hergerichteten Auster und über ihrem Kopf stand in Zierbuchstaben: MAGISCHE MÄDCHEN & POOL.

Mink war mit Sebas einmal mit dem Rad vorbeigefahren. Der hatte »Meerjungfrauen können ja nicht einmal bumsen, ihr Idioten« zu den geschlossenen Fensterläden hochgebrüllt, wonach sie weitergefahren waren, vor Lachen kurz vorm Ersticken.

Mink nahm seine Kleidung und den Kuli mit in sein Zimmer und setzte sich auf sein Bett.

Magische Mädchen ...

Herman stand voll auf Männer. Was um Himmels willen machte er mit dem Stift?

Drummer

Samstag, 7. Januar 2017

Er war im Supermarkt bei den Fertiggerichten und legte gerade eine Packung Nasigoreng in seinen Einkaufskorb.

»Drummer?«, hörte er hinter sich.

Er drehte sich um. »Peer Damen! Mann, wie lange ist das wohl her?«

»Zwanzig Jahre«, sagte Peer. »Wenn nicht noch länger. Was machst du hier?«

»Einkaufen.«

»Haha. In Hieteren, meine ich.«

»Ich bin seit ein paar Wochen wieder da.«

»Hier nebenan ist ein Café.« Peter zeigte mit dem Daumen. »Hast du Zeit für eine Tasse Kaffee? Es gibt doch sicher einiges zu erzählen.«

Sie saßen am Fenster und rührten in ihren Tassen.

»Ich hab das mit Moniek gehört«, sagte Drummer. »Mein Beileid, nachträglich.«

»Eine Hirnblutung. Für meinen Sohn Sebas war es noch am schlimmsten. Mit elf die Mutter zu verlieren ...« Peer schüttelte den Kopf. »Hast du Kinder?«

»Nein. Die Armee ging immer vor. Hatte ich mal eine Freundin, wurde ich wieder für ein halbes Jahr ausgesandt.«

»Und jetzt?«

»Der Krieg macht seltsame Sachen mit einem. Ich konnte es nicht mehr ertragen, also habe ich den Dienst quittiert und habe jetzt einen Job als Fahrer. Hat Ferry für mich organisiert.«

»Wie geht es deinem Vetter?«

»Gut, glaube ich. Ich sehe ihn nicht oft, er arbeitet viel.«

»Schon merkwürdig eigentlich, wie das nach dem Brand so alles gelaufen ist.« Peer starrte zum Fenster hinaus. »Charles und ich haben Ferry und Lambert kaum mehr gesprochen. Du bist dann schon bald zum Militär gegangen.«

Drummer war erstaunt, dass es sich sofort wieder so vertraut anfühlte zwischen ihnen. »Ich war froh, dass ich von dem ganzen Scheiß wegkonnte. Ferry lag schwer verletzt im Krankenhaus und Tante Riena flennte ständig neben seinem Bett. Lambert war der Einzige, der ihn oft besuchte und dem er leidtat. Ich war vor allem sauer und deswegen fühlte ich mich dann wieder schuldig.«

Peer schwieg einen Moment. »Trotzdem finde ich es schade, dass wir uns so auseinandergelebt haben. Und unsere Band war klasse!«

»The Green Machine.« Drummer sah sich wieder hinter seinem Schlagzeug. »Für all Ihre Feste und Partys.«

»Spielst du manchmal noch Schlagzeug?«

»Mittlerweile tauche ich mehr. Seit einem halben Jahr darf ich mich Dive Master nennen. Und du?«

»Ich habe zu viel zu tun für Hobbys. Anspruchsvoller Job, pubertierender Sohn ...« Peer sah auf seine Armbanduhr. »Den ich in fünf Minuten abholen muss.«

»Geh nur. Ich zahle.«

»Bis zum nächsten Mal warten wir aber keine zwanzig Jahre, okay?« Peer legte sich seinen Schal um. »Demnächst auf ein Bier?«

»Guter Plan«, sagte Drummer. »Sollen wir unsere Telefonnummern austauschen?«

Mink Bekkering

Freitag, 24. März 2017

Mink war in seinem Zimmer, als Jools anrief.

»Mama ist überredet«, sagte sie. »Die Sachen von Onkel Herman gehen solange nach Zonneheuvel. Ich fange morgen an, einzupacken.«

»Brauchst du Hilfe?«

»Gern! Tante Susanne und Mama kommen erst später. Sie haben noch einiges zu erledigen wegen der Beerdigung.«

»Noch was anderes«, sagte Mink. »Hat dein Onkel mal einen Artikel über Aquacadabra geschrieben? Du weißt schon, dieser Privatclub.«

»Nicht dass ich wüsste. Wieso?«

Mink erzählte von dem Kugelschreiber.

»Er kann ihn auch von irgendwo anders haben«, sagte Jools. »Zufällig bekommen oder bei jemandem mitgehen lassen, so wie du.«

»Oder auch nicht«, sagte Mink. »Wir sollten es überprüfen.«

»Du willst zum Aquacadabra?«

»Wenn er dort gewesen ist, dann bestimmt wegen seiner Story.« Mink hatte schon eine Weile über diese Idee nachgedacht. »Die Rollläden sind immer unten und von der Straße aus kann man nicht gut sehen, wer dort ein oder aus geht. Scheint mir der perfekte Ort für kriminelle Aktivitäten.«

»Zum Beispiel?«

»Woher soll ich das wissen? Mädchen, die zur Arbeit gezwungen werden. Drogenhandel. Geldwäsche. Du guckst doch auch manchmal Krimis? Es kann alles Mögliche sein. Und um dahinterzukommen ...«

»Wir gehen nicht«, sagte sie entschieden. »Das ist viel zu gefährlich. Angenommen, du hast recht und Onkel Herman hat wirklich etwas entdeckt ...«

Sie schwieg einen Moment. »Ich will nicht tot im Fluss enden.«

»Du willst doch auch wissen, was passiert ist?«, fragte Mink.

»Das schon, nur ...« Sie seufzte. »Vielleicht sollten wir dann doch lieber Polizeiwachtmeister van der Smissen anrufen.«

Frauen sind so wechselhaft wie das Wetter, würde Opa sagen. Zum Glück war Sebas ein Junge.

»Wir reden morgen noch mal darüber«, sagte Mink. »Bis dann.«

Er beendete das Gespräch und wählte augenblicklich Sebas' Nummer.

»Mink?«

»Ich wollte dich was fragen. Der Onkel von Jools arbeitete meiner Ansicht nach an einer Story über Aquacadabra und ...«

Er brauchte seinen Satz gar nicht zu Ende zu bringen.

»Jetzt willst du dorthin«, sagte Sebas.

Mink kicherte. »Du hast telepathische Fähigkeiten.«

»Privatclub Aquacadabra ...« Sebas war einen Moment still. »In unseren gepflegten Zimmern können Sie nicht nur die Gesellschaft der Damen genießen, sondern auch Whirlpool und Schwimmbad nutzen. Wir heißen Sie gern willkommen zu einem romantischen und entspannten Aufenthalt.«

»Denkst du dir das gerade aus?«, fragte Mink.

»Ich habe ihre Site hier auf meinem iPad.« Sebas stöhnte und hechelte. »Wann gehen wir?«

»Spinner. Ich hole dich morgen früh um neun ab.«

»Also echt! Es ist Wochenende.«

»Denk an die Damen!«

»Mein Vater schickt mich zum Psychiater, wenn ich an meinem freien Tag den Wecker stelle.«

»Leg dein Telefon unters Kopfkissen«, sagte Mink. »Dann hört Peer nicht, wenn er klingelt.«

Mink schlief schlecht, aber er war froh, dass er nicht auch noch Albträume hatte. Als er die Treppe hinunterkam, saß Pa mit der Zeitung am Frühstückstisch. Er stellte seine Kaffeetasse ab und sein Mund klappte ein Stück auf, als sähe er den erstaunlichsten Zaubertrick des Jahrhunderts.

»Ja, ich bin es«, sagte Mink mit geisterhafter Stimme. »Dein Sohn.«

Pa konnte nicht darüber lachen.

Mink dachte an Peer Damen. An seine Reaktion, als Sebas und Mink sich beim Frühstück eine Schlacht mit rohen Eiern lieferten. Am Ende trieften ihre Haare vor Eigelb, das auf den sauberen Küchenfußboden lief, aber Peer fand es total witzig. Pa würde vermutlich rot anlaufen und fast einen Herzstillstand kriegen.

Mink verdrückte eilig zwei Scheiben Brot mit Käse und trank eine halbe Packung Milch leer. Als er sich das Weiße vom Mund wischte, kamen Ma und Tom herein.

»Du bist früh dran«, sagte Ma.

»Wir helfen Jools.«

»Darf ich mit?«, bettelte Tom.

»Nein.« Mink griff nach seiner Jacke und seinem Fahrradschlüssel und machte, dass er wegkam.

Fünf Minuten später stand er bei Sebas vor der Tür. Der kam mit winzigen Augen zum Vorschein. Sein blondes Haar stand in alle Richtungen.

»Was tust du mir an?«, fragte er mit der Stimme eines Höhlenbewohners.

»Denk an die Damen«, sagte Mink.

Ehrlich gesagt hoffte er, dass sie ein wenig herumschnüffeln konnten, ohne jemandem zu begegnen. Die Frauen, die dort arbeiteten ...

Er hatte schon mal geküsst und auch einmal Mädchenbrüste angefasst – auf der Kirmes in einer stockdunklen Geisterbahn –, aber was sich da im Aquacadabra abspielte, zwischen Männern und Frauen, die sich überhaupt nicht kannten ... und dass dafür auch noch bezahlt wurde ...

Schon allein bei der Vorstellung fühlte sich Mink völlig aufgeschmissen.

Sie parkten ihre Räder am Zaun eines Büromöbelladens gegenüber vom Club. Sebas schaute zu einem vorbeifahrenden Auto und zog den Schirm seiner Basecap tiefer.

»Jemand, der uns kennt?«, fragte Mink.

»Kelly und ihre Mutter.«

Wer weiß, nachher dachten sie noch, Sebas und er ...

Mink fühlte sich plötzlich nackt ohne Hoodie oder Baseballcap. Weil er nichts anderes hatte, verkroch er sich möglichst tief im Kragen seiner Jacke.

Sie überquerten die Straße und den Radweg.

Die Rollläden des Clubs waren wie üblich geschlossen, wodurch das Gebäude wie eine uneinnehmbare Festung wirkte.

»Dort entlang«, sagte Sebas und vermittelte den Eindruck, als käme er jede Woche hierher.

Die Meerjungfrau lächelte ihnen zu. Minks Knie wackelten.

Sie gingen unter einer hölzernen Pergola durch, die mit Plastikefeu geschmückt war, und kamen auf ein eingezäuntes Gelände mit eingezeichneten Feldern. Darauf standen ein einziges

Auto und ein klappriges Moped. Wegen des hohen Zauns waren sie von der Straße her nicht zu sehen gewesen. Mink und Sebas jetzt aber auch nicht – und das war ein beruhigender Gedanke und gleichzeitig total beklemmend. Wenn sich hier wirklich Kriminelle aufhielten ...

»Dort ist der Eingang«, sagte Sebas.

Die Tür bei Mink zu Hause hatte einen Spion. In der Eingangstür zum Club befand sich eine vergitterte Luke. Links und rechts standen je ein Terrakottatopf mit einer künstlichen Palme. Die Außenlampe war aus.

»Soll ich klingeln?« Sebas' Daumen war schon auf dem Weg zum Knopf.

»Bist du wahnsinnig?!«, flüsterte Mink. »Dann schicken sie uns sofort wieder weg. Vielleicht ist auf der Rückseite eine Tür offen.«

Sie schlichen weiter, so dicht wie möglich an der fensterlosen Giebelseite entlang.

Vom Hinterhof wehten Musikfetzen zu ihnen herüber. Mink glaubte, einen Song von Fresku zu erkennen.

Tatsächlich – Sebas rappte leise mit.

Mink stieß ihn in dcn Rücken, er sollte die Klappe halten. Sebas zeigte ihm den Mittelfinger und blieb stehen.

»Und?«, fragte Mink.

Sebas spähte um die Ecke des Gebäudes. »Viele Kisten mit leeren Flaschen, zwei Müllcontainer.«

»Aber ist jemand zu sehen?«

»Nein.« Er machte einen Schritt nach vorn und beugte sich zur Seite. »Komm mit, die Glasschiebetür steht offen.«

»Warte.« Mink nahm sein Smartphone.

»Was machst du?«

»Jools schreiben.« Er zeigte Sebas die Nachricht.

Ich bin mit Sebas bei Aquacadabra.

Also sollten wir verschwinden …

»Dramaqueen.« Sebas grinste.

»Und was ist mit Herman? Der ist schließlich tot.«

Das Lachen schwand von Sebas' Gesicht. »Willst du zurück?«

Die Neugier siegte.

»Natürlich nicht. Wir müssen nur aufpassen, dass wir nicht erwischt werden.«

Sebas nickte und schlich sich auf den Hof. Mink folgte ihm mit Herzklopfen bis zum Hals. Kein Mensch zu sehen und die Glastür stand tatsächlich sperrangelweit offen, sie konnten unbemerkt hineinschlüpfen.

Es war, als wären sie in Barbies Badeparadies gelandet.

Inmitten eines rosa Fliesensees lag ein Pool in Herzform. Am Rand saß eine Meerjungfrau aus Marmor mit einem goldfarbenen Fischschwanz. Um den Pool standen weiße Liegestühle mit rosa geblümten Kissen und weiter hinten befand sich eine Bar mit drei Hockern. Sie hatten rosa Sitze und goldfarbene Beine.

Barbie hatte ganz offensichtlich Party gemacht – überall standen und lagen Flaschen und Gläser, manche noch halb voll. Im Wasser trieb ein Tablett mit einem Stielglas. Vielleicht kam es durch das Partystäbchen, das darin lag – auf der einen Seite eine Olive und an der anderen so lange bunte Lamettafäden, dass Mink sich an eine Tropeninsel erinnert fühlte. Stinkende Aschenbecher quollen über von Kippen und überall lagen Handtücher wie Maulwurfhaufen.

Sebas stieß Mink in die Seite und zeigte mit einem Kopfnicken zu einem kleinen Glastisch hinüber. Mink sah zu Köchern aufgerollte Geldscheine neben einer hauchdünnen weißen Pulverschicht. Noch nie hatte er echtes Kokain gesehen. Na ja, oder was davon übrig war. Es war, als würde er Requisiten an einem Filmset betrachten.

Vielleicht dachte Sebas dasselbe, denn er filmte mit seinem Smartphone. »Wir sind hier im Aquacadabra ...«

Die Worte hallten durch den Raum.

»Pssst«, zischte Mink.

Sie lauschten reglos. Die einzige Stimme, die sie hörten, kam von einem plärrenden Radiomoderator. Da trauten sie sich wieder zu atmen.

»Dort schauen?« Sebas filmte den Plüschvorhang hinter der Bar.

Mink nickte und folgte ihm.

Sebas schob den Vorhang zur Seite und ließ ihn sofort wieder fallen.

»Ich glaube, da ist jemand«, sagte er fast lautlos. »Es hat sich etwas bewegt.«

Schein trügt – wie Illusionisten nur zu genau wussten. Mink spähte durch den Spalt und lachte auf. »Der Flur hat eine Spiegelwand. Du bist vor dir selbst erschrocken.«

Sebas hatte aufgehört zu filmen und fing jetzt an, alles zu fotografieren. Ihre Spiegelbilder, den hochflorigen Teppich und die mit Kunstleder verkleideten Türen.

»Lärmisolierung«, flüsterte er. »Wenn sie zu heftig zur Sache gehen.«

Hinter jeder Tür befand sich ein Zimmer mit noch mehr Spiegeln, einem Doppelbett und einem Goldfischglas voller Kondome auf dem Nachttisch. Sebas steckte sich eine Handvoll Gummis in die Hosentasche.

»Ist das nicht ein bisschen viel für dich allein?«, fragte Mink.

»Wir können sie auch an deinem Geburtstag verwenden.«

Mink zog eine Augenbraue hoch.

»Gratis-Luftballons.« Sebas nahm noch einen aus dem Glas und studierte das Haltbarkeitsdatum. »Und sie sind noch drei Jahre haltbar, also ...«

»Beeil dich jetzt mal.« Mink schob ihn kopfschüttelnd aus dem Zimmer.

Er erschrak fast zu Tode. Auf dem Gang stand plötzlich ein Karren mit einem Wäschekorb und Handtüchern!

»Zurück!«, flüsterte er. »Zum Pool.«

Sie rannten, so leise sie konnten. Vorhang zur Seite!

Die Chlorluft verschlug ihnen fast den Atem. Jemand hatte die gläserne Schiebetür geschlossen. Mink versuchte, sie zu öffnen, aber sie war verschlossen. In den Gang mit den Spiegeln zurück war auch keine Option, also blieb ihnen nur noch eine Fluchtroute: zwischen zwei Säulen hindurch in Richtung Musik. Sie passierten einen Dusch- und Toilettenraum und kamen zu einer Tür ohne Schild. Sebas öffnete sie und spähte rein.

»Keiner drin. Komm.«

Der Raum sah aus wie ein Wohnzimmer. Die Einrichtung bestand aus einem Sofa, zwei einzelnen Sesseln und einem Wohnzimmertisch mit einer Pflanze und Zeitschriften. Daneben lag sogar eine Strickarbeit. Warteten die magischen Mädchen hier auf ihre Kunden? Mink konnte nichts Magisches daran finden. »Das sieht aus wie das Zimmer von Opa«, flüsterte er. »Bis auf das Strick...«

Sebas legte einen Finger auf die Lippen. Da hörte Mink es auch: Jemand sang laut zum Song im Radio mit. Das Geräusch kam schnell näher.

»Hinter das Sofa«, sagte er.

Aber sie waren zu spät. Die Tür ging schon auf.

Mink Bekkering

Samstag, 25. März 2017

Eine Frau mit hellblauer Schürze blieb verdutzt auf der Türschwelle stehen und hörte auf zu singen. Ihr zur Seite gekämmter Pony wurde von einem Klämmerchen mit Marienkäfer darauf an seinem Platz gehalten. Sie hielt ein Tuch in der linken Hand und eine Sprühflasche Glas-Ex in der rechten.

Glas-Sex, dachte Mink.

»Was macht ihr hier?«, fragte sie, die Sprühflasche wie einen Revolver auf sie gerichtet. »Wir öffnen erst um zwölf.«

»Dann, äh ...« Sebas hielt die Hände locker auf dem Rücken und versuchte auszusehen wie ein Mann von Welt. »... warten wir eben kurz.«

»Könnt ihr lange warten«, sagte die Frau. »So um die drei, vier Jahre, wenn ich mich nicht irre. Die Mädchen, die hier arbeiten, sind nicht an solchen Rotzlöffeln wie euch interessiert.«

»Deswegen sind wir nicht hier.« Mink spürte, wie seine Wangen glühten.

»Wir sind hier, um ...« Er zog sein Telefon hervor.

»Du wagst es nicht, hier Fotos zu machen«, schnauzte sie.

Sebas stopfte sein Telefon schnell in seinen Ärmel.

»Ich möchte Ihnen nur ein Foto zeigen«, sagte Mink. »Wissen Sie, ob dieser Mann hier war?«

Es war ein Foto von Herman van Romondt. Mink hatte es am Berufsorientierungstag gemacht, als sie in Loesjes Lunchroom waren – um seinen Schulbericht ein wenig aufzupeppen.

Die Frau schaute kaum hin. »Ich habe keinen Kontakt zu den Kunden, und wenn, würde ich mich bestimmt nicht dazu äußern.«

»Herman van Romondt war kein Kunde, sondern Journalist«, sagte Sebas. »Und jetzt ist er tot.«

Ihr Mund wurde zum Strich. »Das ist schrecklich, aber ich kann euch nicht weiterhelfen. Die Privatsphäre der Kunden geht über alles.«

Zeit für ein wenig psychologische Kriegsführung, würde Derren Brown sagen.

»Toll, dass Sie so viel Rücksicht nehmen«, sagte Mink mitfühlend. »Nur schade, dass es umgekehrt nicht auch so ist.«

Sie war sichtlich verwirrt. »Was meinst du?«

»Den Schweinestall am Pool. Sie wollen mir doch nicht erzählen, dass den nicht die Kunden hinterlassen haben? Und wer darf das alles aufräumen?«

Er hatte sie.

»Das ist einfach grässlich«, platzte sie raus. »Ich weiß ja wirklich nicht, was die da genau bei ihren Festen veranstalten, aber …« Sie stoppte abrupt. »Die meisten Männer, die hierherkommen, sind ordentlich. Und die Mädchen auch. Handtücher in den Wäschekorb. Kondome in den Mülleimer.« Plötzlich schlug sie mit ihrem Tuch nach ihnen, als wären sie ein paar lästige Fliegen. »Ich habe schon viel zu viel gesagt. Jetzt macht, dass ihr wegkommt.«

Während die Putzfrau sie zur Vordertür begleitete, huschte Minks Blick in alle Ecken und Winkel. Er sah einen Relax-Raum mit Liegestühlen und Türen mit Schildern wie Whirlpool und Empfangszimmer.

»Also, Sie haben Herman van Romondt nie hier gesehen?«,

versuchte Sebas es noch einmal, als sie draußen zwischen den Kunstpalmen standen.

Sie warf die Tür hinter ihnen zu.

»Also bitte«, sagte Mink.

Die Luke öffnete sich. »Das nächste Mal rufe ich die Polizei.« Die Luke schloss sich wieder.

»Das sagt man nicht, wenn man etwas zu verbergen hat«, sagte Sebas.

Er dachte nicht wie ein Zauberer.

»Oder vielleicht gerade dann.«

Mit den Rädern fuhren sie zu Hermans Apartment. In der Diele lagen jede Menge flache Kartons.

»Wo hast du die denn so schnell aufgetrieben?«, fragte Sebas Jools.

»Im Baumarkt.« Jools nahm einen Karton vom Stapel, klappte ihn auf und drückte gegen die unteren Klappen, sodass ein Boden entstand. »Die kleinen sind für die Bücher.«

Sebas und Mink nahmen auch ein paar Kartons mit ins Wohnzimmer und räumten im Eilverfahren das Bücherregal leer.

»Wie bringt ihr das nachher alles nach Zonneheuvel?«, fragte Mink.

Jools zuckte die Achseln. »Mit dem Auto, nehme ich an.«

»Eurem kleinen Peugeot? Oder mit Hermans klapprigem Fiat?!«

»So weit ist es ja auch nicht«, sagte Jools. »Ein paarmal hin- und herfahren ...«

Mink grinste Sebas an. »So rund sechzig Mal, meint sie.«

Sebas griff nach seinem Telefon und schrieb eine WhatsApp. »Ich frage meinen Vater, ob er einen kleinen Transporter organisieren kann.«

Mink verspürte einen Stich in der Brust. Pa hatte keine

Freunde mit Transportern. Er hatte überhaupt keine Freunde. Nicht mal am Arbeitsplatz oder im Schachclub.

»Hattest du meine Nachricht gelesen?«, fragte Mink, um nicht vollkommen nutzlos zu wirken.

»Ja, sehr schön. Ich hätte fast die Polizei angerufen.« Jools zog unter großem Getöse einen Topf aus dem Küchenschrank. Dann konnte sie ihre Neugier nicht mehr im Zaun halten. »Und?«

»Über deinen Onkel haben wir leider nichts erfahren.«

»Aber wir haben viel gelacht.« Sebas suchte nach dem Poolfilmchen auf seinem Telefon. »Hier, das musst du dir ansehen.«

Sie musste abwechselnd lachen und sich schütteln.

»Ich habe auch noch Fotos«, sagte Sebas.

Der Gang und die Schlafzimmer waren zu sehen. Er hatte sogar den Relaxraum und die Diele beim Eingang fotografiert!

»Du traust dich ja was«, sagte Mink. »Die Frau lief direkt hinter uns.«

»Welche Frau?«, fragte Jools.

»Die Putzfrau. Sie hatte uns verboten zu fotografieren.«

»Sonst wäre meine Reportage nicht vollständig«, sagte Sebas.

Mink konnte ihm einen Moment nicht folgen. »Welche Reportage?«

»Um zu beweisen, dass ich wirklich drinnen war.« Sebas grinste breit. »Ich habe mit Narwid um fünfzehn Euro gewettet. Er dachte, ich würde mich nicht trauen.«

»Das ist nicht dein Ernst!«, rief Mink. »Nachher wissen noch alle, dass wir einen Privatclub besucht haben.«

»Ist doch echt geil, oder?«, fand Sebas.

»Überhaupt nicht, du Idiot.« Minks Blick suchte Halt bei Jools, aber die schaute glasig vor sich hin.

»Gib mir noch mal dein Telefon«, sagte sie zu Sebas. »Dieses Foto vom Eingang ...«

Er reichte ihr sein Smartphone.

»Siehst du die Garderobe?« Sie kroch fast in das Display. »Da hängt ein karierter Schal.«

»Ich sehe nur deinen Hinterkopf«, sagte Mink.

Sie hielt das Telefon so, dass sie mitgucken konnten. »Der Schal gehört Onkel Herman.«

»Wieso bist du dir so sicher?«, fragte Sebas. »Davon gibt es doch nun wirklich viele.«

»Hast du gestern so einen Schal gesehen?«, wandte sich Jools an Mink. »Als wir nach Onkel Hermans Telefon suchten?«

»Nee.«

»Ich auch nicht. Und wir haben wirklich überall nachgesehen.« Sie tippte mit ihrem Fingernagel auf das Display. »Er gehört Onkel Herman, das kann gar nicht anders sein.«

»Erst der Kuli und jetzt der Schal«, sagte Mink. »Das kann kein Zufall mehr sein. Herman ist dort gewesen.«

»Kuli?«, fragte Sebas.

»Mit der Telefonnummer von Aquacadabra.« Mink konnte vor Aufregung kaum noch still stehen. Bei einem Zaubertrick hatte jede Handlung eine Bedeutung. Vielleicht hatte Herman diesen Schal auch mit Absicht hinterlassen! Jedenfalls war es eine gute Ausrede, um noch einmal zu diesem Club zu gehen, ohne sich verdächtig zu machen.

»Aber die Mädchen, die dort arbeiteten, wussten von nichts?«, fragte Jools.

»Wir haben keine Mädchen gesehen«, sagte Sebas mit gespielter Enttäuschung. »Nur diese Putzfrau.«

»Also müssen wir zurück.« In Minks Kopf reifte bereits ein Plan.

»Wir sagen, wir hätten Berufsorientierungstag. Und dann fragen wir die magischen Mädchen, ob wir sie für die Schule interviewen dürften.«

»Wer ruft an?«, fragte Jools.

»Du«, sagte Mink. »Einem Mädchen sagen sie bestimmt viel eher zu.«

Sie seufzte. »Okay, dann los.«

Sebas las die Nummer vor und sie tippte sie ein.

»Hallo, hier ist Jools Rottier.« Sie lief im Zimmer auf und ab, vom Schrank zum Fenster und wieder zurück. »Es ist vielleicht eine seltsame Frage, aber ...« An ihrem Hals prangten rote Flecken. »Für die Schule haben wir den Auftrag bekommen, Menschen mit besonderen Berufen zu interviewen, und da dachte ich ...« Die roten Flecken zogen hoch bis in ihr Gesicht. »Nein, das ist kein Scherz. Es heißt, das ist das älteste Gewerbe der Welt. Deswegen scheint es mir so besonders.« Sie nickte. »Das verstehe ich. Und könnte ich vielleicht jemanden aus meiner Klasse mitbringen? Ich finde es ganz schön aufregend, so allein.« Ihr ganzer Körper entspannte sich. »Wirklich? Toll! Morgen um halb eins passt prima. Bis dann.«

»Das hat geklappt!« Schlapp vor Lachen ließ sie sich in Hermans Sessel fallen.

Das sind die Nerven, dachte Mink.

Plötzlich richtete sie sich wieder auf. »Wir müssen uns Fragen ausdenken. Ich finde das total unheimlich.«

Sebas machte den Umzugskarton, den er zuletzt geschlossen hatte, wieder auf und nahm einen Schreibblock heraus. Jools fand auch noch einen Stift. Während sie über mögliche Fragen nachdachte, wanderten Minks Gedanken zum nächsten Tag. Wie könnte er die magischen Mädchen wohl so weit bringen, dass sie von Herman erzählen würden? Er konnte ja schlecht mit einer Uhr oder einem Finger vor ihren Augen pendeln, um sie zu hypnotisieren. Vielleicht wäre eine Schachtel Pralinen hilfreich? Laut Opa war Schokolade eine Art Zaubermittel, wenn man etwas von einer Frau wollte. Der bestach sogar die Frau vom Pflegedienst damit. »Schwätzchen für Schokolädchen?«, sagte er dann. Aber ob der Trick auch bei den Mädchen von Aquacadabra funktionierte? In einem Privatclub verdiente man bestimmt genug, um sich so viele Pralinen zu kaufen, wie man wollte ...

»Hat jemand was Süßes dabei?«, fragte Mink. »Ich brauche unbedingt Schokolade.«

Herman van Romondt

Freitag, 3. März 2017

Herman blätterte durch die Papiere in dem großen Umschlag. All diese verschiedenen Namen von Leuten, Institutionen und Unternehmen. Was verband sie bloß?

Hier – Villa Pipi – eine Nachmittagsbetreuung, in der Kinder gärtnern und Baumhäuser im nahe gelegenen Wald bauen konnten. Zuschüsse beantragt und erhalten. Nichts Besonderes, oder?

Dann die Houtbouw BV. War die nicht einmal fast bankrottgegangen? Der Anzahl der versendeten Rechnungen zufolge ging es ihnen jetzt wieder besser.

Obwohl ...

Herman hielt plötzlich einen Schuldschein in der Hand. Es ging um einen hohen Betrag. Die Unterzeichner waren J. Koops von Houtbouw BV und W. Kleikers – seine Funktion oder sein Betrieb wurden nicht genannt. Wahrscheinlich ging es hier um ein Privatdarlehen, denn Namen und Logo einer Bank fehlten.

Und dann noch die Rechnungen. *All-inclusive*-Poolpartys bei Aquacadabra. Teure Essen in renommierten Restaurants. Hotelübernachtungen. Allesamt auf den Namen von W. Kleikers. Herman kannte niemanden in Hieteren, der so hieß, und Google half ihm auch nicht weiter. Morgen würde er sich damit beschäftigen, versuchen, mit den richtigen Leuten zu sprechen ...

Houtbouw BV lag zwischen Hieteren und Zonneheuvel in einer Sackgasse und hatte am Samstagmorgen geöffnet. Mit den vielen Holzlagerhallen und dem Open-Air-Showroom aus Muster-Blockhäusern und Schuppen wirkte das Gelände wie eine kleine Westernstadt. Der Cowboy, der auf dem Gelände arbeitete, saß allerdings nicht auf einem Pferd, sondern auf einem Gabelstapler mit Paletten und trug einen weißen Sicherheitshelm und keinen Westernhut.

»Wo kann ich Koops finden?«, rief Herman.

Der Fahrer zeigte auf einen großen Schuppen mit geöffneter Tür.

»Danke!« Herman ging darauf zu.

Drinnen befand sich ein Büro mit Laden. Links in einer Ecke waren Beispieltüren und Rahmen ausgestellt. Dahinter lag offenbar noch ein weiterer Raum, denn daraus kam ein hagerer Mann zum Vorschein. »Kann ich Ihnen helfen?«

»Herr Koops?«, fragte Herman.

»Der sitzt dahinten.« Der Mann wies mit einer Kopfbewegung zum Schreibtisch am Fenster, wo ein anderer Mann in einem schlampigen Anzug telefonierte. Hinter ihm stand ein grauer Aktenschrank. Herman hätte zu gern einmal reingeschnüffelt.

»Verstanden.« Koops legte sein Telefon aus der Hand. »Sie suchen nach mir?«

Über seinem Kopf hing ein Foto von ihm mit einer molligen Frau und zwei Kindern. Familie Koops im Freizeitpark.

»Stimmt«, sagte Herman. »Mein Name ist van Romondt, Berichterstatter beim Dagblad Zuid, und ich würde mich gern mit Ihnen über Herrn W. Kleikers unterhalten.«

»Ich rede nicht mit Journalisten.«

»Das ist Ihr gutes Recht.« Herman lächelte freundlich. »Wenn Sie mir sagen, wo ich ihn finden kann, werde ich Sie nicht weiter belästigen.«

»Ich kenne keinen Kleikers.«

Herman zog den Schuldschein aus der Tasche und legte ihn auf den Schreibtisch. »Wie erklären Sie sich das dann?«

Koops versuchte, ruhig zu bleiben, aber auf seiner Oberlippe erschien eine schmale Schweißlinie. »Woher haben Sie das?«

»W. Kleikers muss ein vermögender Mann sein«, sagte Herman.

Koops stand auf. »Ich möchte, dass Sie jetzt gehen.«

»Aber ...«

»Jetzt sofort!« Die Speicheltröpfchen aus Koops' Mund flogen über den Schuldschein.

Der würde wirklich nichts sagen. Enttäuscht nahm Herman das Papier und seine Tasche und zog ab. Koops warf die Tür hinter ihm zu.

»Dann eben nicht«, murmelte Herman. Er ging ein Stück am Schuppen entlang und hielt an, um den Schuldschein in die Tasche zu stecken.

»He, hier«, erklang es leise.

Offenbar hatte der Schuppen auch noch einen Hinterausgang, denn Herman hatte den hageren Mann nicht nach draußen gehen sehen und doch stand er jetzt da und winkte ihm.

Herman folgte ihm zu einem der Musterhäuser. Sie stellten sich in den Schatten unter dem Vordach, außer Sicht von Schuppen und Hallen.

»Ich hörte, dass Sie Kleikers suchen«, flüsterte der Mann.

Herman horchte auf. »Wissen Sie, wo er ist?«

»Nein, aber ich weiß zumindest, dass er nichts taugt.«

»Ich dachte, er hätte dem Betrieb geholfen, mit dem Kredit.«

»Dachte mein Chef auch.« Der Mann drehte das Armband seiner Uhr nervös um sein Handgelenk. »Im Gegenzug müssen wir jedoch tun, was er sagt. Dienstleistung zu Tiefstpreisen. Aufträge von Konkurrenten ausschlagen. Wir verdienen kaum noch genug, um den Kopf über Wasser zu halten, ganz zu schweigen davon, dass wir das geliehene Geld zurückzahlen könnten. Und solange das nicht gelingt, müssen wir machen, was Kleikers will und ...« Er hob die Hände und ließ sie wieder fallen. »Wir stecken einfach in einem Teufelskreis.«

»Das riecht nach Erpressung. Warum geht Koops nicht zur Polizei?«

»Das hatte er vor, aber ...« Der hagere Mann schaute sich kurz um. »Ich glaube, mein Chef wird bedroht. Er bekam einen Umschlag zugeschickt, und als er den öffnete, sah ich, wie er erschrak. Er hat ihn sofort ganz unten in den Mülleimer gestopft, aber er weiß nicht, dass ich ihn wieder herausgeholt habe.«

»Was war drin?«, fragte Herman gespannt.

Er dachte an Drohbriefe mit Kugeln, biologischen Krankheitserregern oder was mit toten Tieren.

»Das hier.« Der Mann reichte Herman einen meergrünen Kuli mit Werbung von Aquacadabra.

Mink Bekkering

Sonntag, 26. März 2017

Der Kleintransporter, der am Umzugsmorgen vorfuhr, sah genauso aus wie der von Drummer. Ein weißer Volkswagen Crafter mit der Aufschrift GROEN COMPLEET.

Und siehe da – es war der Transporter von Drummer. Mit breitem Lachen stieg er aus. »Meine Muskeln und ich stehen euch den ganzen Tag zur Verfügung.«

Sie trugen Dutzende von Kartons und Möbeln von Hermans Apartment nach unten und schoben sie in den Laderaum. Um zehn war es Zeit für die erste Fuhre.

»Ich gehe nach hinten.« Sebas kletterte über eine Lampe und setzte sich übertrieben relaxed in Hermans Sessel.

Jools und Mink schoben sich neben Drummer auf die Vorderbank.

»Sehr nett, dass du uns wieder helfen willst«, sagte Jools.

»Bedanke dich ruhig bei Peer – er hat das organisiert.« Drummer startete, warf einen Blick in den Seitenspiegel und fuhr los. Mit seiner ausgeprägten Nase und dem Blutschwamm auf seiner Stirn war er eine auffällige Erscheinung.

»Sie sind alte Jugendfreunde, oder?«, fragte Mink.

»Stimmt«, antwortete Drummer. »Gemeinsam aufgewachsen in Hieteren, unzertrennlich in der Schule. Aber dann wollte Peer studieren und ich zur Armee. So verliert man sich aus den Augen. Ist eben so.«

Mink konnte sich das nicht vorstellen – seine Freundschaft mit Sebas und Jools würde er nie verwässern lassen.

»Sind Sie immer noch bei der Armee?«, fragte er.

»Zum Glück nicht. Ich konnte all dieses Elend nicht mehr ertragen. Sie nennen es Friedensmission, aber was ich alles miterlebt habe … Momentan arbeite ich als Fahrer bei Groen Compleet. Deswegen dieser Transporter.« Drummer tippte mit dem Zeigefinger die winzige Flamencotänzerin an, die mit einem Saugnapf auf dem Armaturenbrett klebte. Weil sie auf einer Feder stand, wackelte sie wild hin und her. »Mein Glückspüppchen. Sie stand immer in unserem Jeep, wenn wir auf Patrouille gingen. Auch an dem schrecklichen Tag, als wir dieses verfluchte Dorf inspizieren sollten.« Bei der Erinnerung daran schüttelte er den Kopf. »Ich fuhr und mein Kumpel saß neben mir, als wir eine alte Frau auf der Straße liegen sahen. Sie schien gefallen zu sein und rief um Hilfe. Natürlich hatte man uns gewarnt, wir müssten auf der Hut sein, aber die Arme schien wirklich Schmerzen zu haben. Ich hielt an.«

»Und dann?«, fragte Mink gespannt.

»Es war ein Hinterhalt.« Drummer schluckte mühsam. »Noch bevor ich ausgestiegen war, wurden wir von allen Seiten beschossen. Ich wurde verwundet und verlor das Bewusstsein. Ohne meinen Kumpel hätte ich nicht überlebt. Er ist irgendwie über mich geklettert und hat mich zur Seite geschoben, damit er ans Gaspedal kam. Wie er es geschafft hat, weiß ich nicht, aber er ist blitzschnell rückwärtsgefahren, konnte wenden und ist zurück in unser Camp gerast. Fünf Minuten länger und ich wäre nicht mehr da gewesen, sagte der Armeearzt.«

Drummer lächelte der Tänzerin kurz zu. »Und jetzt steht sie hier.«

Jools musste kurz seufzen. »Hätte Onkel Herman doch auch nur ein Glückspüppchen gehabt.«

»Tut mir sehr leid«, sagte Drummer.

Mink starrte schweigend aus dem Fenster. Wie es wohl wäre, wenn sie auch in einem Kriegsgebiet leben würden und man die ganze Zeit höllisch aufpassen musste, weil man niemandem vertrauen konnte …

Die Bebauung wich Wiesen und hier und da einer Baumgruppe. Dann kam das lange kurvige Stück Straße und er sah die kleinen weißen Häuser auf dem sonnenbeschienenen grünen Hügel.

Der Kleintransporter fuhr im Schritttempo auf das Gelände, am Hauptgebäude und an der Cafeteria vorbei.

»Bei dem Häuschen dahinten links ab und dann am Gemüsegarten vorbei«, sagte Jools.

Mink dachte an Opa. Seit er sich bei einem Sturz die Hüfte gebrochen hatte, war er von Zonneheuvel in eine Wohnung gezogen. Jetzt hockte er nie mehr auf seiner kleinen Kiste zwischen den Pflanzen, sondern selbst wie eine Pflanze hinter den Fensterscheiben.

»Da ist es«, sagte Jools. »Nummer siebenunddreißig.«

Drummer hielt neben dem Zaun.

Mink stieg als Erster aus und öffnete die Hecktüren.

»Wir sind da!«

»Erst schnell das Spiel zu Ende bringen«, sagte Sebas, ohne von seinem Telefon aufzuschauen.

Mink schlenderte schon mal zum Haus. Jools kauerte neben einem Blumentopf mit Minibäumchen neben der Tür.

»Was machst du?«, fragte Mink.

»Der Schlüssel«, sagte sie flüsternd. »Meinen konnte ich heute Morgen in der Eile nicht finden.«

»Das ist nicht dein Ernst. Der erstbeste Einbrecher …«

»Guckt unter den Blumentopf. Aber dort liegt er nicht.« Sie

spähte um sich, ob auch niemand zuschaute. Dann fasste sie den kleinen Baum um den Stamm und zog ihn mit Erdballen und allem aus dem Topf wie ein Kaninchen aus dem Zylinder. In der Erde zwischen einem Netzwerk feiner weißer Pflanzenwurzeln war ein in Plastik verpackter Schlüssel versteckt.

»Idee von Papa.« Jools steckte das Bäumchen zurück und wischte sich die Hände an ihrer Hose ab. »Einmal hat er seinen Schlüssel in New York liegen lassen. Er kam mitten in der Nacht an, todmüde natürlich von der langen Reise, und musste Onkel Herman aus dem Bett klingeln ...«

»Und der kam dann mit einem Brecheisen?«

»Quatsch.« Kichernd schloss sie die Tür auf. »Er ging manchmal gucken, ob noch alles in Ordnung war, kein Leck oder Sturmschaden oder so. Deswegen hatte er einen Schlüssel.«

Seit Jools' Vater in Amerika wohnte, war Mink nicht mehr im Haus gewesen. Es roch muffig und schien geschrumpft zu sein.

»Platz da«, erklang es hinter ihnen.

Drummer hatte es offenbar geschafft, Sebas aufzuscheuchen, denn er schleppte den Sessel ins Wohnzimmer.

»Stell ihn ruhig in die Sitzecke«, sagte Jools.

Er stellte ihn keuchend ab und verschwand wieder nach draußen.

Mink sehnte sich auch nach frischer Luft. Das Häuschen beengte ihn. Vielleicht, weil es ihn an Opa erinnerte oder einfach, weil es hier stank.

»Dass du nicht nach New York gehst, wenn du deinen Vater sehen willst«, rutschte es ihm heraus. »Ist doch viel besser als hier sitzen, oder?«

»Jetzt redest du wie Onkel Herman.« Sie streichelte den Sessel. »Bei ihm konnte ich es verstehen. Papa und er waren beste Freunde, aber bei dir ...«

»Du kannst es doch mal versuchen?«

»Nee, echt nicht.« Sie sog an ihrer Lippe. »Nie im Leben werde ich bei dieser Hexe übernachten. Ich hasse sie.«

»Du kennst sie nicht mal. Vielleicht ist sie netter, als du denkst.«

»Niemals. Sie hat uns Papa weggenommen.«

»Deine Eltern waren damals schon geschieden.« Mink wünschte, seine wären auch so vernünftig.

»Na und? Es hätte durchaus auch noch mal wieder in Ordnung kommen können.«

Mink stöhnte. Manchmal verstand er Jools wirklich nicht.

Sebas trug eine Vase herein. Die große, die auf dem Brandfleck gestanden hatte.

»Ist was?«, fragte er.

»Was soll sein?« Jools übernahm die Vase und wechselte schnell das Thema. »Wer von euch geht eigentlich gleich mit mir ins Aquacadabra?«

»Ich natürlich«, sagte Sebas. »Meinem Charme können die Damen nicht widerstehen.«

»Angeber.« Mink verpasste ihm einen Stoß. »Es war meine Idee.«

»Dann eben Kopf oder Zahl?«, schlug Sebas vor.

»Entscheide du.« Mink zog schnell einen Euro aus seinem Geldbeutel.

Sebas nahm Zahl.

Der Trick war simpel. Mink warf die Münze hoch, fing sie mit den Fingerspitzen auf und schaute so blitzschnell nach der Abbildung, dass keiner es sah. Weil es Zahl war, legte er den Euro erst auf den Rücken seiner anderen Hand, bevor er ihn Sebas zeigte.

»Kopf«, sagte Mink. »Ich habe gewonnen.«

Drummer

Montag, 11. Dezember 1989

Drummer schlug einen Trommelwirbel. Er liebte den Montagabend. Dann war Café 't Hartje geschlossen und der Inhaber ließ sie im Keller üben – zwischen dem Heizkessel, den Bierfässern und den Kartons mit den Weinflaschen.

The Green Machine – so hieß ihre Band. Eine Idee von Lambert, wie übrigens alle Ideen von Lambert stammten, denn er war der Kopf der Band und der Sänger.

»Unser Sängerlein«, sagte Ferry immer, aber von ihm akzeptierte Lambert eine Menge.

Manchmal kamen auch Mädchen zum Zuhören. Eigentlich kamen sie wegen Peer Damen, das wussten alle Bandmitglieder. Wenn er auf seiner Bassgitarre spielte, mit den ins Gesicht fallenden Haaren und seinem verträumten Lächeln, fielen die Mädels fast in Ohnmacht.

Drummer mit seinem hässlichen Kopf blieb lieber im Hintergrund hinter seinem Schlagzeug. Einen Rhythmus wie ein Herzschlag. Und dabei so richtig ins Schwitzen geraten.

»Pause«, sagte Lambert wie immer gegen neun – man konnte die Uhr nach ihm stellen.

Drummer wischte sich mit dem Handtuch, das er sich um den Hals gehängt hatte, den Schweiß von der Stirn.

Ferry stellte seine Gitarre ab und ging zur Tasche mit den Getränkedosen. »Jemand ein Bier?«

»Reich rüber«, sagte Peer.

»Nicht so dumme Fragen stellen«, sagte Lambert. Er kicherte über seine eigene Bemerkung, bis Ferry ihm eine Dose Bier zuwarf. »Nicht werfen, Idiot. Gleich spritzt alles raus.«

»Tut gut, oder?« Charles nahm eine Dose an.

»Du, Diederik?« Sein Vetter war der Einzige, der ihn bei seinem echten Namen nannte.

»Ich nehme mir schon selbst eins«, sagte Drummer.

Ferry öffnete seine Dose. »Hab ich euch schon erzählt, dass sie mich einziehen?«

Lambert verschluckte sich fast. »Was soll denn dann mit der Band werden?«

»Dann machen wir einfach zu viert weiter«, sagte Charles. »Vorübergehend«, fügte er eilig hinzu, als ihn alle empört anschauten.

»Warum hast du es nicht aufgeschoben?«, fragte Peer. »Gut, dass ich erst studieren gehe.«

»Studieren.« Ferry verzog das Gesicht, als hätte er verdorbenes Fleisch gegessen. »Ich geh lieber zum Militär, Mann. Bisschen Sport und mit einem Gewehr rumballern. Vielleicht werde ich ja Berufssoldat.«

Drummer senkte den Kopf, um nicht an die Papiergirlanden an der Decke zu stoßen – ein paar Mädchen hatten sie zu Peers Geburtstag aufgehängt und nie mehr weggeholt. In dem Moment sah er die Kiste. »Hat das Ding immer schon hier gestanden?«

»Nicht dass ich wüsste«, sagte Lambert. »Was ist drin?«

»Die Leiche von Hugo de Groot«, antwortete Peer.

Charles war meistens der Einzige, der seine Witze verstand, und deswegen der Einzige, der auch darüber lachte.

Drummer spähte in die Kiste. »Das ist keine Leiche.« Er ließ den Deckel wieder fallen und nahm sich ein Pils.

»Also weißt du«, murmelte Ferry, »jetzt will ich es aber auch wissen!«

Er ging zur Kiste und öffnete sie. »Feuerwerkskörper!« Aufgeregt sah er die anderen an. »Das ist richtig *heavy,* das Zeug, Mann. Hurricane Rockets. Fliegende Drachen. Space Shuttles ...«

»Fang.« Lambert warf ihm ein Feuerzeug zu.

Ferry fing es mit einer Hand.

Drummer runzelte die Augenbrauen. »Du wirst doch nicht ...«

»Doch, doch.« Lambert grinste breit. »Los, Ferry, das wird ein Spaß.«

Was danach geschah, wusste Drummer nicht mehr genau. Seine Erinnerung bestand nur noch aus Blitzen. Einer brennenden Lunte und Lachen. Knattern und Knallen und noch mehr Lachen. Bis die Girlanden an der Decke Feuer fingen und auf das Laken fielen, mit dem Drummer immer sein Schlagzeug abdeckte, wenn sie fertig waren. Er war als Erster nach oben geflüchtet und hatte die Tür zum Erdgeschoss aufgedrückt. Die Sauerstoffzufuhr fachte die Flammen an, blies sie zu gefräßigen Monstern auf. Drummer wich zurück und presste sich an die Wand. Die Feuerwerkskörper zischten und funkten und ein erstickender Rauch nahm allen die Sicht und den Atem. Drummer hörte seine Kumpel schreien wie am Spieß und war davon überzeugt, dass sie alle sterben würden. Auf allen vieren tastete er sich aus dem Keller. Charles folgte ihm, schwarz vor Ruß – er konnte nicht aufhören zu husten. Ich muss wieder rein, dachte Drummer, aber er wollte nicht zurück. Nicht wieder in diese Hölle. Ferry kam nach oben, Peer auf dem Rücken, und legte ihn auf den Boden. »Feuerwehr«, brachte er gerade noch heraus. Charles taumelte in die Kneipe, auf der Suche nach einem Telefon. Peer versuchte, sich aufzusetzen, und Ferry ging wieder runter. Drummer sah, dass das Shirt auf dem Rücken seines Vetters weggeschmolzen war, und wollte »Komm zurück«

rufen, aber sein Hals war voller Schleim und der Rauch brannte in seinen Augen und er war müde und alles tat weh und dann war Ferry schon wieder zurück. Wie ein Kind trug er Lambert in seinen Armen. Die unerträgliche Hitze jagte sie vom Keller in die Kneipe. Drummer hörte Fensterscheiben zerspringen und danach heulten draußen Sirenen. Charles öffnete die Tür der Kneipe und die kalte Abendluft biss in ihre glühenden Gesichter. Auf der Straße waren Leute. Sie brachten Decken und nasse Laken, bis die Rettungswagen da waren, die sie mitnahmen, immer weiter weg vom brennenden 't Hartje.

Mink Bekkering

Sonntag, 26. März 2017

Mink drückte auf die Klingel vom Aquacadabra.

Nach einigen Minuten öffnete sich die Luke in der Haustür und ein Gesicht tauchte auf. »Ja?«

Jools nannte ihren Namen. »Ich komme wegen des Interviews der Mädchen für den Berufsorientierungstag.«

»Augenblick.«

Eine ältere Frau in einem roten Kleid mit weiten Ärmeln ließ sie ein. Wahrscheinlich war Rot ihre Lieblingsfarbe, denn sie hatte auch noch rot lackierte Nägel, rot geschminkte Lippen und hennagefärbte Haare.

»Das ist Mink«, sagte Jools. »Ich durfte jemanden mitbringen.«

»Madame Petit«, stellte die Frau sich vor. »Ihr seid willkommen, aber unter einer Bedingung: Sobald sich der erste Kunde meldet, ist das Interview beendet.«

Sie führte sie durch die Diele. Hermans Schal hing noch immer an der Garderobe, jetzt in Gesellschaft eines Regenschirms.

Die Tür zum Empfangszimmer stand dieses Mal sperrangelweit offen und zeigte einen Raum mit plüschigem Bodenbelag und einer Reihe von Barhockern. Mink erwartete, dass sie hineingehen würden – schließlich hieß es ja Empfangszimmer –, aber nein.

Madame Petit sah seinen Blick. »Das ist der Ort, an dem die Kunden eine Dame aussuchen.«

Wie sie das sagte, klang es fast normal. Als würden die Männer sich einen Wurf anschauen, um das liebste Hündchen auszusuchen. Mink fühlte sich unbehaglich. Jools konnte es besser verbergen, nur ihre Gesichtsfarbe war etwas röter als sonst.

»Interessant«, sagte sie.

Sie kamen zu dem Zimmer, in dem Sebas und er am Tag zuvor von der Putzfrau erwischt worden waren. Madame Petit tickte mit ihrem Ring an die Tür, bevor sie eintraten. »Hier sind sie.«

Mink wusste nicht, ob sie Jools und ihn oder die Damen meinte.

»Hallo«, sagte Jools.

Drei Frauen nickten ihnen zu.

»Ihr kommt jetzt alleine klar?« Madame Petit wartete die Antwort nicht ab und verschwand.

Da standen sie dann. Hätte ich Sebas bloß gewinnen lassen, dachte Mink. Seine Arme und Beine wirkten auf einmal zu lang, seine Augen wussten nicht mehr, in welche Richtung sie schauen sollten, und ...«

»Setzt euch«, sagte eine bildschöne Frau mit Karamellhaut und flämischem Akzent. »Wir beißen nicht.«

Jools lachte höflich und setzte sich auf den Stuhl. »Er heißt Mink und ich bin Jools.«

»Angel«, sagte die Frau.

Mink fragte sich, was sie hier machte. Sie hätte sicher problemlos Fotomodell werden können.

»Und ich bin Rita«, sagte die Frau, die sichtbar älter war als die beiden anderen. Sie passte auch als einzige in das Bild, das Mink sich vorgestellt hatte: Panther-Leggings, tiefes Dekolleté und Pantoffeln mit Pelzbesatz.

»Melody.« Die Strickerin. Sie war blond, blass und voller Sommersprossen. »Ihr müsst also ein Referat für die Schule machen.«

Jools räusperte sich zustimmend und zog einen Schreibblock aus ihrer Tasche.

»Ich habe mir Fragen notiert und ... kleinen Augenblick. Einen Kuli suchen.«

Angel reichte ihr ein meergrünes Exemplar. »Behalte ihn ruhig. Wir haben noch eine ganze Schachtel von der Erotica-Messe.«

Es war genauso ein Stift wie der von Herman.

Rita lächelte Mink an. »Das ist hier kein Stehempfang, Schätzchen. Komm, setz dich doch zu uns.« Sie klopfte auf den freien Platz neben sich auf dem Sofa.

Der Sessel, auf dem Jools saß, kam Mink um einiges sicherer vor. Schnell setzte er sich auf die Armlehne.

Rita grinste.

»Neck den Jungen doch nicht so«, sagte Angel.

Jools stellte ihre erste Frage. »Warum habt ihr euch für diesen Beruf entschieden?«

Mink dachte, jetzt käme vermutlich eine traurige Geschichte über Abhängigkeit, eine schlechte Jugend oder Loverboys.

»Wegen Geld«, antwortete Rita. »Was sonst?«

»Du bekommst vielleicht ein Set neue Klamotten, wenn du zu einer Party willst«, sagte Melody. »Aber wir können kaufen, was wir nur wollen.«

Ich muss das Gespräch auf Herman lenken, dachte Mink.

Er hatte bloß keinen blassen Schimmer, wie.

Angel nickte stolz. »Wir sind von niemandem abhängig.«

Jools machte sich Notizen. Mink strich in Gedanken die Überschrift Frauenhandel.

»Welche Art von Männern kommt hierher?«, fragte Jools.

Die Frauen mussten lachen und noch immer fiel Mink nichts ein.

»Allerlei Männer«, sagte Melody. »Gut aussehende und hässliche. Familienväter und Junggesellen.«

Mink fiel nichts Besseres ein als eine Überraschungstechnik. Hoffentlich würde sein Publikum erst reagieren und dann nachdenken.

»Und dieser Mann? Habt ihr den auch mal hier gesehen?« Er legte sein Telefon auf das Tischchen zwischen ihnen. Auf dem Display war ein Foto von Herman.

Vielleicht wären Pralinen doch schlauer gewesen. Es war, als hätte ihnen Mink eine Akte mit Staatsgeheimnissen vorgelegt. Sie starrten darauf und schwiegen. Das einzige Geräusch kam von Jools, die die ganze Zeit auf das Knöpfchen des Kugelschreibers drückte.

»Wir wissen, dass er hier war.« Mink gab sich große Mühe, erwachsen und überzeugend zu wirken. »Sein Schal hängt noch an der Garderobe.«

Angel machte eine entschuldigende Geste. »Wir dürfen nicht über Kunden reden.«

»Also war er ein Kunde?«, fragte Mink.

Melody fummelte an ihren lässig hochgesteckten Haaren herum. »Das hat Angel nicht gesagt.«

»Also war er doch kein Kunde?« Mink fühlte sich für einen Moment so schlau wie Victor Mids. »Dann könnt ihr doch ruhig über ihn reden.«

»Überhaupt nicht«, sagte Rita, die leider noch schlauer war. »Was hat das alles mit eurem Referat zu tun? Wollt ihr einen Lehrer reinlegen oder was?«

»Lehrer?«, fragte Melody. »Er war doch Jour...«

Rita versetzte ihr einen Stoß.

Jools warf Mink einen kurzen Blick zu.

»Der Mann auf dem Foto ist mein Onkel«, sagte sie. »Er war tatsächlich Journalist.«

»Und homosexuell«, fügte Mink hinzu. »Deswegen versuchen wir herauszufinden, weshalb er hier war.«

»Warum redet ihr in der Vergangenheit von ihm?«, fragte Angel.

»Er ist ertrunken.« Jools setzte sich anders hin und der Stift, den sie auf ihren Schreibblock gelegt hatte, rutschte vom Papier auf den Boden.

»Mein Beileid«, sagte Rita. »Aber wenn dein Onkel Homo war, bin ich der Weihnachtsmann.«

Melody lachte laut und schrill. »Es sei denn, er wollte mit Ruxandra häkeln.«

Rita hüstelte; ihre Augen sendeten Warnsignale aus. Melody schwieg und schlug sich die Hand vor den Mund.

»Können wir diese Ruxandra sprechen?«, fragte Mink aufgeregt.

Angel schüttelte den Kopf. »Sie arbeitet nicht mehr hier.«

»Warum nicht?«

»Du kommst mir vor wie ihr Onkel«, sagte Melody. »Der hat auch so viele Fragen gestellt.«

Jools schluckte. »Wir glauben, dass mein Onkel nicht einfach so ertrunken ist.«

»Du meinst, er wurde ermordet?« Angel guckte geschockt.

Ein Ticken an der Tür.

Madame Petit. »Es tut mir leid, aber ...«

»Sie waren sowieso fertig.« Ritas Blick zwang sie zum Aufstehen.

Mink schnappte sein Telefon vom Tisch und Jools steckte den Schreibblock wieder in die Tasche. Sie sah aus, als könnte sie jeden Moment in Tränen ausbrechen.

»Zeit fürs Line-up, Mädels«, sagte Madame Petit.

Sie standen auf und glätteten ihre Kleidung.

»Wartet draußen«, flüsterte Angel Mink im Vorbeigehen zu.

Mink Bekkering

Sonntag, 26. März 2017

Du warst ja vielleicht gechillt!«, sagte Mink.

»Das glaubst auch nur du.« Jools' Wangen waren hochrot. »Ich bin fast in Ohnmacht gefallen vor lauter Nervosität.«

Sie schauten zur geschlossenen Tür hinüber.

»Bist du sicher, dass sie kommt?«, fragte Jools.

Mink nickte. »Dieser Kunde hat sich natürlich sie ausgesucht.«

Während er ein paar Fingerübungen mit einer Münze machte, ließ er seinen Blick über die Autos auf dem Parkplatz schweifen. Der Goldfarbene war bestimmt von Rita und der Feuerrote ...

Jools stieß ihn an. »Da ist sie.«

Angel hatte einen Poncho über ihr Minikleid gezogen. Bei jedem Schritt wippte ihr langes schwarzes Haar auf und ab.

»Guck nicht so«, murmelte Jools Mink zu. »Gleich fallen dir die Augen raus.«

Sobald Angel bei ihnen war, zog sie einen karierten Schal unter ihrem Poncho hervor.

»Hier, von deinem Onkel, oder?«

»Danke schön«, sagte Jools und drapierte ihn mit glückseligem Lächeln um ihren Hals.

»Was kannst du uns erzählen?«, fragte Mink ungeduldig.

Angel klopfte eine Zigarette aus einem Päckchen Marlboro und zündete sie an. Jools konnte es nicht lassen und wedelte den Rauch weg, der in ihre Richtung zog.

»Eins muss klar sein«, sagte Angel und behielt dabei ängstlich sowohl den Eingang zum Parkplatz als auch die Tür zum Club im Auge. »Das habt ihr nicht von mir.«

In Minks Ohren rauschte es. »Okay.«

»An manchen Abenden finden hier ziemlich ausschweifende Partys statt.« Angel sprach hastig und leise. »Die Kunden wollen natürlich, dass ihre Privacy gewahrt bleibt, also wird absolute Geheimhaltung verlangt von den Mädchen. Aus irgendeinem Grund hat sich Ruxandra nicht an diesen Code gehalten und heimlich Fotos gemacht. Das hat uns zumindest Madame Petit erzählt.«

»Wer war dadrauf?«, fragte Mink gespannt.

»Ich habe sie nicht gesehen.«

»Aber du weißt schon, wer auf diesen Partys war.«

»Ich war an diesem Abend nicht dabei.« Angel inhalierte tief, als wäre der Rauch ein Medikament, das ihre Nerven beruhigte. »Und andernfalls würde ich es auch nicht sagen können. Ruxandra wurde entlassen und ist bei keinem anderen Club mehr willkommen. Ich will nicht, dass mir das Gleiche passiert.«

»Und mein Onkel?«, fragte Jools. »Was hat der damit zu tun?«

»Das weiß ich nicht genau.« Angel zitterte und zog den Poncho fester um sich. »Ich weiß nur, dass er sich beim Line-up nach Ruxandra erkundigte. Es passiert öfter mal, dass sich Männer nach einem bestimmten Mädchen erkundigen, aber das war anders. Er sagte, er würde Ruxandra kennen und müsste sie dringend sprechen, aber er könne sie nicht erreichen. Er tat mir leid, denn er schien mir wirklich beunruhigt.« Sie schnipste die Asche von ihrer Zigarette. »Aber Madame Petit tat furchtbar von oben herab und fragte ihn, weshalb er nicht einfach zu Ruxandras Privatadresse gegangen sei. Dein Onkel erzählte, dass er nicht wüsste, wo sie wohnt. Das fanden wir alle seltsam und da hat Rita seinen Namen gegoogelt und wir sahen, dass er

Journalist war. Madame Petit hat ihn sofort vor die Tür setzen lassen.«

»Weißt du, wo Ruxandra wohnt?«, fragte Mink.

Angel schüttelte den Kopf. »Außerhalb des Clubs sehen wir uns am liebsten so wenig wie möglich.«

Jools zupfte an einem kleinen Riss in der Haut an ihrem Daumen. »War Ruxandra ihr echter Name?«

»Ja. Die meisten von uns benutzen einen Arbeitsnamen, aber Madame Petit fand, Ruxandra klänge so sinnlich.« Angel warf ihre Zigarette auf den Boden und trat sie aus. »Ruxandra Popescu, so hieß sie. Und jetzt habe ich schon zu viel erzählt. Das mit deinem Onkel tut mir leid, aber sonst will ich nichts weiter damit zu tun haben.«

Mink schaute Angel hinterher, als sie hineinlief. Es sah aus, als würde sie flüchten.

Herman van Romondt

Mittwoch, 22. März 2017

Herman parkte in einer der Seitenstraßen des Naturschutzgebiets Blauwe Bosjes. Im Handschuhfach lag der Flachmann mit dem Wodka, der ihn durch den endlos scheinenden Berufsorientierungstag gebracht hatte. Ein kleiner Rest war noch drin. Ein Rest Mut, den er gut gebrauchen konnte.

Nicht dass es geholfen hätte. Er war noch immer nervös, als er ausstieg. Während er sich ständig umschaute, bog er in den Weg zum Fluss ab. Am Ufer wartete ein Mann, die Hände in den Taschen. Er wirkte wie Goliath persönlich.

Herman sah sich um. Von Ruxandra keine Spur.

Er räusperte sich.

Der Riese drehte sich um. Herman hatte das Gefühl, ihn irgendwoher zu kennen, aber er wusste nicht, woher. Gesichter konnte er sich einfach schlecht merken.

»Van Romondt?«

Herman bekam kaum Zeit zum Nicken.

»Die Fotos.« Der Mann hielt die Hand auf.

»Es gibt da ein kleines ...« Es war, als stünde Herman innerlich in Flammen. Er sehnte sich nach Alkohol, um seine Angst zu besänftigen. »... Problem.«

Der Mann schwieg – sein Blick sprach jedoch Bände.

»Wirklich, ich wollte sie mitbringen, aber ...« Herman schwitzte. »Ich weiß nicht, wo sie geblieben sind.«

»Hältst du mich für bekloppt?« Der Mann verpasste ihm einen Stoß gegen die Schulter. »Jacke aus.«

»Aber ...«

»Bist du taub oder was?«

Herman zog seine Jacke aus und ließ sie auf den Boden fallen.

»Arme spreizen«, sagte der Mann.

Herman sah sich selbst da stehen. Eine dumme Vogelscheuche, die noch nicht mal ein Rotkehlchen verjagen könnte. Ganz zu schweigen von einem Riesen.

Obwohl.

Der Mann kniete neben seiner Jacke und fühlte in den Taschen. Plötzlich wirkte er nicht mehr so einschüchternd. Das ist der geeignete Moment, um ihn auszuschalten, dachte Herman. Einen einzigen kräftigen Tritt gegen den Schädel. Nur ... »Wo ist Ruxandra?« Er wollte sie nicht in Gefahr bringen.

»Erst die Fotos.« Der Augenblick war vorbei. Der Mann hatte Hermans Telefon gefunden und richtete sich auf. »Sind sie hier drauf?«

Wäre es nur so. Herman schüttelte den Kopf.

Der Mann warf das Smartphone in hohem Bogen in den Fluss.

All seine Kontakte, Adressen und privaten Fotos ... Herman senkte stöhnend die Arme.

»Hoch«, sagte der Mann. »Sonst kann ich dich nicht filzen.«

Seine Hände tasteten Hermans Oberkörper ab und glitten dann nach unten.

»Ich sage doch, dass ich sie nicht mehr habe.«

»Und was ist das dann?« Der Mann klopfte auf Hermans Hosentaschen.

»Nur mein Geldbeutel und die Schlüssel.«

Der Mann leerte eine Tasche nach der anderen.

»Lass mich gehen«, versuchte Herman sein Glück. »Ich finde sie bestimmt wieder. Ich brauche nur Zeit.«

Der Mann ließ den Schlüsselbund in seiner eigenen Tasche verschwinden. Den Geldbeutel steckte er in Hermans Gesäßtasche, nachdem er den Inhalt überprüft hatte.

»Gib mir einen Tag«, flehte Herman. »Zur Not einen halben.«

»Damit du sie erst noch in deiner dämlichen Zeitung veröffentlichen kannst?« Der Mann schüttelte den Kopf. »Letzte Chance, mein Freund: Wo hast du sie versteckt?«

Es war, als hingen Gewichte an Hermans Armen. Er konnte nicht mehr. Stück für Stück ließ er sie sinken ...

Ein harter Ruck. Der Mann hielt plötzlich Hermans rechte Hand fest und zog ihn an sich, als würden sie Rock 'n' Roll miteinander tanzen. Herman war so überrumpelt, dass er sich auch noch herumdrehen ließ, und plötzlich saß er fest in einer Art Schwitzkasten.

»Was machst du?«, fragte er beklommen.

»Was glaubst du wohl?« Der heiße Atem des Mannes blies Herman ins Ohr. »Aus meiner letzten Warnung hast du dir auch schon nichts gemacht. Meine Geduld ist zu Ende.«

Der Irre bringt mich um, dachte Herman und begann wie wild mit seiner freien Hand um sich zu schlagen. Schlechte Idee. Sein Peiniger schob seinen rechten Arm, der auf den Rücken gedreht war, augenblicklich noch weiter nach oben. Der Schmerz war unerträglich. Herman merkte, wie ihm die Tränen in die Augen sprangen, und er war davon überzeugt, dass seine Knochen brechen würden. »Ich habe sie wirklich nicht ...«

»Wer denn dann?« Wieder schob der Mann Hermans Arm ein Stück höher. »Nun?«

Herman brüllte laut auf. »Keine Ahnung.«

Der Mann zwang ihn, sich zu beugen, bis er am Ufer kniete, und drückte sein Gesicht tief ins schwarze, gierige Wasser. Zu seinem großen Entsetzen spürte Herman, dass seine Hose im Schritt warm und nass wurde. Er hatte sich verdammt noch mal in die Hose gepisst!

»Weißt du, was wir mit Lügnern machen?« Der Mann drückte ihm den Kopf unter Wasser.

Das Wasser war so kalt, dass Hermans Gehirn fast einfror. Seine Atmung wurde abgeschnitten und sein ...

Luft! Er schnappte, hustete und musste fast kotzen.

»Muss ich dein Gedächtnis noch einmal auffrischen?« Die Stimme des Mannes klang vage und weit weg.

Herman suchte nach einem Ausweg, einem Trumpf, und ihm fiel nur eine Möglichkeit ein. Erschöpft hob er die Hand.

»Okay, ich warte.« Wie ein Reiter auf seinem Pferd blieb der Mann auf Hermans Schenkeln sitzen.

Herman würgte, spuckte Wasser.

»Wird's bald?«, schnauzte der Mann.

»Paradise«, konnte Herman mit Mühe rausbringen.

Der Mann schwieg, aber die Information hatte ihn durchaus erreicht. Herman spürte, wie sich der Griff um sein Handgelenk lockerte und der Druck auf seinen Adamsapfel verringerte. In seiner Brust keimte eine leise Hoffnung auf.

»Ich habe Beweise.« Herman röchelte, um seine Stimme wieder in den Griff zu kriegen.

»Wo?«

»Das sage ich dir erst, wenn ich in Sicherheit bin.«

Der Mann verlor die Selbstbeherrschung. »Spuck's aus!«

Und dann umgebracht werden, ja? Herman presste die Lippen fest aufeinander.

Da wurde sein Kopf wieder unter Wasser gedrückt.

Der Oberst

Mittwoch, 22. März 2017

Der Oberst rief an, sobald er den Ausgang des Naturschutzgebiets erreicht hatte.

»Hast du die Fotos?«, fragte der andere sofort.

»Noch nicht«, sagte der Oberst.

»Warum rufst du mich dann an? Sorg dafür, dass van Romondt sie rausrückt, wie, ist mir egal.«

»Daraus wird nichts mehr.«

Am anderen Ende der Leitung wurde es kurz still. »Wieso nicht?«, erklang es dann.

»Van Romondt ist nicht mehr«, sagte der Oberst. »Es ist was schiefgegangen.«

»Was meinst du?«

»Was ich sage. Er ist der Teebeutelmethode erlegen.«

»Bitte?«

»Ins Wasser tauchen, kurz ziehen lassen und wieder rausholen.«

Der Oberst ließ Hermans Schlüsselbund um seinen Finger kreiseln.

»Eistee in dem Fall. Der Fluss war ziemlich kalt.«

Das Fluchen war so laut, dass der Oberst sein Telefon ein Stückchen vom Ohr weghielt.

»Van Romondt war selbst schuld«, sagte er ungerührt. »Der Idiot wollte nicht mitarbeiten.«

»Deswegen brauchst du ihn doch nicht zu ertränken?« Die Panik dröhnte aus dem Telefon. »Wenn sie seine Leiche finden, kommt im Handumdrehen ein Ermittlerteam aus der Stadt, das sich mit der Sache befasst, und das sind nicht solche Schwachköpfe wie die von hier. Die werden alles rauskriegen und ...«

»Mach dir keinen Kopf«, sagte der Oberst. »Van Romondt wurde nicht beraubt und es gibt keine deutlichen Anzeichen von Gewalt. Alle werden denken, er sei aus Versehen ins Wasser gefallen und ertrunken.«

»Und bist du sicher, dass er tot ist?«

Der Oberst war jedenfalls sicher, dass van Romondt mit der Jacke um seine Beine vollkommen chancenlos war. »Alles wird gut«, sagte er. »Ich habe seine Schlüssel. Wenn die Fotos nicht in seinem Auto liegen, sehe ich mich in seinem Apartment um.«

»Ob das so eine gute Idee ist? Wenn sie merken, dass bei ihm eingebrochen wurde, wird sein Ableben doch noch verdächtig.«

»Ich hinterlasse keine Spuren. Keiner kommt dahinter, dass ich da gewesen bin.«

»Es sei denn, man sieht dich. *Eine* neugierige Nachbarin und ...«

»Es geht wahrscheinlich nicht nur um die Fotos.«

»Was meinst du?«

»Van Romondt fing vom Paradise-Projekt an. Er sagte, er hätte Beweise.«

Es wurde einen Moment still.

»Ich will, dass du jedem Millimeter von diesem Apartment auf den Grund gehst«, erklang es dann. »Aber mach das erst heute Nacht, wenn ganz Hieteren schläft.«

Mink Bekkering

Sonntag, 26. März 2017

Sobald Angel im Privatclub verschwunden war, gingen Mink und Jools zu ihren Fahrrädern zurück.

»Nachricht von Sebas«, sagte Mink und er las vor: »Fast fertig für letzte Fahrt nach Zonneheuvel. Mutter und Tante von Jools sind auch hier. Habe gesagt, dass ihr mit Muffin rausmusstet.«

»Uff!« Jools tat, als müsste sie Schweißtropfen von der Stirn wischen. »Wenn er Mama erzählt hätte, dass wir bei Aquacadabra sind, hätte sie uns sofort abgeholt. Hausarrest bis zu meinem Dreißigsten. Mindestens.«

Hermans Apartment war vollkommen leer und der Kleintransporter voll bis unters Dach.

»Susanne und ich bringen mit Drummer die letzten Sachen rüber ins Haus«, sagte Jools' Mutter. »Wo ist der Schlüssel?«

Sebas hatte ihn an sich genommen, damit er und Drummer einfach mit dem Umzug weitermachen konnten, während Jools und Mink die magischen Mädchen interviewten. Er fischte ihn aus der Hosentasche. »Bitte schön.«

»Legst du ihn wieder an seinen Du-weißt-schon-Platz zurück?«, bat Jools.

Ihre Mutter nickte. »Steht dir gut, der Schal von Herman.« Sie stieg ein und wollte die Autotür schon zuschlagen, als sie es sich anders überlegte. »In einer Dreiviertelstunde treffen wir uns bei uns daheim. Ich lade euch alle zu Pizza ein!«

»Jippie!«, rief Sebas.

Der Kleintransporter fuhr weg und verschwand um die Ecke. Jools seufzte und sah plötzlich todmüde aus.

»Alles okay?«, fragten Mink und Sebas gleichzeitig.

Sie nickte. »Ich will noch kurz nach oben.«

Zum letzten Mal gingen sie durch die leeren Zimmer des Apartments, das plötzlich etwas Trauriges hatte, wie ein Hund ohne Herrchen.

»Habt ihr noch etwas entdeckt?« Sebas' Stimme hallte ein wenig.

Mink erzählte von Ruxandra, während Jools auf die dunklen Flecken im Bodenbelag starrte. Man konnte genau erkennen, wo alle Möbel gestanden hatten.

»Ruxandra Popescu, hast du gesagt?« Sebas startete eine Suchanfrage auf seinem Telefon. »Auf Insta ist sie nicht, aber vielleicht ja ...« Er sah kurz auf und zog vielsagend die Augenbrauen hoch. »Ist meine alte Facebookseite doch noch zu etwas nütze.« Sein Daumen fuhr über den Bildschirm. »Wow, hier habe ich eine ganze Liste mit Ruxandra Popescus. Eine ist halb nackt. Schaut mal. Könnte sie das sein?«

»Wir wissen nicht, wie sie aussieht.« Mit hängenden Schultern ging Jools in die Diele. »Kommt ihr? Ich will hier weg.«

»Kopf hoch«, sagte Mink. »Bestimmt finden wir Ruxandra noch.«

»Hatte Herman keinen Computer oder so?«, fiel Sebas ein. »Wer weiß, vielleicht haben sie ja gemailt.«

Mink starrte seinen Freund an. »Du bist genial.«

»Ha, ha«, sagte Sebas. »Endlich hat er es kapiert.«

Mink legte Jools die Hand auf die Schulter. »Schnell, lass uns zu dir nach Hause fahren. Das ist unsere Chance, Hermans Laptop anzugucken!«

Noch keuchend und verschwitzt vom schnellen Radfahren saßen sie mit dem Laptop am Esstisch. Mink ging sofort zum Maileingang. Suchen, suchen ...

Keine Nachricht von Ruxandra dazwischen.

»Schau mal bei den Gesendeten«, sagte Jools.

Herman hatte Ruxandra tatsächlich eine kurze Info geschickt: Ruf mich an oder mail mir!

»Wahnsinnstext für einen Reporter«, meinte Sebas.

Mink klickte auf *Weiterleiten* und begann zu tippen.

Bitte nehmen Sie so schnell wie möglich Kontakt mit uns auf! Wir versuchen herauszufinden, was mit Herman van Romondt passiert ist. Die Polizei geht von Ertrinken aus, aber wir glauben, dass er ermordet wurde. Wir wissen nicht, von wem oder warum. Wir wissen nur, dass Sie mit ihm gemeinsam an einer Story gearbeitet haben. Als er nichts mehr von Ihnen hörte, war er beunruhigt und hat Sie im Aquacadabra gesucht. Keiner glaubt uns. Sie sind die Einzige, die uns weiterhelfen kann. Können wir uns irgendwo treffen oder wollen Sie uns eine Nachricht über WhatsApp schicken?

Mink setzte seine Handynummer unter die Nachricht. »Versenden?«

»Warte.« Jools fügte noch ein, zwei Zeilen hinzu.

Herman war mein Lieblingsonkel. Bitte melden Sie sich!

Jools

Ein Klick mit der Maus und die Mail war weg.

Sie starrten auf den Bildschirm, als könnten sie Ruxandra fernsteuern. Mink überprüfte, ob sein Telefon auch eingeschaltet war.

Natürlich war es das.

Es blieb still. Totenstill. Bis Drummers Kleintransporter vor der Tür parkte.

»Wir sollten die Nachricht lieber löschen«, sagte Jools. »Mama flippt aus, wenn sie das liest.«

Mink verschob die versendete Mail in den Papierkorb, den er anschließend leerte. Computer ausschalten.

»Habt ihr den Tisch schon gedeckt?«, fragte Jools' Mutter aus der Küche. »Nein, oder?«

Drummer und Tante Susanne kamen ziemlich belustigt ins Zimmer. Jools schob den Laptop beiseite, um Platz zu machen.

»Mit einem Messer und Papier von der Küchenrolle kriegen wir das auch so geregelt«, meinte Drummer. »Und wir essen einfach mit den Händchen.«

»Händchen.« Jools betrachtete seine Hände – Ofenhandschuhe waren nichts dagegen – und grinste.

Die Schachteln wurden geöffnet und die Pizzen in Stücke geschnitten. Mink hatte gerade den Mund voll mit Sardellen, Käse und Tomaten, als er spürte, wie sein Telefon vibrierte. Er wischte sich das Fett von den Fingern und warf einen Blick auf den Bildschirm.

Reuzelhof 3. In einer Stunde.

Herman van Romondt

Montag, 6. März 2017

Die Vormittagsbesprechung bei Dagblad Zuid war vorbei. Manche Kollegen blieben in der Redaktion, andere packten ihre Sachen und zogen los. Als Herman Schal und Jacke von der Garderobe holte, hörte er bei den Schließfächern jemanden aus vollem Herzen fluchen.

Edine natürlich.

»Schlüssel weg?«, fragte Herman.

»Du darfst nie wieder raten.« Sie hob ihre überquellende Tasche kurz hoch. »Ich muss mir heute wieder einen abschleppen.«

Edine hatte immer besonders viel Recherchematerial, wegen der Artikel, die sie schrieb. Oft waren es seitenlange Storys über schwierige Themen, wie den Verlust eines Kindes, Prostitution und ...

»Kennst du zufällig jemanden, der bei Aquacadabra arbeitet?«, fiel Herman ein.

»Für einen Artikel?«

Er nickte. »Ich brauche bloß Infos von ihr. Sie selbst kommt in der Story nicht vor.«

»Gut«, sagte Edine nachdenklich. »Ich schau mal, ob ich etwas für dich organisieren kann, und dann schicke ich dir eine WhatsApp.«

Es ging schon auf Mittag zu, als Herman Antwort bekam. Ein Mädchen, das Ruxandra hieß, wollte zwar mit ihm reden, aber nur auf neutralem Boden.

Kann sie zufällig heute noch?, schrieb er zurück. In einer Stunde in Loesjes Lunchroom?

Edine reagierte fünf Minuten später.

Ich werde meinen schwarz-weiß karierten Schal auf den Tisch legen, schrieb Herman.

Immer wenn sich die Tür zum Lunchroom öffnete, schaute er von seinem Laptop auf. Ein Geschäftsmann. Mutter und Tochter. Zwei Freundinnen mit einem Kinderwagen. Eine Blondine, die sich suchend umschaute.

Ob sie ...

Herman konnte sich nicht vorstellen, dass sie im Aquacadabra arbeitete. Sie sah aus wie eine Studentin mit ihrem Dufflecoat, dem Rucksack und den Mokassins.

Doch sie kam geradewegs auf seinen Tisch zu. »Herman van Romondt?«

»Der einzig echte.« Er wies auf den Stuhl ihm gegenüber. »Setz dich.«

Sie behielt ihren Mantel an und knöpfte ihn nur auf.

Herman schloss seinen Computer. »Willst du was trinken? Essen?«

»Ich nehme einen frischen Minztee.«

Er rief das Mädchen, das heute bediente. Wie die anderen vom Personal trug sie ein T-Shirt mit einem Spruch: *Wer nicht mit der Zeit geht, muss mit der Zeit gehen.* Ruxandra sah sie nicht an und spielte mit einem Zuckertütchen.

»Einen frischen Minztee und noch einen Cappuccino bitte«, bestellte Herman.

»Kommt sofort.« Das Mädchen verschwand.

»Worum geht es hier?«, fragte Ruxandra.

»Ich hoffe, dass du mir etwas von den *All-inclusive-Partys* erzählen kannst, die im Aquacadabra stattfinden.«

»Warum sollte ich das tun?«

»Es geht nicht um dich oder die anderen Mädchen. Ich will nur wissen, welche Männer diese Partys besuchen.«

Sie hob eine Augenbraue. »Bist du sicher, dass du für Dagblad Zuid arbeitest? Klingt nach anderen Blättern. Seltsamen.«

»Ich interessiere mich nicht für ihre sexuellen Eskapaden.« Herman beugte sich vor und sprach leiser. »Da läuft was viel Größeres. Genau hier unter unserer Nase in Hieteren, und diese Pool-Partys haben irgendwie damit zu tun.«

»Ein Minztee und ein Cappuccino.« Die Bedienung stellte die Getränke ab.

»Danke schön.« Herman zog seine Tasse zu sich herüber.

Ruxandra schaute dem Mädchen hinterher. »Wieso das?«

»Das ist genau das Problem«, sagte Herman. »Ich weiß es nicht genau. Damit ich mit meiner Recherche vorankomme, muss ich erst die Identität der Männer herauskriegen.«

Sie nahm ihren Keks. »Und du dachtest: Ich frag Ruxandra.«

»Ich habe Notizen über diese Feste. Mit diesen Daten.« Er schob ihr einen Zettel zu. »Vielleicht warst du dabei und kannst mir Namen nennen?«

»Und was springt dabei für mich raus?«

Herman nahm einen 50-Euro-Schein aus seinem Geldbeutel und schob ihn Ruxandra zu. Noch bevor er blinzeln konnte, war er in ihrer Tasche verschwunden.

»Ich nicht weiß, wie diese Männer heißen«, sagte sie dann einfach.

»Außerdem bin ich nicht bei jeder Party und die Kunden sind auch nicht immer dieselben.«

»Kannst du mir dann wenigstens sagen, wie sie aussehen?«, fragte Herman.

»Normal, wie alle Männer.« Ruxandra knabberte an ihrem Keks. »Dick und dünn, kahl und mit Haar und alles dazwischen.«

Herman rieb sich über die Stirn. Schade, dass der Club nicht an einer normalen Straße lag, wo man einfach parken konnte. Dann hätte er die Besucher von seinem Auto aus heimlich fotografieren können.

»Kannst du keine Fotos von ihnen machen?«, fiel ihm auf einmal ein.

»Vergiss es«, sagte Ruxandra. »Fotografieren ist absolut verboten.«

Herman ließ einen Zuckerwürfel in seine Tasse fallen. »Und wenn ich für eine versteckte Kamera sorge?«

Mink Bekkering

Sonntag, 26. März 2017

Reuzelhof 3. In einer Stunde. Am liebsten hätte Mink es über den ganzen Tisch gebrüllt.

Er schickte Sebas und Jools sofort eine WhatsApp.

Ruxandra hat unsere Mail beantwortet.

Verabredung in einer Stunde.

Sie sahen auf ihre Handys.

»Leute«, murmelte Jools' Mutter. »Bitte! Nicht beim Essen!«

»Ich gehe gleich noch kurz mit zu Mink«, sagte Jools.

Ihre Mutter runzelte die Stirn.

»Wir müssen noch was für die Schule fertig machen.«

»Wenn wir es morgen nicht abgeben, kriegen wir alle drei eine Sechs«, sagte Sebas.

Jools' Mutter seufzte. »Na, dann los. Aber wenn ihr fertig seid, kommst du sofort nach Hause.«

Jools hatte eine Navigations-App auf ihrem Smartphone. Sie tippte die Adresse ein.

»Das ist nicht so weit«, sagte sie. »Wir können die Räder nehmen.«

Die Strecke führte sie am Kinderbauernhof vorbei. Minks Blick glitt über den Zaun. Dort hatte er mit Herman über die eigenwillige Ziege gegrinst. Er wünschte, er könnte die Zeit zurückdrehen.

»Wir sind fast da«, sagte Jools. »Um die Ecke und dann rechts.«

Reuzelhof war ein von Mietshäusern umgebener Platz mit einer kleinen Grünanlage in der Mitte. Sie schlossen ihre Räder ab und schlenderten am Komplex entlang. Es gab zwei zentrale Eingänge für die höher gelegenen Wohnungen, aber die Apartments im Erdgeschoss hatten jeweils eine eigene Haustür und hinter einer von ihnen wohnte Ruxandra.

Als sie klingelten, öffnete ein Mädchen mit katzenhaften Augen. Sie trug Leggings, ein geblümtes Kleid und dicke Socken.

»Ruxandra?«, fragte Mink. »Du hast uns gerade deine Adresse geschickt.«

»Mein Name ist Lilian. Aber es stimmt, die Adresse habe ich geschickt.« Das Mädchen hielt ihnen die Tür auf. »Kommt rein.«

Die Einrichtung ihres kleinen Wohnzimmers hätte geradewegs in einen Ikea-Katalog gepasst. Ein naturfarbener Holzboden, schwarze und weiße Möbel, hier und da ein roter Akzent von einem Kissen oder Schal.

»Setzt euch«, sagte sie, als sich alle vorgestellt hatten.

Zu dritt quetschten sie sich auf den schwarzen Zweisitzer. Lilian nahm den weißen Schemel, der danebenstand. Er sah aus wie ein Beistelltisch, aber sie stellte ihn dem Sofa gegenüber und setzte sich darauf.

»Arbeitest du auch bei Aquacadabra?«, fragte Mink.

Wie kannst du nur so etwas denken?, sagten Lilians Katzenaugen. Sie schüttelte den Kopf. »Ich bin eine arme Krankenschwester. Darum teile ich mir diese Wohnung mit zwei weiteren Mädchen, Ruxandra und Britt.«

»Ihr seid also Freundinnen«, sagte Jools.

»Hausgenossinnen trifft es besser. Ruxandra bleibt ziemlich für sich.« Lilian sah Jools neugierig an. »Du hast in der Mail von einer Story gesprochen. War dein Onkel Journalist oder so?«

»Ja, beim Dagblad Zuid.«

»Warum glaubst du, dass er ermordet wurde?«

Jools berichtete von der Jacke, die um seine Beine gebunden war. »Und es ist im Naturschutzgebiet Blauwe Bosjes passiert, wohin er sonst nie ging. Wir glauben, dass er eine Verabredung hatte. Vielleicht ja mit Ruxandra.«

»Wann war das?«, fragte Lilian.

»Letzten Mittwochabend.«

»Da war sie schon in Rumänien.«

Mink war einen Augenblick irritiert, bis ihm klar wurde, dass dies nur ein weiterer Beleg dafür war, dass an der Sache etwas faul war. »Warum ist sie weggegangen?«, fragte er. »Hat das etwas mit den Fotos zu tun? Ist sie vielleicht geflüchtet?«

Lilian guckte verdutzt. »Welche Fotos?«

»Die sie heimlich im Club gemacht hat«, sagte Jools. »Für Onkel Herman, glauben wir.«

»Ich weiß nichts von irgendwelchen Fotos«, sagte Lilian. »Ich wusste nicht einmal, dass Ruxandra mit Herman van Romondt zusammenarbeitete. Bis ich eure Mail las.«

Enttäuscht lehnte Mink sich zurück. »Du hast uns also völlig umsonst hierherkommen lassen.«

»Ich hatte eigentlich gehofft, dass ihr mir das ein oder andere erklären könntet«, sagte Lilian. »Und nicht umgekehrt. Das Luder schuldet mir nämlich noch eine Monatsmiete.«

Stille trat ein. Mink hatte das vage Gefühl, dass hier was nicht stimmte. Dass er etwas übersah. »Weißt du sonst noch irgendwas über Ruxandra?«, fragte er.

»Nur, dass sie schnell viel Geld verdienen wollte. Sie hat keinen Mann, aber einen Sohn in Rumänien. Wenn Ruxandra hier ist, kümmern sich ihre Eltern um ihn. Die Leute scheinen furchtbar arm zu sein.« Lilian machte ein mitleidendes Gesicht. »Darum arbeitete sie bei Aquacadabra.«

»Wo sie entlassen wurde«, sagte Jools. »Wegen der Fotos.«

»Das ist mir dann wiederum neu.« Lilians Mitleid war schon wieder vorüber. »Wie ich schon sagte: Sie erzählte fast nie was!«

»Wann hast du sie eigentlich zum letzten Mal gesehen?«, fragte Mink.

»Freitag, glaube ich. Nicht letzten Freitag, sondern in der Woche davor.« Lilian knetete ihr Ohrläppchen, als könne sie dann besser nachdenken. »Ich bin einkaufen gewesen, und als ich nach Hause kam, habe ich etwas in Richtung von Ruxandras Zimmer gerufen. Sie reagierte nicht, also ging ich zu ihr. Der Boden war von alten Zeitungen übersät, ganz merkwürdig. Und sie war wie ein kopfloses Huhn dabei, ihren Schrank leer zu räumen und alles in Taschen zu stopfen. Ich fragte, was los sei, aber sie dachte überhaupt nicht daran, mir zu antworten. Innerhalb einer Stunde war sie weg.«

»Nach Rumänien?«, fragte Jools.

»Das behauptete sie zumindest«, sagte Lilian.

Plötzlich wurde Mink klar, was ihn die ganze Zeit so irritiert hatte.

»Wenn Ruxandra in Rumänien ist – wie hast du dann unsere Mail lesen können?«

»Damit.« Lilian griff nach dem Tablet, das auf dem Wohnzimmertisch lag. »Ich teile es mir mit Ruxandra und Britt. Na ja, jetzt nur noch mit Britt.«

»Hat Ruxandra denn keine eigene E-Mail-Adresse?«, fragte Jools erstaunt.

»Doch. Aber wenn sie eine neue Nachricht erhält, schickt ihre Mailbox eine Push-Benachrichtigung. Manchmal sehe ich, wie eine auf dem Bildschirm aufploppt, und dann lese ich automatisch die ersten Zeilen. Eure Mail fing ziemlich dringend an, und da Ruxandra so plötzlich verschwunden ist …«

Mink nickte verstehend. »Hast du auch noch andere Push-Nachrichten gesehen?«

»Ich nicht. Britt vielleicht.«

»Und es sind bestimmt auch keine Fotos auf dem Tablet?«, wollte Sebas wissen.

»Da ist so gut wie nichts drauf.« Lilian reichte ihm das Gerät. »Wir benutzen es vor allem fürs Internet.«

In Minks Kopf ging es zu wie am Busbahnhof zur Stoßzeit. Ihm kam ein Gedanke nach dem anderen. Statt sich eine andere Stelle zu suchen, war Ruxandra nach Rumänien gegangen. Ganz plötzlich, als wäre sie vor etwas oder jemandem geflüchtet, und es sah zumindest so aus, als würde sie nicht wiederkommen. Aber wie sollte es dann mit ihren armen Eltern und ihrem Sohn weitergehen? Ihre Geldprobleme konnten sich doch nicht auf magische Weise in Luft aufgelöst haben?

Es sei denn ...

War Ruxandra wirklich geflohen? Vielleicht war sie auch bewusst weggegangen, weil sie irgendwo den Hauptpreis gewonnen hatte.

»Vielleicht hat Ruxandra Herman die Fotos gar nicht gegeben«, sagte Mink. »Oder sie hat sie ihm gegeben, aber erst für sich selbst eine Kopie gemacht, damit sie diese verkaufen konnte.«

Drei paar Augen starrten ihn an.

»Wem denn?«, fragte Jools.

»Irgendeinem reichen Typen«, sagte Mink. »Weil er seine Anwesenheit auf dieser Sexparty geheim halten wollte.«

Ruxandra Popescu

Freitag, 10. März 2017

Sobald sie von der Poolparty im Aquacadabra wieder zu Hause war, trat sich Ruxandra die Schuhe von den Füßen und ging ins Wohnzimmer. Lilian und Britt waren ausgegangen und würden erst am frühen Morgen heimkommen, also konnte sie die Fotos ungestört anschauen. Sie setzte sich mit dem Tablet aufs Sofa und massierte ihre Feinstrumpffüße.

Es war kein Problem gewesen, die Männer zu fotografieren. Alkohol und Drogen machten sie weniger aufmerksam als sonst und die meisten waren sowieso so sehr von sich überzeugt, dass sie sich unangreifbar fühlten. Keiner bemerkte die Minikamera, die sich Ruxandra wie eine Haarnadel in den Knoten auf ihrem Kopf gesteckt hatte. Sie brauchte nur noch auf den Auslöser zu drücken. Klick, hab dich.

Für die Bildgestaltung würde sie sicher keinen Preis gewinnen – die meisten war schief und verwackelt –, aber die Männer waren erkennbar abgelichtet. Vor allem das Foto vom Bürgermeister war gut gelungen. Sie hatte ihn sehr bewusst fotografiert, als er sich über das Tischchen beugte und sich eine Linie reinzog.

Wenn das bekannt wurde ...

Plötzlich wurde ihr klar, wie viel Geld das Foto wert war. Viel mehr als das Scheinchen, das Herman ihr zahlte. Was würde der Bürgermeister wohl dafür übrig haben?

Erst schämte sie sich. Wie konnte sie nur so etwas denken?

Dann dachte sie an alle Möglichkeiten und Chancen, die das Geld bieten würde. Ihr kleiner Sohn würde später studieren können und eine bessere Zukunft haben als sie und ihre Eltern.

Und warum sollte sie überhaupt mit dem Bürgermeister Mitleid haben? Er hatte sich doch sicher selbst in diese Lage gebracht. Eigentlich konnte er von Glück sprechen, dass es ihm nicht früher passiert war.

Sie versendete das Foto an ihr Telefon und schickte Herman eine WhatsApp. Fotos gelungen. Morgen Übergabe?

Er war noch wach. Loesjes Lunchroom, fünf Uhr?, schrieb er zurück.

Ok. Sie nahm das Tablet mit in Britts Zimmer, wo ein Drucker stand.

Ratternd druckte das Gerät das Foto des Bürgermeisters. Die digitale Version verschob sie in den Papierkorb. Auf dem Tablet durfte nichts bleiben, was sie verraten konnte.

Du kannst noch zurück, sagte eine Stimme in ihrem Kopf.

Sie löschte sie zusammen mit dem Foto.

TEIL 5

WIE HOUDINI

There is a safe spot within every tornado.
My job is to find it.

(David Copperfield –
amerikanischer Illusionist)

Mink Bekkering

Montag, 27. März 2017

Sobald Mink das Vibrieren seines Telefons spürte, ging seine Hand automatisch in seine Hosentasche. Es war, als würde Fokkema es riechen. Der Blick aus den Adleraugen des Chemielehrers, der erst noch suchend durch die Klasse ging, blieb plötzlich an Minks Tisch hängen.

Mink zog die Hand zurück. Fokkema nahm einem das Telefon schon weg, wenn er nur glaubte, man würde draufgucken.

Das Gerät vibrierte wieder.

Wenn Mink nicht augenblicklich nachschauen dürfte, würde er wahnsinnig. Er hob den Arm. »Darf ich zur Toilette?«

»Kann das nicht bis nach der Stunde warten?«, fragte Fokkema.

Mink schüttelte den Kopf.

»Beeil dich.«

Im Toilettenraum war keiner. Mink checkte sein Telefon.

Eine Nachricht von Jools. Ruf mich an!!!

Die Ausrufezeichen machten ihn nervös. Sie wusste doch, dass er im Unterricht war?

Das Gerät dicht an sein Ohr gepresst, rief er sie an.

»Hast du keine Wirtschaftslehre?«

»Kusters hat sich krankgemeldet, also hatte ich plötzlich eine Freistunde.«

»Wo bist du?«

»Zu Hause. Ich musste die ganze Zeit an die Fotos denken, die Ruxandra gemacht hat ...«

Minks Magen schien plötzlich zu schweben. »Hast du sie gefunden?«

»Nein«, sagte sie. »aber einen kleinen Schlüssel. Er lag in Onkel Hermans Laptoptasche ganz unten und ich weiß nicht, von wo ...«

Mink hörte, dass sich ihre Atmung beschleunigte.

»Ist was?«, fragte er.

»Ich dachte, ich hätte was gehört«, flüsterte Jools.

Stille.

»Alles in Ordnung?«, fragte Mink.

»Es werden wohl Mama und Tante Susanne sein. Sie hatten einen Termin beim Bestatter, um über den Ort für die Urne zu sprechen, also dachte ich, sie wären eine Weile unterwegs.« Jools schnalzte genervt mit der Zunge. »Kann ich wieder nicht auf Onkel Hermans Computer schauen. Weißt du, dass Mama ihn nachts mit in ihr Zimmer nimmt? Ich glaube, sie will mich ärgern.«

»Aber was ist denn jetzt mit diesem Schlüsselchen?«, fragte Mink ungeduldig.

Sie reagierte nicht.

»Jools?«

Er hörte ein Klackern – hatte sie ihr Telefon fallen lassen? Abgelegt? – und dann ihre Stimme: »Was willst du hier?«

So würde sie nie mit ihrer Mutter reden. Die Aufregung, die Mink gerade noch verspürt hatte, schlug um in Angst. »Jools?« Seine Stimme schallte durch den Toilettenraum. »Wer ist da bei dir?«

Die Geräusche, die an sein Ohr drangen, waren undeutlich, als steckte Jools' Telefon in der Hosentasche und der Anruf bei

Mink sei ein Versehen. Bis er sie ganz laut »Finger weg!« rufen hörte. Dann erklang ein Rums, als würde etwas Schweres auf den Boden fallen.

Mink hatte das Gefühl, die Erde würde einen Moment aufhören, sich zu drehen.

»Jools!«, schrie er.

Es kam lange keine Antwort.

»Houdini«, vernahm er dann so leise, dass Mink bezweifelte, dass er richtig gehört hatte. Gleich danach brach die Verbindung ab.

Zwei Sekunden lang war er wie gelähmt, bis er sich selbst plötzlich schreien hörte, eine Art Urschrei. Dann funktionierten seine Beine wieder, er rannte aus den Toiletten, durch die Gänge, zum Ausgang der Schule. Er vergaß seine Jacke, seine Tasche und dachte nicht einmal mehr an Fokkema.

»He!«, rief der Hausmeister, aber Mink war schon auf dem Weg zu seinem Fahrrad.

Der Schlüssel steckte zum Glück in seiner Hosentasche. Beeilung! Beeilung. Er stocherte das Schloss auf und raste los, während er an Herman van Romondt dachte. Herman, der ermordet worden war, weil er etwas entdeckt hatte.

Jools hatte auch etwas entdeckt.

Mink erstickte fast vor Angst. Er trat noch fester in die Pedale und prallte fast gegen den Bürgersteig. Einem Pfosten, der im Weg war, konnte er gerade noch ausweichen. Sein Rücken wurde immer feuchter, bis er vor Schweiß triefte. Er legte sich in die Kurven und endlich war er bei Jools' Haus. Er warf sein Rad gegen den Zaun und lief wie immer hintenrum.

Die Küchentür war offen. Niemand da.

Er stürmte ins Wohnzimmer ...

Kaum sah er sie neben dem Esstisch auf dem Boden liegen, kniete Mink neben ihr. »Nein, nein«, murmelte er, während er ihre Haare streichelte. »Das tust du mir nicht an, hörst du mich?« Sie gab keinen Laut von sich und das machte ihn wütend, auch wenn er natürlich wusste, dass sie nichts dafürkonnte, er tätschelte ihre Wangen, aber sie bewegte sich noch immer nicht, also lauschte er mit dem Ohr an ihrem Mund und ...

Sie atmete noch!

Idiot, er hätte sofort den Rettungswagen rufen müssen!

Das Telefon flutschte ihm drei Mal durch die feuchten Finger, bevor es ihm gelang. Er nannte die Adresse und ließ die Haustür einen Spalt offen, damit sie gleich reinkommen könnten. Dann kauerte er sich wieder neben Jools, zitternd und schlaff, während er versuchte, per Telepathie seine Gedanken in ihren Kopf zu schicken. Halte durch. Bitte halte durch. Tränen drückten sich aus seinen Augen und liefen seine Wangen hinunter. Wenn er den Drecksack zu fassen bekäme, der sie niedergeschlagen hatte ...

Houdini. Ihr letztes Wort. Plötzlich fiel es ihm wieder ein.

Vor ein paar Tagen, in den Blauwe Bosjes, hatten sie noch über ihn gesprochen. Wollte Jools ihm vielleicht etwas sagen?

Vorsichtig fühlte Mink mit seinem Zeigefinger in ihrem Mund. Der kleine Schlüssel, den sie in Hermans Laptoptasche gefunden hatte, klemmte zwischen ihrer Wange und der oberen Zahnreihe. Hatte sie so verhindern wollen, dass er ihrem Angreifer in die Hände fiel?

Eine Sirene riss ihn aus seinen Gedanken. Vor dem Haus hielt ein Rettungswagen mit Blaulicht. Mink betrachtete den Schlüssel noch einmal und ließ ihn dann in seine Tasche gleiten.

Mink Bekkering

Montag, 27. März 2017

Ich möchte zu Jools«, sagte Mink. Vom Sofa aus konnte er den Esstisch sehen. War Jools mit dem Kopf auf die Kante geknallt? Ein Schauder überlief ihn und er fasste sich an die Schläfe.

»Gleich«, sagte Polizeiwachtmeister van der Smissen. »Erst müssen wir reden.«

»Ich habe ihr schon alles erzählt.« Mink machte eine Kopfbewegung zu der Polizistin hinüber, die Jools' Telefon in einen Plastikbeutel steckte.

»Dann erzähl es bitte noch einmal.« Van der Smissen tippte mit seinem Bleistift auf sein Notizbuch. »Ich möchte es direkt aus deinem Mund hören.«

Mink erzählte seine Geschichte noch einmal. »Meiner Ansicht nach wurde Jools von demselben Typen niedergeschlagen, der auch ihren Onkel umgebracht hat.«

»Sein Tod war ein Unfall.«

»Ja, klar«, sagte Mink verächtlich. »Und Jools ist bestimmt ausgerutscht und zufällig falsch aufgeschlagen.«

»Vielleicht«, sagte van der Smissen.

»Der Laptop von Herman van Romondt ist weg!«, rief Mink verzweifelt. »Wie viele Beweise brauchen Sie denn noch?«

»Wenn noch mehr gestohlen wurde, kann es sich auch um einen ganz gewöhnlichen Einbrecher handeln. Möglicherweise hat Jools ihn auf frischer Tat ertappt.«

»Dann sehen Sie doch mal hin!« Am liebsten hätte Mink den Wachtmeister durchs Zimmer gezerrt. »Der Fernseher steht noch da. Die Stereoanlage und die antike Uhr. Der Dieb wollte nur den Laptop, weil er befürchtet, dass da Fotos drauf sind. Von ihm, im Aquacadabra.«

»Dass ihr dadrin gewesen seid.« Van der Smissen schüttelte missbilligend den Kopf. »Das ist kein Ort für Jugendliche wie euch.«

Wir mussten ja wohl oder übel, dachte Mink. Wenn die Polizei ihre Arbeit nicht macht ...

Er steckte die Hand in die Hosentasche und fuhr mit dem Finger über die gezackte Schlüsselkante. No way – diesem dösigen Polizisten würde er ihn ganz sicher nicht geben. Van der Smissen würde bestimmt behaupten, es wäre völlig normal, einen kleinen Schlüssel in der Tasche aufzubewahren. Oder noch schlimmer: Er würde ihn auf Nimmerwiedersehen einkassieren.

»Kann ich jetzt ins Krankenhaus?«, fragte er.

»Hast du denn keine Schule?«

»Die ist mir gerade vollkommen egal.« Mink stand auf und ging zur Tür.

»Wenn du schwänzt, können deine Eltern eine Geldbuße bekommen«, warnte van der Smissen.

Du kannst mich mal, dachte Mink.

Er nahm den Bus zum Krankenhaus und eine Dreiviertelstunde später starrte er Jools hinter einer Glaswand an. Sie lag reglos auf dem Rücken, die Arme auf der gelben Decke und eine Kappe über Nase und Mund. Ihre Handgelenke wirkten noch zerbrechlicher als sonst – wie Streichhölzer – und aus ihrem Körper führten Schläuche. Komplizierte Geräte wachten neben ihrem Bett und auf einem Bildschirm bewegten sich bunte Linien auf und nieder. Sie sahen aus wie von Kindern gezeichnete

Berge. Die roten hatten abgerundete Gipfel, die grünen scharfe Spitzen. Dahinter standen Zahlen. Blutdruck, Herzschlag. Das wusste Mink noch von den Malen, als Opa im Krankenhaus gelegen hatte. Damals hatte er aber einfach ins Zimmer gedurft.

Erneut spürte er, wie er wütend wurde. Es war lächerlich, dass er nicht zu Jools' durfte, aber Tante Susanne schon. Sie lehnte an der Fensterbank. Jools' Mutter hockte in verkrampfter Haltung auf einem Stuhl neben dem Bett und zerknüllte ein Papiertaschentuch. Mink legte seine Hand an die Glasscheibe. Er hoffte, sich Jools dadurch näher zu fühlen, doch es funktionierte nicht wirklich.

»Sie haben gesagt, du hättest sie gefunden!«

Mink sah zur Seite. Jools' Vater kam auf ihn zu. Er zog einen Trolley hinter sich her und für einen Moment wirkte der Krankenhausflur wie ein Flughafen.

»Ben? Wie bist du so schnell ...« Mink hielt inne, als es ihm klar wurde. »Natürlich. Hermans Beerdigung.«

»Ich war schon gelandet. Susanne hatte mir eine WhatsApp geschickt und ich habe sofort ein Taxi hierher genommen.« Er schaute durch das Fenster. »Wie geht es ihr?«

»Das solltest du lieber sie fragen.« Mink ballte die flache Hand zur Faust. »Ich darf nicht rein und keiner sagt mir was.«

Ben nickte kurz. »Warte einen Moment hier.«

Als würde Mink auch nur einen Augenblick darüber nachdenken, woanders hinzugehen.

Der Trolley blieb auf dem Flur und Ben betrat das Zimmer. Die Köpfe von Susanne und Jools' Mutter federten hoch. Sie sprachen miteinander, aber so leise, dass Mink nichts verstand. Ben küsste Jools auf die Stirn, ganz vorsichtig, als würde sie sonst zerbrechen.

Mink hielt es nicht mehr aus. Sie konnten ihm alle mal den Buckel runterrutschen. Er ging ins Zimmer.

»... den Hirndruck senken und die Schwellung reduzieren«, hörte er Jools' Mutter sagen.

»Wird sie denn wieder gesund?«, fragte er ängstlich.

Jools' Mutter zuckte mutlos die Schultern.

»Natürlich wird sie das«, sagte Ben.

»Ich glaube, Mink sollte lieber gehen«, sagte Susanne. »Nur Familie, haben die Ärzte gesagt.«

»Lass den Jungen doch.« Ben streichelte mit dem Daumen über Jools' Finger. »Er ist ihr bester Freund.«

»Der sie in einen Privatclub mitgenommen hat.« Jools' Mutter sah Mink kopfschüttelnd an. »Was hast du dir dabei gedacht? Dass ihr gemeinsam einen Mord aufklären könntet?«

»Mord?«, fragte Ben.

»Sie haben sich in den Kopf gesetzt, dass Herman ermordet wurde«, sagte sie. »Irgendwas mit einem Artikel und Fotos in einem Sexclub. Ich weiß es auch nicht genau, aber die Polizei hat gesagt, sie hätten sich um Sachen gekümmert, die sie nichts angehen. Es würde mich nicht wundern, wenn Jools dadurch ...« Sie begann zu weinen.

Susanne reichte ihr ein frisches Taschentuch und sah Mink vorwurfsvoll an. »Du solltest lieber gehen.«

Sein Blick klammerte sich an Jools. »Aber ...«

Ben reichte ihm sein Telefon. »Tipp deine Nummer mal hier ein. Sobald es etwas Neues gibt, sag ich dir Bescheid.«

Mink Bekkering

Montag, 27. März 2017

Sebas hatte Mink zig WhatsApps geschickt und sogar eine Sprachnachricht hinterlassen.

»Wo bist du, Mann? Fokkema schäumte vor Wut, als du nicht zurückkamst. Deine Eltern wurden auch schon informiert, glaube ich.«

Jools im Krankenhaus, schrieb Mink zurück.

Hermans Laptop gestohlen.

Erkläre dir gleich alles.

Kommst du zu uns?

Ich gehe jetzt nach Hause.

Sebas wartete schon auf ihn und hatte Minks Rucksack und Jacke dabei.

»Wie geht es ihr?«, fragte er sofort.

»Sie liegt im Koma. Aber ob sie da je wieder rauskommt und wie …« Mink sah sich suchend um. Er musste was tun! Wenn er sich jetzt hinsetzte, würde er bloß anfangen zu heulen und nie wieder aufhören.

Ma kam ins Zimmer, auf einem Tablett drei Becher Tee und eine Schale mit Keksen. »Ich habe in der Schule angerufen und gesagt, dass du hier bist.«

»Wir gehen hoch«, sagte Mink.

»Aber …«

»Ich erzähle es dir nachher.« Mink stopfte sich ein paar Kekse in den Mund.

Sebas nahm schnell einen Becher vom Tablett und murmelte ein Dankeschön.

Sobald sie in seinem Zimmer waren, setzte Mink sich erschöpft auf sein Bett.

Sebas nutzte den Schreibtisch als Stuhl und den Stuhl als Fußbank. »Was ist denn nun genau passiert, Mann?«, fragte er und trank einen Schluck Tee.

Wieder erzählte Mink seine Geschichte. »Ich glaube, dass es immer derselbe ist. Der Mann, der Herman ertränkt hat, ist auch in seinem Apartment gewesen und hat seinen Computer geklaut und Jools nieder...« Sein Hals wurde dick vor Tränen.

»Woher wusste er, dass der Laptop bei ihr war?«, fragte Sebas.

»Keine Ahnung.« Mink fasste in seine Hosentasche. »Solange er nicht dahinterkommt, was ich gefunden habe. Na ja, was Jools gefunden hat.« Er zeigte das Schlüsselchen. »Es steckte in Hermans Laptoptasche.«

Sebas stellte seinen Becher ab. »Haben Journalisten kein Schließfach auf ihrer Arbeit?«

Natürlich!, dachte Mink. Dass er da nicht selbst draufgekommen war.

»Ich weiß, wo es ist.« Er warf einen Blick auf seine Uhr. »Mit ein bisschen Glück haben sie noch offen. Aber dann müssen wir jetzt sofort gehen.«

In der Redaktion waren nicht mehr viele Leute.

»Wen suchst du?«, fragte eine Frau mit glatten blonden Haaren. »Die meisten Journalisten arbeiten an Flexplätzen. In der Bibliothek oder ...«

»In Loesjes Lunchroom«, sagte Mink.

Sie schwieg kurz. »Jetzt weiß ich, woher ich dich kenne. Du

hast Herman begleitet, an dem Tag, als er ertrunken ist. Ihr wart zu spät bei der Frühbesprechung. Mink, oder?«

Er nickte.

»Edine«, stellte sie sich vor.

»Wir glauben nicht, dass Herman aus Versehen ertrunken ist«, sagte Mink. »Jemand wollte ihn aus dem Weg schaffen, weil er etwas wusste.«

Ihre Augen verengten sich zu Schlitzen. »Was denn?«

»Das versuchen wir ja gerade herauszufinden. Hatte er hier ein Schließfach?«

»Wir haben alle eins. Leider habe ich meinen Schlüssel verloren.«

»Wir haben den von Herman mit«, sagte Sebas. »Wenn wir vielleicht mal nachschauen dürften?«

»Das geht nicht einfach so.« Sie schob eine Haarsträhne hinters Ohr. »Außer, ich öffne es für euch.«

Und sich dann schnell ein Foto unter den Nagel reißen, was? Mink traute allmählich keinem mehr. »Nur wenn wir dabei sein dürfen.«

Sie schien das witzig zu finden, denn sie grinste. »Kommt mit.«

Gespannt reichte Mink ihr den Schlüssel.

»Unsere sehen ganz anders aus«, sagte Edine.

»Willst du es nicht doch kurz versuchen? Vielleicht hat er ja einen nachmachen lassen.«

Wahrscheinlich sah sie ihm die Verzweiflung an. »Okay, dann kommt.«

Hermans Fach war nicht verschlossen. Edine konnte die Tür einfach so öffnen.

Leer. Mink stöhnte vor Enttäuschung.

»Kommt ihr wegen Hermans Sachen?«, rief ein Mann mit rötlichem Bart. »Die sind letzte Woche schon abgeholt worden. Von jemandem von der Polizei.«

Mink Bekkering

Montag, 27. März 2017

Abends kam van der Smissen vorbei.

Mink erschrak. »Gibt es was Neues von Jools?« Schlechte Nachrichten, die Ben ihm lieber nicht per WhatsApp schickte ...

»Sie hat das Bewusstsein noch nicht wiedererlangt.« Der Polizeiwachtmeister sah Mink forschend an.

Der fühlte an dem Schlüsselchen in seiner Hosentasche. Für einen Polizisten war es bestimmt nicht so schwierig herauszufinden, wovon es war.

»Wir haben eine Befragung in der Nachbarschaft durchgeführt«, sagte van der Smissen. »Diverse Zeugen haben einen Jungen durch die Straße rennen sehen, dessen Beschreibung auf dich passt.«

Ma bot dem Wachtmeister keinen Kaffee an. Nicht einmal in einem abgenutzten Becher.

»Ich war auf dem Rad und ich hatte es sehr eilig, ja.« Mink verdrehte die Augen, um zu zeigen, wie lächerlich er das fand. »Jools hatte mich angerufen und ich wollte so schnell wie möglich bei ihr sein.«

»Sie sahen dich wegrennen«, beharrte van der Smissen. »Von ihrem Haus weg.«

»Dann lügen sie. Ich habe die 112 angerufen und bin die ganze Zeit bei ihr geblieben.«

»Genau«, sagte Ma.

»Du bleibst also bei deiner ersten Aussage?«, fragte van der Smissen.

Mink nickte. Zum Glück hatte er diesem Idioten nicht auch noch das Schlüsselchen gegeben.

Der Polizeiwachtmeister stand auf und ging zur Tür.

»Was war übrigens in Hermans Schließfach?«, fragte Mink. »Etwas über die Story, an der er arbeitete?«

Van der Smissen erstarrte kurz.

»Darf ich dir einen guten Rat geben?«, sagte er dann. »Kümmere dich nicht um Polizeiangelegenheiten, junger Mann. Unsere Arbeit ist kein Kinderspiel.« Sein Blick ging zu Ma. »Sie wollen doch auch nicht, dass er sich in Gefahr bringt?«

Am nächsten Tag musste Mink ganz normal zur Schule.

»Die Ablenkung wird dir guttun«, sagte Ma. »Jools kann noch Wochen im Koma liegen und es hilft ihr bestimmt nicht, wenn du allein zu Hause herumgrübelst. Sobald sich an ihrem Zustand etwas ändert, sage ich dir Bescheid. Ich habe mit der Schulleitung vereinbart, dass du dann augenblicklich wegdarfst.«

Also saß er im Unterricht, ohne auch nur irgendetwas davon mitzukriegen. Seine Gedanken waren bei Jools und bei Hermans geheimnisvollem Schlüsselchen.

Es passierte zu Beginn der kleinen Frühstückspause. Im Eingangsbereich bei den Schließfächern herrschte plötzlich jede Menge Betrieb. Einige filmten mit ihren Handys.

»Wahrscheinlich eine Prügelei«, meinte Sebas.

»Nein, Schließfachkontrolle«, sagte ein Mädchen neben ihm. »Durch die Polizei.«

Sebas schubste Mink weiter vor. »Komm, das schauen wir uns an.«

Sie drängten sich durch die Menge, bis der Hausmeister sie

zurückhielt. »Hinter der Linie bleiben.« Er zeigte auf das Tape, das er auf den Boden geklebt hatte, ein paar Meter von den Schließfächern entfernt, damit die Polizisten – ein Mann und eine Frau – in Ruhe ihrer Arbeit nachgehen konnten.

»Sie haben ja nicht einmal Drogenspürhunde dabei«, sagte Sebas enttäuscht.

»Wer sagt, dass sie Drogen suchen?«, fragte Mink.

»Was sonst?«

»Keine Ahnung. Eine Waffe oder so?«

Erst als sich der Polizist umdrehte, erkannte Mink ihn. Was machte van der Smissen hier? Warum suchte er nicht nach dem Scheißkerl, der Jools niedergeschlagen hatte?

Die Polizistin war mittlerweile bei Kellys Schließfach angelangt. Es wurde gelacht, denn sie hatte das Innere komplett mit Fotos von Dylan O'Brien tapeziert. Danach war Minks Fach dran. Er machte sich keinerlei Gedanken, denn darin lag nichts Komisches oder Besonderes. Ein Stapel Karten wahrscheinlich und ein altes *Magic Magazine*, ein paar Schulsachen und ...

Das konnte nicht wahr sein! Mink hatte das Gefühl, einem Zaubertrick zuzuschauen. Die Polizistin nahm eine orangefarbene Laptoptasche aus dem Schließfach und legte sie vorsichtig auf den Boden.

Mink fasste Sebas am Arm. »Das ist die von Herman.«

Die Polizistin zog einen Laptop aus der Hülle. »Teures Teil für einen Schüler«, sagte van der Smissen.

»Geklaut!«, rief jemand hinter Mink.

Ihm war nach Heulen zumute. »Ich habe ihn nicht ...«

»Natürlich nicht«, sagte Sebas.

Der Laptop sah genauso aus wie der von Herman. Mink spürte, wie seine Verzweiflung mit jeder Sekunde wuchs. »Gleich denken sie noch, dass Jools wegen mir im Koma liegt.«

»Hier«, flüsterte Sebas und drückte Mink einen Schlüssel in

die feuchte Hand. »Ich sage, dass du krank nach Hause gegangen bist, dann suchen sie dich dort und nicht bei mir zu Hause. Versteck dich in meinem Zimmer. Sobald ich glaube, dass alles *safe* ist, komme ich zu dir.«

Wäre Sebas ein Mädchen gewesen, hätte Mink ihn jetzt voll auf den Mund geküsst. Stattdessen murmelte er »danke« und schob sich so unauffällig wie möglich zwischen den Schülern durch zum Ausgang.

»Wem gehört dieses Schließfach?«, hörte er die Polizistin noch fragen.

Er schnappte sich seine Jacke von der Garderobe und rannte aus der Schule.

Mit flatternden Jackenzipfeln fuhr Mink zum Haus der Familie Damen. Er radelte gleich weiter zum Garten hinter dem Haus, der mit seinem kurz gemähten Rasen wie ein Park wirkte.

So, hier stand sein Rad außer Sicht.

Eilig schloss er auf und zog die Tür hinter sich zu.

Sicher!

Es fühlte sich seltsam an, allein in dem großen Haus zu sein. Irgendwie wirkte es ohne Sebas weniger vertraut, auch wenn Mink genau wusste, wo die Gläser standen und wo er Kekse und Chips finden konnte. Er beließ es jedoch bei einem Schluck Wasser aus dem Hahn und blieb keuchend an der Anrichte stehen.

Wer um Himmels willen hatte Hermans Laptoptasche in sein Schließfach gelegt?

Hoffentlich konnte Sebas in der Schule noch etwas aufschnappen, denn Mink hatte wirklich keine Idee. Er beschloss, nach oben zu gehen und Jools' Vater zum zigsten Mal eine WhatsApp zu schreiben.

»Du musst damit rechnen, dass sie nie wieder zu sich kommt«, hatte Pa am Morgen gesagt. Mink hatte diesen Gedanken sofort einbetoniert, wie es die Mafia mit Verrätern zu tun pflegte. Stattdessen stellte er sich vor, dass Jools einen Finger bewegte oder mit den Augenlidern zuckte oder …

Es klingelte. Exakt in dem Moment, als er die Diele gerade zur Hälfte durchquert hatte. Das freundliche *Dingdong* hatte auf Mink den Effekt einer Maschinenpistole. Er hechtete zu Boden. Sebas konnte es nicht sein. Nicht jetzt schon.

Dingdong.

Die kleine Scheibe in der Haustür! Wenn sich der Klingelnde auf die Zehenspitzen stellte, konnte er in die Diele schauen. War es van der Smissen? Oder der Mann, der die Laptoptasche in sein Schließfach gesteckt hatte?

Übertreib nicht so, dachte seine letzte gesunde Hirnzelle. Es kann auch ein Zeuge Jehovas sein oder jemand mit einer Sammelbüchse. Aber alle anderen Zellen riefen Dinge wie: Herman ist ermordet worden, Jools liegt im Koma und jetzt bist du an der Reihe – und sie waren in der Überzahl.

Mink robbte instinktiv zur nächstgelegenen Tür, die von Peers Arbeitszimmer, kauerte sich hin und langte zur Klinke hoch. Nicht quietschen, nicht quietschen!

Dieses eine Mal hatte er Glück. Die Tür öffnete sich lautlos und Mink konnte hineinhuschen. Die Lamellenjalousie war heruntergelassen, aber nicht ganz dicht. Wenn sich jemand nahe ans Fenster stellte, könnte er vielleicht noch zwischen den Lamellen hindurchspähen. Das *Dingdong* hatte übrigens schon vor einer Weile aufgehört. Hatte der Klingler aufgegeben? Oder schlich er vielleicht gerade ums Haus und …

Mink erstarrte. Er hatte die Hintertür nicht abgesperrt!

Voller Panik ging sein Blick im Raum hin und her. Wo konnte er sich verstecken, wenn jemand hinten reinkam? Hinter dem Schreibtisch würde man ihn sofort entdecken. Dasselbe galt für das Bücherregal. Vorhänge gab es nicht und der Pflanzentopf stand zu dicht an der Wand. Blieb nur die Schiebewand. Dahinter befand sich ein kleiner Abstellraum, in dem man sich durchaus verstecken konnte, wenn man nicht allzu klaustrophobisch war. Mink schob sie so leise wie möglich auf und spitzte unablässig die Ohren. Sobald ein Geräusch aus der Küche kam, würde er hinter die Schiebewand kriechen. Zwischen einer Reihe von Aktenordnern und zwei aufeinandergestapelten Kartons war ausreichend Platz. Der Deckel des vorderen Kartons war offen und ...

Sah er das jetzt richtig?

Mink hörte das Blut in seinem Kopf rauschen.

Im Karton, auf einem Papierstapel, lag ein Mobiltelefon mit einem Sticker von JE SUIS CHARLIE.

Drummer

Sonntag, 26. März 2017

Drummer parkte den Kleintransporter im Schuppen und warf die Schlüssel in den dafür vorgesehenen Schlitz in der Wand, als die Tür aufging. Lambert kam raus, Ferry im Kielwasser.

»Ihr wisst schon, dass heute Sonntag ist?«, fragte Drummer.

»Ferry und ich mussten noch etwas regeln, das nicht bis morgen warten konnte.« Unter der Woche trug Lambert immer teure Anzüge, aber jetzt war er in Jogginghose und Sweater. »Hat's geklappt?«

»Klar«, sagte Drummer. »Wir mussten nur viermal hin- und herfahren.«

»Nach Zonneheuvel, oder?«, fragte Ferry.

»Ja, Jools' Vater hat dort ein Häuschen, das sie solange nutzen dürfen.«

»Sie tut sich sehr schwer damit, hab ich von Peer gehört.«

Lambert studierte die kleinen Ziffern auf seiner Sportuhr. »Er sagt, sie hat alle möglichen Ideen im Kopf.«

»Ziemlich viele«, sagte Drummer. »Ich bin sogar nach dem Telefon von ihrem Onkel getaucht.«

»Und?« Ferry drückte seine Sonnenbrille fester auf die Nase.

»War nichts mehr drauf natürlich. Völlig im Arsch.«

»Ist mir im letzten Sommerurlaub auch passiert«, erzählte Lambert. »Mach ich beim Kanufahren Fotos von den Mädels, flutscht mir das Teil aus den Händen und fliegt ins Wasser. Nie wiedergefunden. Dass ich alle Fotos verloren habe, war echt das Schlimmste.« Er schüttelte den Kopf. »Ich habe meine Lektion gelernt. Heute kopiere ich sie immer gleich auf den Computer.«

»Ich weiß nicht, ob van Romondt das auch mit seinen Fotos gemacht hat«, sagte Drummer und begann zu grinsen. »Leider hat er vor allem seine Lieblingsmusik auf seinem Laptop. Ich hab mir eine Stunde lang Jazz anhören müssen.«

»Beim Umzug?« Lambert sah ihn verständnislos an.

»Nee, Quatsch, Jools' Mutter und Tante haben mich zum Pizzaessen eingeladen.«

»Ach so.« Lambert klopfte sich den flachen Bauch. »Ich geh mal noch 'ne Stunde joggen.«

»Und ich mach mich auch los«, sagte Ferry. »Macht's gut.«

Drummer schaute ihnen hinterher. Wie lange war das jetzt her, dass sie jeden Montag zusammen im Kneipenkeller von Café 't Hartje geprobt hatten? Es tat ihm noch immer leid, dass sein Schlagzeug damals den Flammen zum Opfer gefallen war.

Mink Bekkering

Dienstag, 28. März 2017

Mink hockte noch immer in Peers Arbeitszimmer. Er hatte vergessen, dass er sich lieber verstecken sollte, und starrte fassungslos auf das Telefon.

Drummer hatte es also doch gefunden. Warum hatte er es ihnen dann nicht erzählt? Stattdessen hatte er das Telefon offensichtlich Peer gegeben. Peer, der so nett gewesen war, ihnen zu helfen. Oder so getan hatte, als wollte er ihnen helfen.

Mink konnte es wirklich nicht glauben. So war Peer doch nicht?

Aber er hatte das Telefon schließlich zurückgehalten. Wie kam das Ding sonst in den Karton?

Ich irre mich bestimmt, überlegte Mink. Es ist einfach ein anderes Telefon mit genau dem gleichen Sticker. Mit angehaltenem Atem zog er es aus dem Karton.

Das dumme Ding ähnelte dem von Herman wie ein Ei dem anderen. Den Klingelton überprüfen?

Ging nicht, der Apparat war mausetot. Und eigentlich brauchte er auch keinen Beweis. Aber dass Peer ... Im Geiste sah Mink ihn vor sich. Lachend, neckend und immer für einen guten oder schlechten Scherz zu haben.

Es konnte nicht sein, dass Peer in der Lage war, jemandem etwas anzutun.

Aber was war mit dem Telefon?

Mink dachte an den Laptop in seinem Schließfach. Er hatte keine Ahnung, wie der dorthin gekommen war. Vielleicht wusste Peer ja auch nicht, dass Hermans Telefon in seinem Schrank lag? Es klang absurd, aber in den letzten Tagen war nichts mehr normal.

Mink seufzte und sah zum Fenster. Keiner war hinten reingekommen. Mit dem Telefon in der Tasche ging er in die Küche, um die Hintertür abzuschließen, während er grübelte und sich den Kopf zerbrach.

Hatte Drummer Hermans Telefon in Peers Zimmer versteckt? Und den Laptop im Schließfach?

Aber woher konnte er wissen, dass es sich um Minks Schließfach handelte? Und warum sollte er das tun?

Oder hatte Drummer das Telefon wirklich nicht finden können, weil jemand anderes es schon vor ihm aus dem Fluss gefischt hatte?

Wenn das Telefon überhaupt im Fluss gelegen hatte. Vielleicht hatte der Mann, der Herman ertränkt hatte, es ihm weggenommen und hier in den Schrank gelegt. Aber warum bei Peer? Und wie kam er hier rein?

War es dann doch Peer gewesen?

Unmöglich.

Es fühlte sich an, als wäre das Knäuel in Minks Kopf einfach unentwirrbar. So gründlich er auch nachdachte – er fand keine Lösung.

Herman van Romondt

Samstag, 11. März 2017

Herman sah sich die Fotos an, die er von Ruxandra bekommen hatte. Sechs fast nackte Männer vergnügten sich in einem rosa Pool mit Mädchen, Alkohol und Drogen. Er erkannte den Bürgermeister, einen Beigeordneten und jemanden aus dem Gemeinderat. Den Kerl mit dem runden Schädel hatte er bestimmt auch schon einmal gesehen, es fiel ihm nur so schnell nicht ein, wo und wann.

Wahrscheinlich hatte irgendein Bauunternehmer diese Männer zu einem Abend im Privatclub eingeladen. Es wäre nicht das erste Mal, dass Politiker im Gegenzug für ihre Dienste Geschenke annahmen. »Bekomme ich von dir den Gemeindeauftrag? Dann kriegst du von mir eine Dreamparty im Aquacadabra.« Als ginge es um ein Quartettspiel.

Herman dachte wieder an den mysteriösen W. Kleikers, dessen Name auch immer wieder in den Unterlagen auftauchte. War er einer dieser betrügerischen Unternehmer? Aber wie hieß sein Betrieb da...

Die Erinnerung schob sich aus Hermans Gedächtnis wie ein Maulwurf aus dem Boden. Plötzlich wusste er, woher er den Mann mit dem runden Schädel kannte. Das war dieser Polizist! Sie begegneten sich manchmal bei der Arbeit, bei Verkehrsunfällen und solchen Sachen.

Herman zitterte vor Aufregung. Diese Story war vielleicht

noch heißer, als er sowieso schon glaubte! Wer die Macht über diese vier Männer hatte, konnte so ziemlich alles auf die Reihe bringen. Er sah die Schlagzeilen schon vor sich. *Mafiapraktiken in Limburg. Hieteren – Nest für Korruption und Machtspielchen.*

Aber erst musste er herauskriegen, um wen es ging ...

Welcher Unternehmer bekam die meisten Aufträge und Subventionen von der Gemeinde?

Herman griff wieder nach dem Umschlag und studierte die Unterlagen.

Ein überzeugender Gewinner kristallisierte sich heraus: Groen Compleet.

Herman war fest entschlossen, dem Betrieb einen Besuch abzustatten. Nur würde er dieses Mal ein wenig subtiler vorgehen, damit er nicht wieder – wie bei Houtbouw BV – vor die Tür gesetzt wurde.

Mink Bekkering

Dienstag, 28. März 2017

Mink war schon seit einer Stunde in Sebas' Zimmer und das Warten machte ihn ziemlich kirre. Zehnmal hatte er sich aufs Bett gesetzt und zehnmal war er wieder aufgestanden. Er hatte den geheimnisvollen Schlüssel aus Hermans Laptoptasche verschwinden lassen und wieder zum Vorschein gezaubert. Zahllose Runden war er herumgetigert und hatte endlose Fingerübungen mit einem Prittstift gemacht.

Wo bleibst du denn bloß?, schrieb er.

Sebas hatte offensichtlich keine Zeit zum Antworten.

Dann schickte er die zigste Nachricht an Ben. Wie geht es Jools?

Du brauchst mir nicht ständig Nachrichten zu schicken, schrieb Ben zurück. Ich gebe dir Bescheid, wenn sich was ändert.

Mink ging zum Pinkeln ins Badezimmer und zog ab. Als er wieder auf den Flur kam, hörte er Schritte. War Sebas mit dem Schlüssel der vorderen Tür reingekommen?

»Sebas?«, rief er in die Diele hinunter.

»Komm mal kurz runter, Mink. Ich will in aller Ruhe mit dir reden.«

Peer! Mink wusste nicht, ob er beunruhigt oder erleichtert sein sollte.

»Sebas hat mich angerufen und mir alles erzählt.« Peer stellte seinen Fuß auf die unterste Stufe und schaute hoch, sodass

Mink sein altes, vertrautes Gesicht sehen konnte. »Lass mich dir helfen, Junge«, sagte er.

Die freundlichen Worte trieben Mink Tränen in die Augen.

Peer war da. Jetzt würde alles gut werden. Er würde alle Probleme lösen, wie früher auch schon immer. Lag der Ball auf dem Dach, holte Peer ihn von dort runter. Hatte Mink wegen eines Lochs in seiner Hosentasche das letzte Zauber-Ei verloren, bekam er von Peer ein neues. Und als das Feld, auf dem Mink und Sebas früher gespielt hatten, von einer Gruppe größerer Jungs eingenommen wurde, hatte Peer die Typen verjagt.

Nein, er konnte unmöglich der böse Genius sein.

Mink lief die Treppe hinunter.

»Vernünftige Entscheidung.« Peer gab ihm einen freundschaftlichen Klaps auf die Schulter. »Lass uns ins Wohnzimmer gehen. Dort redet es sich bequemer.«

Er ließ Mink den Vortritt.

Fuck! Polizeiwachtmeister van der Smissen saß auf dem Sofa!

Mink wollte sich umdrehen und weglaufen, aber Peer stand in der Türöffnung und versperrte ihm den Weg. Wie eine Ratte saß er in der Falle.

Polizeiwachtmeister van der Smissen

Montag, 27. März 2017

Es war unangenehm, neben dem Oberst im Polizeiwagen zu sitzen. Fast beängstigend. Aber van der Smissen wusste, dass er sich nicht weigern durfte.

»Ein sechzehnjähriges Kind«, sagte der Oberst verächtlich.

»Du solltest den Jungen nicht unterschätzen.« Van der Smissen warf verstohlene Blicke durch die Scheiben und betete, dass niemand vorbeikommen würde. »Echt, ich habe mir den Mund fusselig geredet, aber Mink ist weiterhin davon überzeugt, dass van Romondts Tod kein Unfall war. Erst recht, seit seine Freundin im Krankenhaus liegt und der Laptop verschwunden ist.«

»Du musst ihm einfach ein bisschen Angst einjagen.« Der Oberst ließ seine Finger knacken. »Eine Nacht in der Zelle wird ihm guttun. Wetten, dass er sich danach bedeckt hält?«

»Als könnte ich ihn einfach so einsperren.«

»Dann denk dir doch einen Grund aus«, sagte der Oberst. »Vielleicht hat er seine Freundin ja selbst niedergeschlagen.«

»Das glaubt kein Mensch.«

»Schon, wenn es Hinweise darauf gibt. Eine Zeugenerklärung zum Beispiel. Jemand hat einen Jungen, auf den seine Beschreibung passt, aus Jools' Haus kommen sehen. Und wir können van Romondts Laptop in Minks Schließfach legen.« Der Oberst dachte kurz nach. »Du sagst einfach, du hättest einen anonymen Tipp über Drogenhandel an der Schule reinbekommen und müsstest deswegen alle Schließfächer überprüfen. Ganz nebenbei findest du dann den Laptop von Herman van Romondt. Grund genug für eine kleine Fahrt zur Polizeiwache, oder?«

Van der Smissen verachtete sich selbst. Wie hatte er nur so tief sinken können?

»Dieser Laptop?«, fragte er vorsichtig. »Weißt du schon, was da drauf ist?«

»Das kannst du getrost uns überlassen.« Der Oberst öffnete die Autotür. »Wenn wir die Fotos finden, werden wir gut darauf aufpassen. Konzentriere du dich unterdessen auf diesen Jungen.«

Mink Bekkering

Dienstag, 28. März 2017

Mink stand im Wohnzimmer der Familie Damen. Sein Blick ging von Peer zu van der Smissen und wieder zurück.

»Ich bin sehr gespannt auf deine Erklärung«, sagte der Polizeiwachtmeister.

»Aber ich habe keine Ahnung, wie Hermans Laptop in mein Schließfach kommt!« Mink ärgerte sich über seine hohe, schrille Stimme. Er wollte glaubwürdig wirken, nicht hysterisch.

Van der Smissen zog die Augenbrauen hoch. »Also war er von Jools' Onkel.«

Als wüsste er das nicht längst!

»Der Dreckskerl, der Jools niedergeschlagen hat, muss ihn dort hineingelegt haben.« Mink sah zu Peer hinüber und hoffte auf Unterstützung.

Er bekam lediglich ein ermutigendes Nicken.

»Ich hole mal eben Kaffee«, sagte Peer. »Für dich auch, Mink?«

Es klang unwirklich. Mink schüttelte den Kopf und schätzte gleichzeitig seine Chancen ein. Wenn Peer in die Küche ging, war der Weg zur Haustür frei.

Er hatte noch keinen Fuß gerührt, da hatte ihn van der Smissen schon durchschaut. »Unschuldige Leute fliehen nicht.«

Mink hasste ihn, weil er recht hatte.

»Und warum solltest du?«, sagte der Wachtmeister. »Ich will ja nur mit dir reden.«

Mink blieb stehen. In der Küche lärmte die Kaffeemaschine. Van der Smissens Ton veränderte sich. »Darüber, weshalb sich jemand erst so viel Mühe macht, einen Laptop zu stehlen, wenn er ihn keinen Tag später wieder loswerden will. Schon ein bisschen verrückt, was? Warum sollte jemand das tun, was meinst du?«

Hallo, du bist hier der Polizist!, wollte Mink rufen. Nicht ich! Aber sein Mund gab bereits Antwort: »Vielleicht waren da ja wichtige Informationen drauf zu der Story, an der Herman gearbeitet hat. Informationen, die jemand gern geheim halten wollte. Herman zu ermorden, reichte nicht. Was auf seinem Laptop war, musste auch noch verschwinden.« Mink nickte erleichtert. So musste es gewesen sein.

»Hast du deswegen die Festplatte entfernt?«, fragte van der Smissen.

»Was?«

»Wo hast du sie gelassen?«

»Ich kann Ihnen nicht folgen«, stammelte Mink.

Die Kaffeemaschine schwieg.

»Weggeworfen? Vernichtet?«, fragte van der Smissen plötzlich bedrohlich leise.

»Warum sollte ich das tun?«

»Das frage ich dich.«

Peer kam mit Kaffee ins Zimmer. »Und?«

Der Wachtmeister nahm eine der Tassen. »Er arbeitet nicht wirklich mit.«

»Jetzt sag doch einfach die Wahrheit«, sagte Peer. »Das ist wirklich das Beste, das du jetzt machen kannst.«

Mink schluckte. Selbst Sebas' Vater dachte, dass er ...

Der Raum verschwamm.

»Jemand hat den Laptop in mein Schließfach gelegt, um mir die Schuld zu geben«, sagte Mink mit erstickter Stimme. »Ich würde Herman oder Jools nie etwas antun.«

»Man hat dich gesehen«, sagte van der Smissen. »Es gibt Zeugen, die behaupten, du seist mit einer orangefarbenen Tasche aus dem Haus der Familie Rottiers gekommen.«

»Das kann nicht sein!«, rief Mink.

Es war, als kämen die Wände auf ihn zu. Als würde die Decke absinken und das Zimmer kleiner werden. Nur van der Smissen und Peer wurden größer und größer und ihre Köpfe verwandelten sich in furchterregende Halloween-Kürbisse.

»Bist du vielleicht doch mal eben kurz weg gewesen, um die Tasche zu verstecken, und nachher dann wieder zu Jools gegangen?«

»Nur die Ruhe, Cor«, sagte Peer. »So allmählich klingt das hier wie ein Verhör.«

»Du hast recht.« Van der Smissen trank seine Tasse aus und erhob sich. »Ich glaube, wir sollten den Rest unseres Gesprächs auf der Wache fortsetzen. Darf ich bitten?«

Sie verließen das Haus über den Vordereingang. Im Polizeiwagen saß eine Polizistin und aß ein Brötchen. Sobald sie sie kommen sah, steckte sie es in eine Papiertüte.

Mink schluckte. Auf der gegenüberliegenden Seite spähten Nachbarn durch die Fenster.

»Ich fahre mit dem Rad«, sagte er schnell. »Das steht hinten.«

»Unfug.« Van der Smissen öffnete die hintere Fahrzeugtür. »Du fährst mit uns.«

Aber Mink war plötzlich fest entschlossen. Eine Riesenhand hatte ihn hochgehoben und in einem fremden und beängstigenden Universum abgeworfen. Er wollte die Regie wiederhaben und dass alles wieder normal und übersichtlich wurde. Und vorläufig war sein Fahrrad das einzig Vertraute, an das er sich klammern konnte. »Ich fahre mit dem Rad oder gar nicht!«

»Wenn du jetzt nicht ruhig einsteigst, bin ich genötigt, dich festzunehmen.« Van der Smissen zeigte auf die Rückbank. »Also ...«

»Eine Verhaftung ist absolut unnötig.« Peer wollte seine Hand auf den Ärmel von Minks Jacke legen.

Verräter, dachte Mink und machte einen Schritt rückwärts.

»Geh jetzt einfach kurz mit«, sagte Peer. »Die Polizei ist dafür da, dir zu helfen. Ich kümmere mich darum, dass dein Fahrrad zu dir nach Hause kommt.«

Mink hatte keine Chance gegen die Männer. Mit brennenden Augen stieg er ein.

Herman van Romondt

Dienstag, 14. März 2017

Am Dienstagnachmittag stand Herman in der Lobby von Groen Compleet. Sie sah aus wie ein kleiner Regenwald: Bäume wuchsen bis zur Decke, die Wände waren von Pflanzen überwuchert und es gab sogar einen kleinen Wasserfall, der über unechte Felsen nach unten plätscherte.

Imposant, fand Herman. Aber auch feucht und beklemmend. Er öffnete den Reißverschluss seiner Jacke und ging zum Empfangstresen, wo eine junge Frau in ärmelloser Bluse saß.

»Van Romondt«, sagte Herman. »Ich habe einen Termin mit Herrn Groen.«

Sie nickte. »Setzen Sie sich bitte einen Moment.«

Während sie telefonierte, ging er zu dem angegebenen Sofa, einer Art Baumstamm auf Beinen. Er hatte kaum Platz genommen, da kam schon ein kleiner Mann mit gönnerhaftem Lächeln auf ihn zu.

»Van Romondt? Angenehm.« Sein Händedruck war kräftig. Er trug einen auffälligen Ring am kleinen Finger und hatte lange Fingernägel. »Lambert Groen. Nennen Sie mich Lambert.«

»Herman.«

»Wieso auf einmal einen Artikel über Groen Compleet?«, fragte Lambert. »Uns gibt es schon ein Weilchen.«

Herman war auf die Frage vorbereitet. »Ich darf eine neue Rubrik ins Leben rufen: Höhepunkte in Hieteren.« Bei den letzten drei Worten zeichnete er mit Daumen und Zeigefinger eine imaginäre Schlagzeile in die Luft. »Jede Woche steht ein Unternehmen im Mittelpunkt, das für Hieteren und Umgebung wichtig ist.«

»Dann sind Sie hier richtig. Ohne Groen Compleet wäre Hieteren nicht komplett.« Lambert lachte über seinen eigenen Scherz.

Herman lachte höflich mit.

»Das Unternehmen besteht aus verschiedenen Zweigen«, sagte Lambert. »Groen Transport für Lieferung und Spezialtransporte. Aber unsere Transporter kann man auch mieten. Der größte Teil unseres Fuhrparks ist selbstverständlich elektrisch. Wenn Sie das interessiert, kann Sie nachher jemand herumführen.«

»Gern«, sagte Herman.

»Groen Energie investiert in Windräder und Sonnenpaneele, aber wir interessieren uns auch für kalte Kernfusion.« Er hielt kurz an und sah sich um. »Der Fotograf kommt gleich, nehme ich an?«

Auch mit dieser Frage hatte Herman gerechnet. »Er vereinbart im Laufe der Woche einen gesonderten Termin.«

Lambert nickte. »Darf ich Sie dann als Erstes zu unserem Green Room mitnehmen?«

Der grüne Raum erwies sich als Ausstellungsraum für Dutzende von Modellen.

»Groenbouw ist unser wichtigster Zweig«, sagte Lambert. »Wir bauen nachhaltig, ohne die Umwelt oder die Landschaft zu schädigen.« Er machte eine Kopfbewegung zu einem von Wiesen umgebenen Miniaturgebäude mit einem Hof in der Mitte. »Kinderbauernhof *Zur glücklichen Ziege*. Eines unserer jüngsten Projekte. Die offizielle Eröffnung ist nächste Woche Mittwoch.«

»He!« Herman schlenderte zu einem großen Modell in der Ecke des Raums. »Das ist Zonneheuvel, oder?«

»Eine Top-Location«, sagte Lambert.

»Warum wurden die Pläne eigentlich geändert?«, fragte Herman. »Dort sollten doch ursprünglich Luxusvillen gebaut werden?«

»Die Krise. Das Vertrauen der Konsumenten schwand. Die Bank stellte sich plötzlich quer, als wir einen Kredit haben wollten, wodurch wir in Liquiditätsprobleme gerieten. Man kann keine wertvollen Villen bauen, wenn man kein Geld für den Einkauf von Baumaterialien hat.«

Hermans Blick fiel auf ein großes Foto an der Wand. Darauf heftete der Bürgermeister Lambert eine Medaille an. Um ihn herum stand eine Gruppe von Leuten, die applaudierten, unter ihnen der Beigeordnete von dem Foto am Pool.

»So«, sagte Herman.

»Ritter des Ordens von Nassau-Oranien.« Lambert klang stolz.

»Ist Kleikers auch dadrauf?«, fragte Herman beiläufig.

»Äh, nein.« Ein Schatten zog über Lamberts Gesicht. Dann hatte er sich wieder in der Gewalt. »Ich kenne unsere Aktionäre nicht alle persönlich. Wir sind sicher nicht befreundet.« Er warf einen Blick auf seine Uhr. »Haben Sie noch weitere Fragen? Ich habe gleich eine Besprechung.«

Ausrede, dachte Herman. »Die Führung?«

Lambert nickte. »Ich rufe jemanden an.«

Groen Transport verteilte sich über einige gelbe Lagerhallen.

»Wir transportieren zum Beispiel gefährliche Abfallstoffe von Unternehmen«, erzählte Broeken, ein älterer Mann mit Bürstenschnitt.

»Aber auch komplette Chalets wie die Ferienhäuschen auf Zonneheuvel. Wenn jemand einen Spezialtransport braucht, landet er automatisch bei uns und ...«

»Kennen Sie Kleikers?«, fragte Herman. »W. Kleikers, um genau zu sein.«

»Wilma?« Broeken lächelte. »Wir sehen sie nicht mehr oft im Betrieb, aber Lambert geht immer noch ein paarmal pro Woche zu ihr zum Mittagessen. Er hängt sehr an seiner Mutter.«

Polizeiwachtmeister van der Smissen

Dienstag, 14. März 2017

Um drei Minuten nach elf bekam Wachtmeister van der Smissen einen Anruf.

Der Bürgermeister. Was wollte der Kerl?

»Charles?«

»Verdammt, Cor«, sagte der Bürgermeister. »Sie haben mich fotografiert.«

War er wegen überhöhter Geschwindigkeit geblitzt worden und hoffte er, ein Polizist könnte das Knöllchen verschwinden lassen?

»Von wem genau sprichst du?«, fragt van der Smissen.

»Woher soll ich das denn wissen?« Der Bürgermeister war völlig aus der Fassung. »Es steht kein Absender darunter.«

»Worunter?«

»Ich habe einen Drohbrief erhalten.« Der Bürgermeister las ihn im Flüsterton vor. »Ich will hundertfünfzigtausend Euro. Wenn du nicht an mich bezahlst, ich stelle Foto in Soziale Netzwerke und in Zeitung. Steck Geld in Plastiktüte und leg es Freitag um zehn Uhr morgens an die Bank am Bremzenpad. Pass auf. Keine Polizei!«

»Ist das ein Scherz?«, fragte van der Smissen.

»Schön wär's.« Der Bürgermeister redete noch leiser, sodass er kaum noch zu verstehen war. »Die beigelegten Fotos wurden im Club aufgenommen. Bei der Pool-Party.«

Van der Smissen erstarrte. Gab es auch Fotos von ihm?

»Treffen wir uns am Bremzenpad«, schlug er vor. »Dann können wir die Situation vor Ort beurteilen.«

Das war mit Sicherheit eins von diesen Scheißmädels. Vermutlich eine aus dem Ausland, wenn man den Text so hörte. Bei Aquacadabra arbeiteten viele Mädchen aus Polen und Umgebung.

»Zur Mittagszeit«, sagte der Bürgermeister. »Sonst stellt meine Sekretärin lästige Fragen.«

TEIL 6

VERSCHWINDETRICK

No amount of belief makes something a fact.

(James Randi – kanadisch-amerikanischer Zauberer, Skeptiker und Gegner von Pseudowissenschaften)

Mink Bekkering

Dienstag, 28. März 2017

Sobald sie auf der Polizeiwache ankamen, wurde Mink in den bereits bekannten Verhörraum gebracht.

»Hier sind wir schön ungestört.« Van der Smissen legte Stift und Papier auf den Tisch. »Darf ich als Erstes deinen Namen und das Geburtsdatum haben?«

Wieso tat er auf einmal so offiziell? Ganz anders als vorhin bei Peer zu Hause.

»Sie wissen, wie ich heiße.« Aus den Augenwinkeln überprüfte Mink die Deckenkamera in der Ecke, aber wie beim letzten Mal brannte kein Lämpchen.

»Jetzt nenn ihn schon«, sagte van der Smissen. »Das ist die normale Vorgehensweise.«

Mink antwortete widerwillig.

Die Polizistin kam herein. »Deine Mutter ist unterwegs.«

»Kommt sie mich abholen?«, fragte Mink.

Wahrscheinlich sah er aus wie ein glückliches Kind, denn sie musste lächeln.

»Ich glaube, der Wachtmeister würde es sehr begrüßen, wenn du erst noch ein paar Fragen beantwortest«, sagte sie.

»Muss das sein?«

»Ich kann dich natürlich zu nichts zwingen.« Van der Smissen klang plötzlich abstoßend freundlich. »Du hast die Wahl, ob du mitarbeiten willst.«

Damit kam er jetzt!

»Warum sollte ich?«, fragte Mink. »Sie glauben mir ja doch nicht.«

»Wie kommst du denn darauf?«

»Also glauben Sie auch, dass jemand anderes diesen Laptop in mein Schließfach gelegt hat?«

»Ich glaube gar nichts. Bei der Polizei gehen wir von Beweisen aus.« Er nickte Mink zu. »Könntest du zunächst einmal deine Taschen leeren?«

Mink verschränkte demonstrativ die Arme. »Sie können mich zu nichts zwingen.«

»Das stimmt nicht ganz«, sagte die Polizistin. »Wir dürfen dich durchsuchen.«

Dann würden sie den Schlüssel aus Hermans Laptoptasche finden!

»Okay, ich räume sie aus«, sagte Mink schnell.

Sein Telefon, seinen Hausschlüssel, Fahrradschlüssel und seinen Geldbeutel.

Er legte sie auf den Tisch.

Das Telefon mit dem Sticker JE SUIS CHARLIE.

»Wozu brauchst du zwei Telefone?«, fragte van der Smissen.

»Das gehört nicht mir, sondern Herman van Romondt«, sagte Mink.

Sofort war ihm klar, welchen Fehler er begangen hatte.

Van der Smissen beugte seinen schweren Körper vor. Die Unterarme stützte er auf den Tisch und sein rundes Gesicht kam beängstigend nah. »Du hattest also nicht nur Hermans Laptop in deinem Besitz, sondern auch sein Telefon!«

»Ich nicht! Ich habe es vorhin bei Peer gefunden.« Mink sah ihn flehend an. »Rufen Sie ihn doch an, wenn Sie mir nicht glauben!«

Van der Smissen machte keinerlei Anstalten.

»Würdest du uns einen Tee holen?«, bat er die Polizistin. »Das soll eine beruhigende Wirkung haben.«

»Natürlich.« Sie verließ den Raum und schloss die Tür.

Van der Smissens Kopf kam noch näher.

»Dir ist nicht klar, mit wem du es zu tun hast«, flüsterte er. »Hör gefälligst auf, deine Nase überall reinzustecken. Das ist lebensgefährlich.«

Mink war sprachlos. Es war, als würde sich van der Smissen ständig in einen anderen verwandeln, wie ein Schauspieler, der mehrere Rollen spielt.

»Nicht mal ich kann dich beschützen. Das heißt ...« Van der Smissen legte seine Hand plötzlich auf die von Mink. »Die Fotos – du hast sie doch nicht etwa zufällig gefunden?«

Mink spürte, wie sein Körper erstarrte.

Die Polizistenhand wurde zum Schraubstock. »Nun?«

Eine dumpfe Ahnung überkam ihn. »S-sind Sie denn auf den Fotos?«, stammelte Mink.

Also deswegen hatte die Polizei Hermans Schließfach geleert!

»Wenn du sie mir gibst, lasse ich dich gehen«, sagte van der Smissen.

Vor lauter Abscheu hätte Mink fast gekotzt. Er zog seine Hand mit so viel Kraft zurück, dass sein Geldbeutel auf den Boden fiel. Und er hatte Angst. Nicht mal der Polizei konnte man vertrauen! Wem denn dann?

Er musste Jools Eltern warnen! Sie durften sie keine Sekunde mehr allein lassen ...

Die Polizistin kam mit zwei Bechern Tee rein.

War sie auch an dem Komplott beteiligt? Nach dem Eingeständnis von van der Smissen schien nichts mehr unmöglich. Minks Körper geriet in Fluchtstatus. Er warf einen Blick zur Tür.

Gedanken zusammenhalten! Er brauchte eine gute Geschichte. Und Geld. Sein Portemonnaie lag immer noch auf dem Boden. Es hatte keinen Sinn, es aufzuheben und in seine Tasche zu stecken. Van der Smissen und die Polizistin würden es ihm sofort wieder wegnehmen.

Aber wenn sie sahen, dass er den Geldbeutel wieder brav auf den Tisch legte ...

Mink bückte sich.

»Was machst du?«, fragte van der Smissen.

Es war wie mit dem Trick vom durchgesägten Mädchen. Der Zauberer bestimmt, was der Zuschauer zu sehen bekommt. Nicht die Innenseite, sondern die Außenseite der Kiste und ansonsten die Show mit den großen Gesten, sodass es in den Augen der Leute so aussah, als würde das Mädchen wirklich in der Mitte durchgesägt.

»Meinen Geldbeutel aufheben.«

Er war beim Sturz aufgeklappt. In einer fließenden Bewegung holte Mink blitzschnell die Scheine aus ihrem Fach, faltete sie einmal, verbarg sie in seiner rechten Hand und schlug das Portemonnaie zu. Sein Publikum glaubte, dass das Geld noch immer darin war.

Das heißt ...

Van der Smissen schaute unter den Tisch!

»Ich hab's schon.« Mink reichte ihm den Geldbeutel, während er selbst noch immer auf dem Boden kniete.

Gut so. Van der Smissen richtete sich wieder auf. Mink konnte hochkommen und währenddessen das Geld in seine Tasche schieben.

Die Polizistin hatte die Teebecher auf den Tisch gestellt, einen zu van der Smissen und einen zu Mink.

»Danke.« Mink setzte sich.

Es würde nicht angenehm sein, aber glaubwürdig.

Er nahm seinen Becher und ließ ihn so natürlich wie möglich aus den Fingern rutschen. Danach brauchte er kein Theater mehr zu spielen. Sobald der heiße Tee durch seine Hose drang, zuckte er von selbst zurück und schrie vor Schmerzen. »Das Klo? Wo ist das Klo?«

Die Polizistin begleitete ihn zu den Toiletten in der Nähe vom Eingang. Sie drehte den Wasserhahn auf und schaufelte mit den Händen kaltes Wasser über Minks Hose. Es tat schon längst nicht mehr weh, aber er jammerte noch ein wenig weiter, während er den weißen Raum checkte. Keine Fenster. Kein Entkommen möglich.

»Geht's wieder?«, fragte die Polizistin.

»Ja, bloß ist jetzt meine Hose klatschnass.«

»Dann halt sie unter den Händetrockner.«

Mink nickte, machte aber keine Anstalten, seine Hose auszuziehen.

Sie grinste nachsichtig. »Ich warte draußen auf dem Gang.«

Mink hielt seine Hände unter den elektrischen Trockner. Sobald das Gerät unter großem Getöse anging, schaute er hinter die Toilettentüren. Auch da keine Fenster. Die einzige Möglichkeit, hier rauszukommen, war über den Haupteingang.

Er drückte die Tür ein Stück auf. »Das dauert ewig!«, rief er der Polizistin zu. »Haben Sie nicht vielleicht ein Handtuch für mich? Oder sonst vielleicht Papiertücher oder so?«

»Ich frage Hilda«, sagte sie. Der Händetrockner schwieg, wodurch ihre Stimme auf einmal ziemlich laut schallte und sie beide lachen mussten.

Er verfolgte sie mit einem Auge durch den Türspalt. Sie ging zum Tresen und sprach mit der Frau, die dahintersaß. Anschließend verschwanden sie gemeinsam in irgendeiner Ecke.

Mink wedelte mit der Hand unter dem Trockner, damit das Ding wieder tosend ansprang. Solange die Frauen dieses Geräusch hörten, würden sie glauben, er wäre noch immer im Toilettenraum. Hoffte er zumindest. Er schoss auf den Gang und war nach wenigen Schritten schon im Empfangsbereich. Der Tresen war noch immer nicht besetzt. Er machte sich so klein wie möglich und eilte zur Glastür. In dem Moment, in dem er sie aufzog, hörte er die Polizistin rufen.

Das war wie ein Startzeichen. Mink rannte auf die Straße und wurde fast von einem Mädchen auf dem Rad umgefahren. Sie drückte die Bremsen und blieb so abrupt stehen, dass sie nur gerade so nicht umfiel. Sie hatte die athletische Figur einer Marathonläuferin.

Er brauchte ein Rad!

Mit schmerzverzogenem Gesicht fasste er sich ans Bein.

»Ich glaube, ich habe mir was gebrochen!«

Beeilung! Die Polizistin wollte schon die Straße überqueren.

Zum Glück kamen gerade ein paar Autos.

»Kann nicht sein«, sagte das Mädchen. »Ich hab dich ja nicht mal berührt.« Aber sie stieg doch ganz ab und wollte ihr Rad auf den Ständer stellen, um sich Minks Bein anzuschauen.

»Sorry.« Er riss ihr den Lenker aus der Hand, knallte seinen Fuß auf die Pedale und stieß sich ab.

Das Mädchen war so verblüfft, dass sie es geschehen ließ. Sie lief ihm nicht einmal hinterher, als er schon im Fahren das Bein über den Sattel schwang und sich setzte. Die Polizistin, die es endlich geschafft hatte, die Straße zu überqueren, kam auf ihn zu.

»Jetzt sei doch vernünftig!«, rief sie.

Mink raste die Straße hinunter.

Herman van Romondt

Donnerstag, 16. März 2017

Herman hatte seinen Fiat auf dem Sandweg am Ausgang des Firmengeländes von Groen Compleet geparkt. Am Tag zuvor hatte er um die Mittagszeit auch schon hier gewartet, aber Lambert war nicht aufgetaucht. Hoffentlich hatte er jetzt mehr Glück.

Er nahm ein Butterbrot aus der Alufolie, die auf seinem Schoß lag. Während er aß, versuchte er zum zigsten Mal, sich zu überlegen, weshalb Lambert gelogen hatte. Warum wollte er verheimlichen, dass Wilma Kleikers seine Mutter war?

Moment! Ein glänzendes, leises Auto fuhr vorbei. Lambert saß nicht selbst am Steuer, aber im Fond.

Herman schob sein Lunchpaket auf den Beifahrersitz und startete den Wagen. Der Frühling war in der letzten Woche mit Macht durchgebrochen, sodass er problemlos Sonnenbrille tragen konnte. Wenn er ausreichend Abstand hielt, würde Lambert ihn nicht erkennen.

Das glänzende Auto verließ das Dorf. Auf Höhe vom Landgut Boshof bog es ab.

Herman wagte es nicht, ihm noch weiter zu folgen. Auf der kerzengeraden Auffahrt würde er mit seinem alten Fiat sofort auffallen. Nein, er sollte lieber noch ein Stück weiterfahren, dort wenden und dann zurückkommen.

Als er wieder bei der Auffahrt ankam, war Lamberts Wagen verschwunden. Herman lenkte sein Auto zwischen den Bäumen hindurch zu dem Gebäude in weiter Ferne. Haus Boshof hatte die Ausstrahlung eines schicken Hotels, aber statt um Gäste kümmerte man sich hier um Senioren.

Herman entdeckte Lamberts Wagen auf dem tiefer liegenden Parkplatz bei der imposanten Steintreppe. Der Fahrer hatte die Scheibe heruntergelassen und las hinterm Steuer Zeitung. Herman parkte weiter entfernt an einem verdeckten Platz im Schatten eines Baums. Während er den Eingang sorgfältig im Auge behielt, verzehrte er sein restliches Brot. Er erledigte ein paar Telefonate und machte ein paar Lockerungsübungen für Schulter und Nacken. Und dann, nach einer Stunde, kam Lambert wieder nach draußen. Sein Fahrer stieg aus und hielt ihm den Schlag auf. Wenig später fuhren sie davon.

Herman legte seine Sonnenbrille auf das Armaturenbrett, verließ das Auto, klopfte sich die Krümel von der Kleidung und überprüfte im Seitenspiegel seine Zähne auf Essensreste. Und jetzt auf zu Wilma.

Die Treppe nahm er mit jeweils zwei Stufen zugleich und drückte die schwere Tür auf. Der Eingangsbereich war überwältigend. Hell, hoch und mit einem gigantischen Kronleuchter an der Decke.

»Kann ich Ihnen helfen?«, erkundigte sich ein Mann in hellblauer Uniform – Andrew, stand auf seinem Ausweis, der an einer Schnur um seinen Nacken baumelte.

»Ich möchte Frau Kleikers besuchen«, sagte Herman.

»Sind Sie sicher, dass Sie hier an der richtigen Adresse sind? Ich kenne alle unsere Bewohner und ich kann Ihnen versichern, dass ...«

»Groen«, verbesserte sich Herman schnell. »Wilma Groen. Kleikers ist ihr Mädchenname. Ich kenne sie von früher.«

»Aha« Andrew nickte verstehend. »Kommen Sie mit. Sie ist im Wintergarten, um sich vom Mittagessen auszuruhen.«

Herman dachte an ein Pflegeheim in der Stadt, über das er kürzlich einen Artikel geschrieben hatte. Dort stank es nach Urin und Bohnerwachs. In Haus Boshof duftete es nach Kaffee und Apfelkuchen.

»Hier ist es.« Andrew ging Herman voraus in den Wintergarten und auch der war wieder atemberaubend. Klapptüren, die auf eine Terrasse gingen. Umgeben von einem getrimmten Rasen – groß genug für eine richtige Partie Fußball – und drum herum dann wieder der Wald.

»Wie war noch Ihr Name?«, fragte Andrew.

»Van Romondt.«

»Warten Sie einen Moment, ich sage Bescheid, dass Sie hier sind.« Andrew ging zu einer platinblonden Frau in einem Sessel mit Fußbank. Sie trug goldfarbene Pantöffelchen und eine Perlenkette und war genauso klein wie Lambert.

»Besuch für Sie, Frau Groen!«, rief Andrew. »Herr van Romondt. Kennen Sie ihn noch?«

Er winkte Herman, er solle näher kommen.

»Wo ist Lambert?«, fragte sie.

»Ihr Sohn ist nach Hause gefahren.« Herman setzte sich neben sie und nickte Andrew zu, er könne ruhig gehen. »Ich ...«

Andrew stand immer noch da. »Soll ich eine Tasse Kaffee bringen?«

»Nein, danke schön.« Herman wartete, bis er mit Wilma allein war, und rückte seinen Stuhl näher heran. »Ich möchte gern mit Ihnen über Groen Compleet sprechen.«

Sie kniff die Augen zusammen. »Kenne ich Sie?«

»Ich habe eine ganze Menge Papiere und Quittungen mit Ihrer Unterschrift gesehen. Warum verwenden Sie den Namen W. Kleikers und nicht W. Groen?«

»Kleikers.« Sie lächelte. »Ich war ein schönes Mädchen früher.«

»Das sind Sie noch immer«, sagte Herman in der Hoffnung, sie mit einem kleinen Kompliment gnädig zu stimmen. »Aber um noch einmal zurückzukommen auf ...«

»Wo ist Lambert?«

»Wir können uns doch bestimmt auch ein wenig ohne ihn unterhalten, oder?«

Herman zog den Schuldschein von Houtbouw B. V. aus seiner Laptoptasche. »Schauen Sie, das ist Ihre Unterschrift. Und Sie haben noch viel mehr unterzeichnet. Die Rechnungen von Aquacadabra zum Beispiel.«

Sie lächelte verträumt.

Herman fragte sich, ob sie ihn überhaupt verstand, und berührte kurz ihre Hand. »Wilma?«

Es war, als hätte er ein kostbares Ausstellungsstück im Museum berührt und einen Alarm ausgelöst. Ihr Schreien weckte sämtliche Bewohner von Haus Boshof und auch Andrew kam eilends herbei. »Frau Groen. Ganz ruhig.«

»Er soll weg!«, rief sie.

»Ich glaube, Sie sollten lieber kurz im Eingangsbereich warten«, sagte Andrew.

Sobald Herman den Wintergarten verlassen hatte, wurde Wilma hörbar ruhiger.

Sie macht das absichtlich, dachte er wütend. Sie hat durchschaut, wer ich bin, und spielt Theater.

Andrew kam zu ihm. »Machen Sie sich nichts daraus. Das hat nichts mit Ihnen zu tun, sondern mit ihrer Krankheit.«

»Krankheit?«, fragte Herman.

»Sie waren nicht informiert?« Verständnisvoll legte Andrew seine Hand auf Hermans Arm. »Frau Groen leidet an einer schweren Form von Demenz.«

Mink Bekkering

Dienstag, 28. März 2017

Mink fuhr, ohne genau zu wissen, wohin. Am liebsten wäre er nach Hause gefahren, aber das war der erste Ort, an dem sie suchen würden, also radelte er in die entgegengesetzte Richtung, während er versuchte zu überlegen, wie er Jools' Eltern warnen könnte. Gäbe es doch nur noch Telefonzellen, so wie früher und ...

Auf der anderen Seite der Straße ging ein Mädchen mit einem Telefon!

»Hallo!«, rief Mink.

Sie blieb stehen und hob den Kopf.

»Ich möchte dich gern etwas fragen!« Er fuhr quer über die Straße und prallte auf den Bürgersteig. »Dürfte ich mal kurz anrufen?«

»Wieso?« Schnell steckte sie das Telefon in die Tasche.

Er sah, dass sie auf den Teefleck auf seiner Hose starrte, und schloss schnell den Reißverschluss seiner Jacke. »Es ist ziemlich dringend und mein Akku ist leer.«

»Ich will es sehen«, sagte sie.

Da hatte er es ja wieder gut getroffen. Ein misstrauisches Mädchen mit einem IQ von hundertfünfzig.

»Es liegt zu Hause zum Aufladen. Bitte! Es geht um Leben oder Tod.«

»Woher weiß ich, dass du kein stinknormaler Dieb bist?«

Mink dachte an das Mädchen, dem er das Fahrrad weggenommen hatte. Er spürte, dass er rot wurde.

»Ich gebe dir das Rad als Pfand.« Er sah sie flehend an.

»Okay.« Sie reichte ihm ihr Telefon.

Die Nummer von zu Hause war die einzige, die er auswendig konnte.

»Hallo.« Die Stimme seiner Mutter. »Wir sind im Augenblick nicht zu Hause, aber hinterlassen Sie eine Nachricht nach dem Piep und wir rufen Sie schnellstmöglich zurück.«

Blöder Anrufbeantworter. Ma war vermutlich auf der Polizeiwache und hörte sich van der Smissens Schwachsinn an.

Piep.

»Mink hier. Sie versuchen, mich in eine Falle zu locken. Darum bin ich abgehauen. Warnt Jools' Eltern, sie sollen sie keine Sekunde mehr aus den Augen lassen. Auch nicht während Hermans Beerdigung. Ich habe Angst, dass ihr jemand etwas antun will. Vertraut niemandem, auch nicht der Polizei! Vor allem van der Smissen nicht.«

Mink keuchte. Seine Gesprächszeit war abgelaufen.

Das Mädchen sah sich neugierig um. »Machst du bei einer neuen Spielshow fürs Fernsehen mit oder so?«

Wäre es bloß so! Mink reichte ihr das Telefon. »Mein Fahrrad.«

Sie übergab ihm den Lenker. »Ich drücke dir die Daumen, dass du gewinnst.«

Mink saß schon im Sattel und fuhr davon. Auf dem Bürgersteig gingen Leute mit Einkaufstaschen, ein Mann mit einem Kinderwagen und ein Postbote. Sie konnten einfach nach Hause und ...

Die Frau dahinten mit der roten Jacke und den braunen Haaren! Das war doch Ma, oder?

Am liebsten würde er blitzschnell zu ihr fahren und wie früher im sicheren Hafen ihrer Arme abtauchen, bis alle Probleme gelöst waren.

Es war nicht Ma. Natürlich nicht.

Mink spürte, wie ihn alle Energie verließ, und er kam kaum noch voran. Er vermisste Jools und Sebas – warum hatte der Trottel ihm ausgerechnet Peer auf den Hals hetzen müssen? Sein Leben hatte sich in einen einzigen großen Albtraum verwandelt und er hatte keine Ahnung, wie er hier jemals rauskommen ko...

Fuck! In einer Schaufensterscheibe spiegelte sich ein Polizeiwagen!

Irgendwo hatte Mink offensichtlich doch noch einen kleinen Reservetank, denn der Motor in seinen Beinen sprang sofort an. Er stieg in die Pedale und raste wie ein Irrer an den Läden entlang. Manchmal schaute er sich kurz um – folgten Sie ihm noch? Ja, taten sie – und er steigerte das Tempo noch weiter. Er knallte auf den Bürgersteig und wieder runter, schlüpfte zwischen geparkten Autos hindurch und nietete fast einen alten Mann um.

»Entschuldigung!«

Umschauen.

Dämliche Scheißbullen, sie waren immer noch an ihm dran.

Da sah er die schmale Seitenstraße mit dem Verbotsschild für den Autoverkehr. Er riss am Lenker, flog um die Kurve und rumpelte über Kopfsteinpflaster weiter. Das Rad klapperte an allen Seiten und Mink wurde wie ein Würfelbecher durchgeschüttelt. Über das Klappern hinweg glaubte er, ein Auto zu hören, und schaute über die Schulter.

Die Polizei brauchte sich anscheinend nicht an Regeln zu halten, denn der Wagen bog einfach in die Gasse ein. In einem letzten verzweifelten Versuch hielt Mink auf den Fluss zu, nach Atem ringend und mit Schmerzen in der Brust.

Kaum sah er die Brücke, wuchs sein Selbstvertrauen wieder. Sie war mit einem Pfosten für Autos gesperrt!

Der Polizeiwagen näherte sich.

Mink stellte sich wieder in die Pedale, um mehr Kraft einsetzen zu können. Noch zehn Meter, noch acht, noch sechs ...

Er sauste die Brücke hinauf. Ende der Verfolgungsjagd.

Sebas würde den Polizisten jetzt den Mittelfinger zeigen. Mink grinste nur und jubelte innerlich. Im Siegestaumel fuhr er auf der gegenüberliegenden Seite am Fluss entlang. Bis er einen der Polizisten aussteigen und telefonieren sah.

Seine Euphorie verflüchtigte sich und ihm wurde klar, dass sie ihn nie in Ruhe lassen würden. Aber wo sollte er hin? Er konnte ja schlecht immer weiter radeln. In einem Tränennebel fuhr er weiter, straßauf, straßab, so ziellos wie ein Hamster im Laufrad.

Bis er an einem Reisebüro vorbeikam.

Im Schaufenster stand eine Werbetafel, die aussah wie das Blow-up einer Ansichtskarte: Acht Tage Toskana. Buchen Sie jetzt! Der Punkt unter dem Ausrufezeichen war eine Sonne, die Abbildung auf der Karte zeigte einen grünen Hügel voller Häuser.

Das Foto triggerte etwas in Minks Hirn.

Zonneheuvel! Er könnte zum Häuschen von Jools Vater fahren! Er schluckte die Tränen runter und überlegte, welches die praktischste Strecke war – wenn er kräftig in die Pedale trat, konnte er in einer halben Stunde dort sein.

Es passierte in der Nähe der Shopping Plaza. Mink war gerade an einem trostlosen Spielplatz mit einem Schaukelgestell ohne Schaukeln vorbeigekommen und wich kurz nach links aus, um nicht in Glasscherben zu landen, als sein Rad gerammt wurde. Er erschrak und schaute zur Seite – wo kam denn das Auto auf einmal her? –, spürte, wie die Räder unter ihm wegrutschten, und danach einen brennenden Schmerz, als seine Arme über den Straßenbelag schrappten. Einen Moment wurde ihm schwarz vor den Augen. Irgendwo ging eine Autotür auf und er hörte eilige Schritte. Jemand kauerte neben ihm und beugte sich vor.

Besorgte Augen. »Geht es?«

Mink hob den Kopf. Er versuchte, sich aufzurappeln.

»Vielleicht solltest du lieber liegen bleiben«, sagte der Mann, der zu den besorgten Augen gehörte. »Soll ich einen Rettungswagen rufen?«

»Keinen Rettungswagen!« Mink verbiss sich den Schmerz und schob sich etappenweise hoch. Erst sitzen, dann stehen.

»Es tut mir leid«, sagte der Mann, der ihn unterstützte. »Du bist plötzlich auf meine Seite gefahren. Hast du mich nicht gehört?«

»Nein.«

»Wird wohl daran liegen, dass es ein Elektroauto ist.« Der Mann ließ Mink los und hob das Rad von der Straße auf. Der Lenker stand schief und im Vorderrad war eine Acht. »So kannst du nicht weiterfahren. Ich lege es in meinen Kofferraum und bringe dich nach Hause.«

Bei den Worten »nach Hause« spürte Mink, wie sich sein Herz verkrampfte.

»Ist nicht nötig«, murmelte er. »Ich kann laufen.«

Der Mann schaute auf seine Uhr. »Bist du sicher? Ich habe einen wichtigen Termin, aber den kann ich auch einfach absagen!«

»Es ist nicht weit.« Mink warf einen Blick auf das ramponierte Fahrrad und hätte heulen können.

»Wir parken es dahinten an der Laterne«, sagte der Mann. »Dann kannst du es später abholen.«

Er sperrte das Rad ab und reichte Mink den Schlüssel. »Wir sollten unsere Kontaktdaten für die Versicherung austauschen.

Ich würde dich heute Abend auch gerne anrufen, um zu hören, wie es dir geht. Du hast schon einen ganz schönen Schlag abbekommen.«

No way, dass ich dir erzähle, wie ich heiße, dachte Mink.

»Hast du dein Telefon bei dir?«, fragte der Mann.

»Nein.«

»Dann hole ich schnell was zum Schreiben aus dem Auto.«

Durch die Brandgasse, dachte Mink. Dann bin ich sofort außer Sicht.

Er schaute zu dem Mann hinüber, der in seinen blöden geräuschlosen Kia gestiegen war und sich vorbeugte, um in seinem Handschuhfach zu wühlen.

Jetzt!

Mink lief davon, in die Brandgasse hinein, die zu dem vernachlässigten Spielplatz führte. Er folgte dem Pfad, während er sich ständig umschaute, aber der Mann kam nicht hinter ihm her. Mink war noch zittrig von seinem Sturz, suchte ein paar Sekunden Halt an einer Mauer und stolperte dann weiter in Richtung Straße.

Es fühlte sich an, als hätte jemand einen Käsehobel über seine Seite gezogen. So sah es im Übrigen auch aus. Er versuchte, die übelkeitserregende Wunde zu vergessen und sich auf die Umgebung zu konzentrieren. Gab es denn nirgendwo einen Ort, an dem er sich verstecken und kurz ausruhen konnte? Verzweifelt bog er nach rechts ab.

Die zigste Straße mit Bürgersteigen, Häusern und Wänden voller Graffiti. Bei einem leer stehenden Gebäude mit vernagelten Fenstern blieb Mink stehen. Er hatte das Gefühl, jeden Moment umfallen zu können. Vielleicht gab es an der Rückseite einen stillen Ort, an dem es nicht so zog.

Er umrundete das Gebäude. An der Stelle, an der einst eine Tür in der Seitenfront gewesen war, befand sich jetzt eine Platte. Mink sah es erst, als er schon ganz nah dran war. An der Seite der Platte war eine Einkerbung – wie bei Zwieback, damit man ihn leichter aus der Packung ziehen konnte.

Sein Herz schlug vor Aufregung. Was, wenn ...

Er steckte die Hand in die Öffnung und zog. Es ging erstaunlich leicht. Die Platte wippte vor und Mink brauchte sie nur noch kurz hochzuheben und zur Seite zu schieben. Seine verletzte Hand begann wieder zu bluten. Mink pustete auf die Wunde, schaute sich noch einmal um und betrat das Gebäude.

Er gelangte in ein dämmriges Zimmer mit einer Türöffnung zu einem weiteren Raum, durch den ein wenig Tageslicht einfiel. In der Ecke neben der Tür lag eine fleckige Matratze. Mink war zu müde, um sich zu fragen, wie das Ding dorthin gekommen war. Es machte ihm auch nichts aus, dass es nach Katzenpisse stank. Er wollte nur noch liegen und alles vergessen.

Herman van Romondt

Freitag, 17. März 2017

Der Limburger Frauenkreis feierte sein fünfundzwanzigjähriges Bestehen im Dorfgemeinschaftshaus de Roskam. Herman hatte den Auftrag, einen stimmungsvollen Artikel über das Fest zu schreiben, also brach er um neun Uhr abends nach Lusteren auf, ein Dorf weiter.

Sobald er Hieteren verlassen hatte, fuhr er in die Dunkelheit hinein. Die einzigen Lichtpunkte waren die Reflektoren an den Bäumen. Es fiel Herman nicht schwer, sich an die erlaubte Höchstgeschwindigkeit von sechzig Kilometern pro Stunde zu halten. Vor allem im Dunkeln war die Straße zu schmal und zu kurvig für ein höheres Tempo.

Der Fahrer des Kleintransporters hinter ihm dachte offenbar anders darüber. Er näherte sich mit hoher Geschwindigkeit und Lichtsignalen.

»Mann, benimm dich normal«, murmelte Herman während er seinen Rückspiegel so einstellte, dass er nicht ganz geblendet wurde.

Der Fahrer schien allerdings zu glauben, er befände sich auf der Rennstrecke von Monaco, und drängelte einfach weiter. Herman hielt das Steuer gut fest und fuhr, so weit es ging, rechts.

Dann los, du Irrer!

Aber der Fahrer überholte ihn nicht. Er klebte dem Fiat weiterhin an der Stoßstange und hupte laut. Der Schweiß stand Herman in den Handflächen.

Du kannst prima vorbei, jetzt mach schon!

Eine wahre Flut von Licht ergoss sich durch die Heckscheibe und das nervtötende Hupen hörte nicht auf. Herman saß verkrampft hinter dem Steuer – wer war dieser Idiot?

Der Kleintransporter fuhr jetzt fast in ihn rein. Herman versuchte, noch mehr Platz zu machen, auch wenn er wusste, dass das der helle Wahnsinn war. Sein Vorderrad geriet kurz von der Straße und er musste sein Äußerstes tun, um sein Auto unfallfrei wieder auf den Asphalt zu bringen. Unterdessen hupte der Fahrer des Kleintransporters ununterbrochen, blendete auf und klebte an der Stoßstange.

Er wird mich von der Straße drängen, wurde Herman klar.

Aus purer Todesangst trat er das Gas durch. Er klammerte sich ans Steuer und schickte Stoßgebete zum Himmel, während er sich in eine Kurve nach der anderen legte, mit quietschenden Reifen und schweißnassen Achseln, bis er den Bauernhof von Goossens sah. Er bremste kaum ab und nahm die Kurve mit rutschenden Rädern, Hauptsache, er war erst einmal auf dem Hof ...

Gott sei Dank! Der weiße Kleintransporter blieb auf der Straße und fuhr an ihm vorbei. Herman konnte gerade noch die Aufschrift an der Seite lesen: Groen Compleet.

Er begriff sofort, dass dies eine Warnung war.

Und dass er ihnen wohl zu nahe kam.

»Van Romondt«, hörte er sich wieder zu Andrew sagen.

Lambert war bestimmt über seinen Besuch auf dem Boshof informiert.

Aber wusste er auch von den Fotos?

Herman war davon überzeugt, dass es eine Verbindung gab zwischen den Männern, die diese Pool-Partys besuchten, und

Lambert Groen. Warum sollte er die Clubrechnungen sonst auf den Namen seiner dementierenden Mutter ausstellen lassen?

Aquacadabra ...

Vielleicht war Ruxandra ja auch in Gefahr! Wenn Lambert entdeckte, dass sie die Fotos ...

Er musste sie warnen, dass sie unbedingt den Mund halten musste. Jetzt sofort!

Herman wischte sich die feuchten Hände an der Hose ab und nahm sein Telefon. Das Display leuchtete im Dunkeln auf. Sein Daumen landete auf Ruxandras Namen.

Er dachte ja nicht daran, sich Angst einjagen zu lassen. Er würde so lange weitergraben, bis er alle Geheimnisse von Lambert Groen ans Licht befördert hatte.

Anrufen.

Eine unbekannte Frauenstimme meldete: »Die gewählte Nummer ist nicht vergeben.«

Mink Bekkering

Dienstag, 28. März 2017

Hallo, wach werden!«, erklang eine laute Stimme in der Nähe von Minks Ohr.

Ma?, dachte er eine Nanosekunde lang.

Aber Ma würde nie so fest an seinem Arm zerren und sie roch auch nicht nach Zwiebeln.

Mink warf einen Blick auf die Leuchtziffern seiner Uhr. Es ging auf sechs zu. Er hatte eine Stunde auf dieser ekligen alten Matratze geschlafen.

»Beeil dich, Jungchen«, schnauzte die Frau. »Aufstehen und weg hier.«

Schon das Aufsetzen kostete Mink große Mühe. Seine Muskeln hatten sich in unnachgiebige Stahlkabel verwandelt und alles tat weh.

»Beeilen, sagte ich.« Sie bohrte ihm einen knochigen Finger in die Rippen.

Genug, um ihm den Rest zu geben. Er brach in Tränen aus.

Sie erschrak und zuckte zurück.

»Tut mir leid«, sagte sie dann nervös. »Du brauchst nicht sofort weg, okay?«

Mink versuchte aufzuhören, aber es gelang ihm noch nicht richtig.

»Ach Junge.« Sie wollte ihm die Hand auf die Schulter legen, überlegte es sich aber auf halber Strecke und suchte in ihrer

Westentasche nach einem Taschentuch. »Hier.« Sie hielt es Mink wie eine Art Friedensfahne hin.

Es grauste ihn vor dem schmutzigen Ding, aber er wagte nicht, es abzulehnen, also nahm er es mit spitzen Fingern an.

Sie sah die Wunde an seiner Hand. »Was hast du denn gemacht?«

»Gefallen.« Er legte das Taschentuch schnell neben die Matratze und wischte sein Gesicht mit dem Ärmel ab.

»Und dann bist du hierhergekommen, um dich kurz auszuruhen?«

»So ungefähr.«

»Warum bist du dann nicht einfach nach Hause gegangen?«

Mink zuckte mit den Schultern.

Sie hob das Taschentuch auf und steckte es wieder an seinen Platz. »Hast du was ausgefressen?«

Ihre andere Westentasche war seltsam ausgebeult – Mink hatte keine Ahnung, von was.

»Das glauben sie«, murmelte er.

»Was glauben sie?«

Er machte eine abwehrende Geste.

»Hallo, wenn du hierbleibst, will ich auch wissen, was für Fleisch ich im Topf habe.« Sie zwinkerte ihm zu. »Vielleicht bist du ja gefährlich.«

Mink konnte nicht darüber lachen.

»Okay, ich mache jetzt keine faulen Witze mehr«, versprach sie. »Aber du musst reden, sonst bekommst du Herzprobleme.«

Mink massierte seine pochenden Schläfen. »Sie glauben, dass ich jemanden ins Koma geschlagen habe«, sagte er, um es loszuwerden.

»Ai. Das klingt heftig.« Sie dachte kurz nach. »Erzähl mir die ganze Geschichte, aber am liebsten bei unserem Dinner.«

Dinner! Sie hatte nicht mal einen Herd.

»Sie wollten doch keine faulen Witze mehr machen«, sagte Mink.

»Kein Witz«, sagte sie stolz. »Guck. Von Lennie bekommen.«

Die Beule in ihrer Westentasche erwies sich als Suppendose.

»Lennie?«, fragte Mink.

»Mein Freund.« Sie kicherte wie ein junges Mädchen. »Lennie und Lena. Klingt gut, oder?«

»Fantastisch.«

Sie zeigte mit ihrem Kinn zur Tür. »Komm mal mit.«

Mink schaffte es tatsächlich, ohne ihre Hilfe aufzustehen. Er folgte ihr in den anderen Raum, der größer und vor allem heller war wegen der Plastikkuppel im Dach. Die kräftige Abendsonne schoss Pfeile in Minks Kopf. Er schwankte.

»Setz dich da hin«, sagte Lena.

»Da« war ein verschlissener Zweisitzer mit Löchern, durch die der Schaumstoff quoll. Mink sank vorsichtig gegen die Sofalehne. Er sah zu, wie Lena die Konservendose öffnete und den Inhalt in ein Töpfchen goss, das sie anschließend auf einem Campinggaskocher erhitzte. Ihre langen grauen Haare wurden von einem geblümten Schal zusammengehalten, aber manchen war es gelungen, sich daraus zu befreien – sie klebten wie Spinnweben auf Schultern und Rücken. Die Säume ihrer Hosenbeine waren ausgefranst und sie trug zwei verschiedenartige Socken. Mink hatte immer gedacht, Obdachlose wären allesamt Alkoholiker, Junkies oder Leute mit psychischen Problemen, aber Lena passte nicht in diese Reihe.

»Warum haben Sie kein normales Haus?«, fragte er.

Sie seufzte müde. »Scheidung, Schulden und der Familie meiner Schwester nicht mehr zur Last fallen wollen. In der Reihenfolge.«

»Und seither wohnen Sie hier?«

»Mal bin ich hier, mal dort. Meistens dulden mich die Leute

eine Weile, dann werde ich wieder verjagt.« Sie wischte die Worte weg. »Genug von mir. Du hast mir nicht einmal gesagt, wie du heißt.«

Konnte er ihr vertrauen? Mink dachte an van der Smissen und beschloss, auf Nummer sicher zu gehen. »Tom ... äh ... Thomas.«

»Also, Tomthomas, einer von uns wird aus dem Topf essen müssen.«

Sie wühlte in einer Plastiktüte. »Ich habe nur einen Becher und einen Löffel.«

Mink dachte an das Taschentuch, an Bakterien und bedrohliche Krankheiten. »Ich brauche nichts.«

»Aber sicher doch.« Sie hatte die Sachen gefunden und stellte sie auf den Boden neben die Gasflasche. »Der Mensch muss essen, sonst stirbt er.«

Sie zog ihren Pulloverärmel ein wenig länger, damit sie ihn als Topflappen verwenden konnte, goss einen Teil der Suppe in den Becher und reichte ihn Mink. »Trink ruhig aus.«

Mit geschlossenen Augen nahm er einen Schluck, versuchte angestrengt, nicht an ihre schmutzigen Fingernägel zu denken, und verbrannte sich fast den Mund.

»Und?«, fragte sie.

»Die beste Tomatensuppe aller Zeiten«, log Mink.

»Schön.« Sie drehte das Gas ab, schöpfte ein wenig Suppe aus dem Topf und hielt ihre Hand unter den Löffel für den Fall, dass sie kleckerte. »Wer sind ›sie‹, die glauben, dass du gewalttätig bist?«

»Die Polizei.«

»Ein Junge in deinem Alter?« Lena blies in die Suppe, bevor sie sie schlürfte. »Die sind ja verrückt. Warum denn?«

Mink spürte, wie er schwach wurde. Da war jemand, der ihm glaubte! Bevor es ihm so richtig bewusst wurde, hatte er schon seinen Becher abgestellt und zu erzählen begonnen. Von Hermans Tod, dem Besuch bei Aquacadabra und den Fotos, die Ruxandra gemacht hatte. Vom Telefon bei Peer und von der Reaktion van der Smissens auf der Wache. Von dem Telefongespräch mit Jools, kurz bevor sie knock-out war, und schließlich von dem Laptop in seinem Schließfach.

Er sah sie mutlos an. »Deswegen verdächtigen sie mich also.«

»Jemine.« Lena kratzte den Topf aus.

Mink nahm noch einen Schluck von seiner Tomatensuppe, aber es schmeckte ihm nicht.

»Wer kann alles an dein Schließfach?«, fragte Lena.

»Ich natürlich«, sagte Mink. »Und der Hausmeister, der kann jedes Fach öffnen. Er ist immer total stinkig, wenn man seinen Schlüssel vergisst oder verliert. Und Sebas.«

Der ihm so unbedingt Peer auf den Hals schicken musste ...

»Wer ist Sebas?«, fragte Lena.

»Mein bester Freund.«

»Und der hat einen Schlüssel von deinem Schließfach?«

»Den Reserveschlüssel.« Mink schob den Becher von sich. »Auf Empfehlung der Lehrer. Wenn dein Freund oder deine Freundin deinen Reserveschlüssel bei sich hat, braucht der Hausmeister nicht so oft anzutraben.«

»Dann stecken der Hausmeister oder Sebas dahinter.« Lena sah zur übrig gebliebenen Suppe hinüber. »Willst du nichts mehr?«

»Nein.« Mink verbarg seinen Kopf in den Händen.

Sebas, der ihn verraten hatte? Das passte nicht.

Andererseits hast du das alles irgendwie ihm zu verdanken, flüsterte ein Stimmchen in seinem Hirn. Dass du zur Wache gebracht wurdest, dass du jetzt hier hockst ...

»Sicher?«, fragte Lena.

»Ja-ha.«

Während sie den Becher auslöffelte, schloss Mink die Augen.

Sebas meinte es bestimmt gut, dachte er. Dass er Peer eingeschaltet hat, war kein Verrat. Er wollte mir nur helfen.

Bist du dir da so sicher?, schaltete sich die nervige Flüsterstimme wieder ein. Vielleicht wollte er nicht dir, sondern seinem Vater helfen?

Unsinn! Warum sollte Peer Hilfe brauchen?

Und dann ging Mink etwas ganz Schreckliches durch den Kopf. Was wäre denn, wenn Peer genau wie van der Smissen im Aquacadabra fotografiert worden wäre. Dass er nicht für Jools nach Hermans Telefon hatte tauchen lassen, sondern nur, um seine eigene Haut zu retten. Und er später über Sebas darauf gekommen wäre, dass es auch noch einen Laptop gab, auf dem Herman vielleicht Fotos aufbewahrte, und dass sich dieser Laptop im Haus von Jools und ihrer Mutter befand.

Mink wurde übel von seinen Gedanken. Peer würde Jools nie absichtlich verletzen.

Vielleicht war es ein Unfall. Peer hatte natürlich nicht erwartet, dass sie zu Hause war.

Ein Klingelton ertönte. Mink saß sofort kerzengerade.

Lena hatte ein Telefon! Ein altmodisches Nokia, aber trotzdem …

»Hee«, sagte sie.

Zu Lennie, tippte Mink, denn sie hatte sofort wieder so was Verliebtes an sich.

»Ein Fest? Beim Wohnwagen. Okay. Sehe dich dann. Mach's gut.« Sie ließ die Hand mit dem Telefon in ihrem Schoß ruhen.

»Darf ich wen anrufen?«, fragte Mink.

Sie zögerte. »Ich habe nicht viel Guthaben.«

»Nur einen Moment. Meine Mutter …«

Mutter war ein Zauberwort.

»Fass dich kurz«, sagte Lena.

Mink tippte die Nummer von zu Hause ein. Hoffentlich bekam er nicht wieder nur den Anrufbeantworter dran.

»Tom am Apparat.«

»Hier Mink. Is Ma auch da?«

»Nur Pa. Sie suchen dich überall. Die Polizei ...«

»Ich bin unschuldig, Tom, du musst mir glauben!«

»Tue ich ja.«

Mink dachte an all die Male, an denen er seinen kleinen Bruder angeschnauzt und weggeschickt hatte. »Wenn ich wieder zu Hause bin, machen wir was Schönes zusammen. Okay?«

»Gamen?«, fragte Tom.

»Was du willst.«

»Need for speed und ...«

»Weißt du, wie es Jools geht?«

»Noch genauso«, sagte Tom. »Wann kommst du wieder nach Hause?«

»Weiß ich nicht.« Minks Stimme klang auf einmal heiser. »Sag Ma, dass ich okay bin.«

»Wo bist du denn?«

Lena stellte sich vor Mink und machte eine Schneidebewegung an ihrer Kehle entlang.

»Ich muss jetzt aufhören, Tom.« Er beendete das Gespräch und händigte Lena widerwillig das Telefon aus.

»Nachtisch?« Hinter ihrem Rücken zauberte sie ein halbes Würstchen in Blätterteig hervor.

Mink durfte nicht mal daran denken.

»Na los«, sagte Lena streng. »Du hast noch kaum was gegessen.«

Mink stopfte das Würstchen in den Mund, damit sie aufhörte zu nerven, und musste fast würgen. Lena reichte ihm Wasser.

Er trank gierig und hielt die Flasche kurz zur Kühlung an seine Stirn, bevor er sie ihr zurückgab.

Dass Peer mit Jools um den Laptop gekämpft hatte, konnte er sich ja noch vorstellen. Jools könnte gestürzt sein. Falsch aufgekommen.

Aber warum Peer den Laptop dann nicht einfach hatte verschwinden lassen ...

»Hörst du, was ich sage?«, nörgelte Lena.

»Was?«

»Dass du heute Nacht hierbleiben kannst, da ich zu Lennies Fest gehe ...«

Warum wollte Peer, dass ich die Schuld bekomme?, dachte Mink.

»Oh, und den Eingang zu jeder Zeit sorgfältig abschließen«, sagte Lena. »Ich will ja nicht, dass Hinz und Kunz hier reinkommen.«

»Ja-ha.«

Hatte Sebas den Laptop in Peers Auftrag in Minks Schließfach gelegt? Oder hatte Peer den Reserveschlüssel aus Sebas' Tasche heimlich entwendet und es selbst getan? Oder es van der Smissen tun lassen? Oder steckte doch der Hausmeister dahinter?

Je länger Mink darüber nachdachte, desto weniger verstand er es. Es war, als versuchte er, ein Puzzle aus Teilen zu legen, die nicht zusammenpassten. Seine einzige Hoffnung war der Schlüssel, den Jools in ihrem Mund versteckt hatte und der noch immer sicher in seiner Hosentasche steckte.

Ruxandra Popescu

Freitag, 17. März 2017

Das Frühlingswetter der vergangenen Tage war plötzlich umgeschlagen und es wehte ein kalter Wind. Ruxandra bereute, keine Jacke über ihren Jogginganzug gezogen zu haben. Als sie am Bremzenpad ankam, war sie total durchgefroren. Nur ihr Kopf fühlte sich warm an unter der Beanie, die sie bis weit über die Ohren gezogen hatte, damit sie ihre Haare und einen großen Teil ihres Gesichts verbarg.

Sie stellte ihr Rad an einem strategisch günstigen Ort ab – nicht weit von der Bank und den Lenker in Richtung Fahrradbrücke, damit sie gleich schnell wegfahren konnte. Dann lief sie im Trab über den Pfad und scannte ihre Umgebung.

Kein Bürgermeister, keine Polizei, niemand. Im Mülleimer lagen jetzt noch ein paar Getränkedosen und Papier, aber gleich ... Der Gedanke an das Geld ließ ihr Herz schneller schlagen. Noch zehn Minuten, dann war es so weit.

Von welcher Seite würde der Bürgermeister kommen? Ruxandra entschied sich für eine majestätische Eiche als Versteck. Von dort konnte sie die Bank im Auge behalten und selbst ungesehen bleiben. Und sollte sie jemand aus Versehen doch entdecken, könnte sie ihr Bein an den Stamm stellen und so tun, als würde sie Dehn- und Streckübungen machen.

Auf ihrer Armbanduhr war es mittlerweile fünf vor zehn. Sie klopfte sich warm, machte ein paar Kniebeugen und hüpfte auf und ab. Ihre Bewegungen stockten. Da kam jemand! Eine Frau mit einem rattenartigen Hund ging genau auf die Bank zu.

Ruxandra wurde nervös. Der Bürgermeister konnte jeden Moment auftauchen. Nachher dachte er noch, die Frau wäre die Erpresserin, und gab das Geld ihr.

Der Hund schnüffelte am Mülleimer.

Lauf weiter, dachte Ruxandra.

Er pinkelte an den Betonfuß der Bank.

Los jetzt!

Endlich, er zog an der Leine.

»Jaja«, sagte die Frau und ließ sich wieder auf den Pfad ziehen. Aufreizend langsam spazierten sie weiter, auf Ruxandra zu. In der Ferne schlug eine Kirchturmuhr. Zehn Uhr!

Auf der Straße hielt ein Auto und ein großer, korpulenter Mann stieg aus. Er trug eine Plastiktüte unter dem Arm und stiefelte über das Gras, genau auf den Pfad zu.

Der Bürgermeister! Ruxandras Blick schoss hin und her zwischen ihm und der Frau mit dem Hund. Jetzt blieb das Tier wieder stehen, um zu kacken.

Der Bürgermeister hatte die Bank erreicht; er schaute sich um und legte die Tüte in den Mülleimer. Und jetzt verschwinde! Ruxandra wünschte, sie könnte ihn mit ihrem Blick zum Auto schieben. Dass ihre hundertfünfzigtausend Euro dort zum Greifen nah lagen, fand sie höchst unbehaglich.

Ja, der Bürgermeister stieg ein und fuhr davon!

Ruxandra kam hinter den Bäumen hervor und joggte der Frau und dem Hund entgegen. Sobald sie an ihnen vorbei war, sprintete sie zur Bank. Schuh auf den Rand. Während sie so tat, als würde sie ihren Strumpf hochziehen, schaute sie aus den Augenwinkeln zur Seite. Die Frau kauerte mit einem Plastikbeutel am Boden und wurde vollkommen von der Hinterlassenschaft ihres Rattenhündchens in Beschlag genommen. Hastig nahm Ruxandra die mit Klebeband umwickelte Tüte aus dem Mülleimer, rannte zu ihrem Rad, so schnell es mit dem unhandlichen Paket ging, und warf es in die Kiste an ihrem Lenker. Schloss entsperren und weg war sie.

Singend fuhr sie nach Hause, singend stellte sie ihr Rad ab und singend betrat sie die Wohnung. Lilian war noch nicht zurück vom Einkaufen und sie hatte das Reich noch kurz für sich allein.

Reich. Schönes Wort war das.

Sie nahm die Tüte mit in ihr Zimmer, legte sie aufs Bett und holte in der Küche ein Messer, um das Klebeband durchzuschneiden. In ihrer Ungeduld zerschnitt sie auch das Plastik und ...

Es war, als bekäme sie einen gewaltigen Schlag in den Magen.

Alte Zeitungen! Es waren keine Scheine, sondern alte Exemplare von Dagblad Zuid. Weil sie noch nicht ganz glauben konnte, dass man sie reingelegt hatte, packte sie eine Zeitung nach der anderen aus, immer wilder, bis sie sie alle mit einem einzigen Wischen vom Bett warf und ihre Wut herausschrie.

In dem Moment klingelte es.

Mink Bekkering

Mittwoch, 29. März 2017

Mink wachte auf und starrte ins Dunkel. Er fühlte sich nicht gut. Er fühlte sich wie das Gegenteil von gut. Sein Magen schien sich in einen zu fest aufgeblasenen Schwimmring verwandelt zu haben und ihm war, als würde die stinkende Matratze auf und nieder wogen.

»Lena?«, brachte er heraus.

Seine Stimme hallte in dem leeren Raum.

»Lena, wo bist du?« Vorsichtig setzte er sich auf.

Das Dunkel kreiselte vor seinen Augen.

»Ich bin krank, Lena.«

Warum kam sie denn nicht?

Da erinnerte er sich wieder, dass sie bei Lennie im Wohnwagen saß und ihn hier zurückgelassen hatte. Ganz allein!

Er musste kotzen.

Er wollte nicht kotzen.

In seinem Gedärm rumorte es ganz fürchterlich – er musste dringend zur Toilette!

Die gab es hier nicht.

Er wusste nicht, wie es ihm gelang, aber er schaffte es, die Hose herunterzuziehen, von den Beinen zu streifen und an sich zu halten, anzuhalten ...

Er kroch in eine Ecke, möglichst weit von der Matratze entfernt, und ließ es laufen. Es war abscheulich. Als wäre er ein Tier. Und zugleich erleichterte es ein wenig. Bis er an das Würstchen in Blätterteig dachte. Das halbe Würstchen, das er würgend reingestopft hatte, weil Lena ihn genervt hatte, er müsse essen, essen ...

Mink wollte noch immer nicht kotzen, aber er hatte nichts mehr zu wollen. Die Säure stieg aus seinem Magen auf, drängte sich durch seine Speiseröhre und brach sich nach außen Bahn. Er ekelte sich vor dem Geruch. Vor sich selbst.

Dann begann er zu zittern. Er bekam überall Gänsehaut und doch war seine Stirn schweißnass und er spürte einen Tropfen an seiner Nasenspitze. Heiß, kalt, heiß, kalt. Wieder ging eine Welle der Übelkeit durch seinen Körper und er erbrach Saures. Seine Augen tränten, er lehnte mit den Schultern an der kühlen Wand. Er fürchtete, ohnmächtig zu werden. Wer weiß, vielleicht würde er sterben und keiner würde es merken. Er wollte nach Hause. Zu Ma. Er stellte sich vor, dass sie ihm einen Waschlappen auf die Stirn legte. Ihn unter die Dusche stellte und ihm in ein sauberes T-Shirt half. Für einen Eimer neben seinem Bett sorgte, damit er, wenn er ...

Wieder musste Mink brechen.

Nie im Leben würde er noch einmal ein Würstchen in Blätterteig essen.

Nicht an Würstchen denken, sondern an frisches Wasser. Lena hatte ihm eine Flasche gegeben, bevor sie wegging.

Seine Augen hatten sich inzwischen an die Dunkelheit gewöhnt. Er konnte die Wände ausmachen. Die Matratze in der Ecke. Und die Wasserflasche. Er kroch hin und trank gierig. Dann legte er sich wieder hin. Obwohl er die Augen schloss, drehte sich die Dunkelheit einfach weiter. Er versuchte, sich vorzustellen, er wäre nicht hier, sondern zu Hause und läge in seinem eigenen Bett ...

»Zeugen haben einen Jungen mit braunen Haaren aus Jools' Haus kommen sehen«, sagte van der Smissen. »Mit der orangenen Laptoptasche. Sebas hat braune Haare. Genau wie du.«

Mink schoss hoch. Gott sei Dank. Es war nur ein Traum.

Er war klamm vor Schweiß, aber der Raum drehte sich nicht mehr. Durch die Türöffnung drängte das Morgenlicht herein. Wie spät es wohl war?

Halb acht, sagte seine Uhr.

Er hatte einen ekligen Geschmack im Mund und versuchte, ihn mit Wasser wegzuspülen. Sein Magen fühlte sich hohl an und dennoch brauchte er nicht an Essen zu denken. Vielleicht lag das an dem Gestank, der sich von der Ecke aus im ganzen Raum ausbreitete. Er wankte in den anderen Raum, den mit der Lichtkuppel. Natürlich stand dort keine Schaufel. Und Lenas Kochgerätschaften konnte er ja auch schlecht verwenden ... Er beschloss, erst einmal das restliche Gebäude zu erkunden. Vielleicht gab es doch noch so etwas wie eine echte Toilette.

Er fand drei nebeneinander. Eine mit einem Mann, eine mit einer Frau und eine mit einem Rollstuhl auf der Tür. Leider war das Wasser abgesperrt und er konnte nicht abziehen. Aber die Kloschüsseln standen zum Glück noch nicht ganz trocken. Mink benutzte die Suppendose, um sie leer zu schöpfen, und goss das Wasser in einen hinterlassenen Papierkorb.

Draußen fand er ein Stück Karton, mit dem er das Zeug der vergangenen Nacht aufschöpfen und wegbringen konnte. Die letzten Reste Erbrochenes spülte er mit dem Wasser aus dem Papierkorb weg. Er ignorierte Lenas Warnung und stellte die Abdeckplatte nicht sofort zurück, damit der Raum eine Weile lüften konnte. Trotz der frischen Luft fühlte er sich immer noch nicht wohl. Und es zog. Zwischen Lenas Sachen entdeckte er einen schmuddeligen Pullover mit einer Kapuze, so groß, dass er dreimal über Minks Jacke passte. Er trank noch etwas Wasser und legte sich wieder auf die Matratze.

Vielleicht sollte er den Eingang doch lieber schließen. Wenn Lena plötzlich zurückkäme ...

Ehrlich gesagt wollte er nichts lieber.

Sobald er die Platte zurückgestellt hatte, stand er wieder im Halbdunkel und fühlte sich einsamer denn je. Und das Schlimmste war: Vorläufig konnte und durfte er nicht raus.

Sie suchen dich überall, hatte Tom gesagt.

Gestern war ihm das Gebäude noch wie ein sicheres Versteck vorgekommen. Jetzt fühlte es sich an wie ein Gefängnis.

Ruxandra Popescu

Freitag, 17. März 2017

Ruxandra wollte die Tür nicht öffnen. Sie wollte das Foto des Bürgermeisters an alle TV-Sender und Zeitungen des Landes schicken ...

Es klingelte schon wieder.

Wütend stieg sie über die Zeitungen hinweg und ging durch den Flur zur Haustür. Was denn jetzt schon wieder? Wer schon wieder?

Sie erschrak, als sie durch die kleine Scheibe einen Mann in einer blauen Uniform sah. Trotz ihrer Warnung hatte der Bürgermeister also doch die Polizei benachrichtigt!

Konnte sie noch so tun, als wäre sie nicht zu Hause?

Die Klappe des Briefkastens wurde angehoben. »Ich weiß, dass du da bist, Ruxandra.«

Woher wusste er, wie sie hieß? Waren sie sich früher schon einmal begegnet? Sie hatte noch nie etwas mit der Polizei zu tun gehabt, aber seine Stimme kam ihr irgendwie bekannt vor.

»Wenn du mich reinlässt, können wir darüber reden.«

Ruxandra presste sich gegen die Wand.

»Ich kann dich auch verhaften und auf die Wache mitnehmen«, sagte der Polizist. »Du hast die Wahl.«

Er wusste, wo sie wohnte. Sie hatte überhaupt keine Wahl.

Auf der anderen Seite ...

Wovor hatte sie eigentlich Angst? Sie hatte eine Plastiktüte aus dem Müll geholt. Na und? Das war doch sicher nicht verboten? Dieser Polizist musste erst noch beweisen, dass sie den Bürgermeister hatte erpressen wollen.

Sie reckte die Schultern und machte auf.

Sobald sie seinen runden Kopf mit dem breiten Mund und den Froschaugen sah, hätte sie die Tür am liebsten wieder zugeschlagen. Sie kannte ihn. Sein Vorname war Cor und er kam hin und wieder zu den Pool-Partys im Aquacadabra. Dass er bei der Polizei war, hatte er wohlweislich verschwiegen.

»Wie k-kommst du an meine Adresse?«, stammelte sie.

»Ich bin dir gefolgt, als du das Geld mitgenommen hast.«

»Geld.« Sie schnaubte.

»Was hattest du denn erwartet? Dass wir dich bezahlen würden? Wer garantiert uns, dass du die Fotos nicht doch noch verbreitest? Oder nach einer Weile erneut Schweigegeld verlangst?« Er schaute sich kurz um. »Gib mir dein Telefon.«

»Wieso?«

»Ich kann dich auch wegen Erpressung verhaften.«

Plötzlich wurde ihr bewusst, welche Macht sie hatte. »Das kannst du gar nicht. Dann alle in Hieteren sehen, was Bürgermeister und du hast getan. Ihr sofort entlassen.«

»Du bist schon entlassen«, sagte Cor. »Madame Petit will dich im Club nicht mehr sehen.«

Ruxandra erschrak. Ohne Geld keine Zukunft für ihren Sohn. Ihr Blick flatterte nervös über den Innenhof. An einem der Bäume lehnte ein großer Mann.

Konnte er sie hören?

»Dann will ich doch noch die Hundertfünfzigtausend«, sagte sie leise, aber fest entschlossen. »Wenn ich Geld habe, ich verschwinde und falle euch nie wieder lästig.«

»Jetzt sei doch vernünftig.« Cor flehte sie fast an, wodurch ihr Selbstbewusstsein wuchs.

»So schnell wie geht«, fügte sie noch hinzu.

»Jetzt hör mir mal zu«, flüsterte Cor. »Du weißt nicht, mit wem …«

»Ab hier übernehme ich, Cor.« Der große Mann löste sich vom Baum und kam auf sie zu. »Geh du mal nach Hause.«

Ruxandra hatte noch nie jemanden so schnell weglaufen sehen. Cor hat Angst, wurde ihr klar, und seine Angst übertrug sich sofort auf sie. Sie wollte die Haustür zuwerfen, doch das ging nicht, denn der Fuß des Riesen klemmte schon dazwischen und sie hatte kaum einmal blinzeln können, da stand er schon in der Diele und dann war er es, der die Haustür zuwarf.

Eingesperrt, zuckte es ihr durch den Kopf. In meiner eigenen Wohnung.

Und danach: Renn!

Sie rannte um ihr Leben, stürzte fast in ihr Zimmer und versuchte, die Tür zu schließen. Es hatte keinen Sinn. Er war schneller und stärker, stand schon drinnen, sah sofort ihr Telefon auf dem Nachttisch. Nahm es in seine kolossale Hand und warf es mit aller Kraft gegen die Wand.

Sie stieß einen kleinen Schmerzensschrei aus.

Das Telefon klirrte zu Boden. Es sah schon nach Totalschaden aus, aber das reichte dem Riesen offensichtlich nicht. Ruxandra unablässig anschauend, stellte er seinen Absatz auf das Display und bewegte seinen Fuß hin und her. Das Knirschen und Krachen ging Ruxandra durch Mark und Bein.

»Wo ist der Rest?«, fragte er.

»Was Rest?«

Seine Hand schnürte sich um ihren Hals und er drückte sie gegen die Wand. »Ich glaube nicht, dass du nur dieses eine Foto vom Bürgermeister gemacht hast.«

Ihre Augen tränten. Wie hatte sie nur so dumm sein können?

»Und? Wo sind sie?«

Sie hatte Angst, er könnte ihr den Kehlkopf zerquetschen. »Idee war nicht von mir ...«

Die Haustür öffnete sich.

»Huhu, ich habe Apfeltaschen mitgebracht!«

Ruxandra war noch nie so froh gewesen, Lilians Stimme zu hören. Der Riese ließ sie los, war mit zwei Schritten am Fenster, riss es auf und kletterte hinaus.

Augenblicklich überkam sie eine kaltblütige Ruhe. Sie schloss das Fenster und legte den Riegel vor. Noch bevor Lilian im Zimmer war, hatte Ruxandra das zertrümmerte Telefon vom Boden aufgehoben und in eine Tasche geworfen. Kleidung obendrauf ...

Lilian sah die Zeitungen, stellte Fragen, aber Ruxandra wollte sie nicht hineinziehen. Der Mann würde zurückkommen. Je weniger ihre Mitbewohnerin wusste, desto besser.

»Ich fahre nach Hause«, sagte sie. »Zu meinem kleinen Sohn.«

Mink Bekkering

Freitag, 31. März 2017

Nicht nur sein Mund war staubtrocken. Sein ganzer Körper lechzte nach Wasser – das letzte bisschen hatte er am Abend zuvor getrunken – und gegessen hatte Mink schon seit einigen Tagen nicht mehr. Jedenfalls nicht richtig. Er hatte Lenas Sachen durchsucht und nur zwei Bonbons und einen verschrumpelten Apfel gefunden. Gestern war es ihm nicht schwergefallen zu fasten – die Lebensmittelvergiftung hatte ihm sowieso jeglichen Appetit verdorben –, aber jetzt hätte er glatt einen Mord begehen können für ein Spiegelei oder ein Käsebrötchen.

Er hatte wilde Fantasien, dass Lena zurückkäme und er ihr Geld gäbe für Einkäufe, damit sie Spaghetti, Tomatensoße und Brot für sie beide kaufen könnte. Sie würden zusammen essen und reden und mit ein wenig Glück würde er danach wieder klar denken und das Geheimnis des Schlüssels lüften können.

Aber Lena vergnügte sich wahrscheinlich immer noch mit Lennie im Wohnwagen und hatte ihn vollkommen vergessen.

Er nahm ihren Becher und schleuderte ihn gegen die Wand.

Es war eine Erleichterung, ein Geräusch zu hören. Er sehnte sich nach Musik, der Stimme eines anderen Menschen als ihm selbst. Möglicherweise starb er ja bald nicht nur vor Hunger und Durst, sondern wurde auch noch verrückt!

Zack, da war er wieder: *Sie suchen dich überall.* Seit er mit Tom gesprochen hatte, war der Satz wie ein Mantra in Minks Kopf.

Sie hatten ihn immer noch nicht gefunden. Vielleicht hatten sie es aufgegeben und die Shopping Plaza war nicht weit von hier. Er brauchte nur ein kleines Stück zu laufen. Lenas Pullover hatte eine Kapuze, die brauchte er sich nur über den Kopf zu ziehen.

»Friss oder stirb«, würde Opa sagen.

Teil 7

Wechseltrick

First rule of magic: always be the smartest guy in the room.

(J. Daniel Atlas im Film Now you see me *– 2013)*

Mink Bekkering

Freitag, 31. März 2017

Wenn er den Bus nähme, könnte er in zehn Minuten auf Zonneheuvel sein.

Aber wenn einer der Fahrgäste ihn dann erkennt?

Nein, zu Fuß ist sicherer. Wie lange würde er dafür brauchen? Doch mindestens eine Stunde.

Mink ist so erschöpft, dass ihn allein schon der Gedanke daran verzweifeln lässt. Am liebsten würde er sich kurz setzen, um sich ein bisschen zu erholen, aber er traut sich nicht. Die Umgebung der Shopping Plaza ist vorläufig Feindgebiet. In jeder Straße kann ein Polizeiauto auftauchen.

Er zwingt sich weiterzugehen und zieht dabei eine Banane aus der Plastiktüte. Schälen. Reinstopfen. Er gönnt sich kaum die Zeit zum Kauen und gießt ein paar Schluck Wasser hinterher. Noch mehr Wasser. Innerhalb kürzester Zeit hat er das ganze Büschel vertilgt. Spontan muss er kräftig rülpsen. Dann ist er endlich satt und Beine und Gehirn sind wieder funktionsfähig. Er entscheidet sich für den Weg durch den Park – immer noch besser, von einem Polizisten zu Fuß verfolgt zu werden als von einem fahrenden.

Mink überquert die Straße und verschwindet durch den geöffneten Zaun. Sobald er den Schatten der Bäume erreicht, schiebt er die Kapuze vom Kopf und schnuppert die kühle Luft der Blätter. Er zieht Lenas Pullover aus und bindet ihn sich um die Hüften.

Wie es Jools wohl mittlerweile geht?

Die Bananen sind auf einmal im Weg. Hätte er doch nur nicht so schnell und gierig gegessen. Sein Magen ist nichts mehr gewohnt. Er legt die Hand auf die Seite und geht noch langsamer.

Ein Stückchen weiter sitzt ein Mann auf einer Bank und liest Zeitung. Seine Basecap und die Sonnenbrille hat er abgesetzt und neben sich gelegt.

»Papa!«, klingt eine Kinderstimme. »Entchen!«

Der Mann schaut auf, Schrecken über das ganze Gesicht, lässt die Zeitung fallen und eilt zum Weiher, während er schreit: »Nicht so dicht ans Wasser, Daan!«

Es ist, als würden die zurückgebliebenen Sachen anfangen zu leuchten. Mink zögert keine Sekunde, rennt zur Parkbank und grapscht sich im Vorbeilaufen Brille und Cap. Der Mann merkt es nicht einmal. Er hält den Jungen gut fest und setzt sich mit ihm ins Gras. Mink wirft noch einen Blick zu ihnen hinüber, bevor der Weg eine Biegung macht und sie außer Sicht sind. Er setzt Sonnenbrille und Basecap auf. Sie bilden einen Schirm zwischen ihm und der Welt. Jetzt traut er sich, mit dem Bus zu fahren.

An der Haltestelle hängt schon wieder ein Poster mit seinem Foto. VERMISST. Als wäre er eine entlaufene Katze. Mink reißt das Plakat ab, zerknüllt es und wirft es in den Mülleimer. Danach checkt er die Abfahrtszeiten auf der Anzeige. Noch drei Minuten.

Hoffentlich merken sie nicht, dass ich schwarzfahre, denkt Mink. Der Fahrer wird meinen Namen und die Adresse wissen wollen und bemerken, dass ich ...

Dann erinnert er sich an sein letztes Geld. Ein 20-Euro-Schein. Ein blauer Schein, den man durchaus zur Fahrkarte falten kann.

Als der Bus kommt, ist Mink bereit für seinen Trick. Er nimmt die hintere Tür und hält den Schein so fest, dass das Blau durch seine Finger lugt und einer Chipkarte für den öffentlichen Nahverkehr ähnelt. Um zu kaschieren, dass der Kartenleser keinen Ton von sich gibt, räuspert er sich kurz. Eine Frau mit Kopftuch schaut ihn forschend an. Mink nickt ihr freundlich zu und schiebt sich schnell auf den letzten freien Sitzplatz. Ende Act.

Die Plastiktüte an den Bauch gedrückt, starrt er aus dem Fenster. Häuser und Straßen sausen vorbei. Der Bus hält und fährt wieder an. Und jedes Mal hält er den Atem an, wenn neue Fahrgäste einsteigen.

Sobald er die Haltestelle von Zonneheuvel sieht, kann er sich nicht mehr beherrschen. Er steht auf und geht schnell zur Tür. Fast, fast ...

Außer ihm steigt keiner aus.

Als er dem wegfahrenden Bus hinterherschaut, fühlt es sich an, als hätte er eine Weltreise gemacht. Er spaziert zum Eingang – weit und breit kein VERMISST zu entdecken –, erklimmt den Hügel und folgt den Wegen zum Häuschen von Jools' Vater. Lang lebe der Reserveschlüssel im Blumentopf neben der Tür. Er wühlt ihn aus der Erde und öffnet das Schloss. Drinnen riecht es weniger muffig als am Sonntag. Hat in der Zwischenzeit jemand den Kram gelüftet? Ben kann es jedenfalls nicht gewesen sein. Der wohnt in einem Hotel in der Stadt, möglichst nah am Krankenhaus. Oder sollte Jools ...

Ein Fünkchen Hoffnung flackert in Minks Brust.

»Hallo?« Er lauscht angespannt.

Keine Antwort.

Was hattest du denn gedacht?, quengelt es in seinem Kopf.

Er bringt die Einkäufe in die kleine Küche, hebt den Arm und schnüffelt an seiner Achsel. Bah, er stinkt.

Die Dusche ist neben dem Schlafzimmer. Mink lässt die heißen Strahlen auf seinen Körper prasseln und trocknet sich ab. Neben der Kabine hängt ein Bademantel, den er solange anzieht. Seine Kleidung nimmt er mit in die Küche, wo eine Waschmaschine steht mit einem Trockner obendrauf. Er hat noch nie selbst eine Maschine Wäsche gewaschen, aber so schwer kann das ja auch nicht sein. Waschmittel rein. Wäschestücke rein.

Igitt, sogar auf seiner Jacke klebt Kotze.

Mink leert alle Taschen, wie Ma es auch immer macht. Viel ist nicht drin. Der 20-Euro-Schein, der Schlüssel des geliehenen Fahrrads, der Schlüssel, den Jools im Mund versteckt hatte, und der Kugelschreiber von Aquacadabra. Er wirft alles auf die Küchentheke, aber der Stift rutscht weiter und fällt auf der anderen Seite runter. Er tickt kurz auf den Barhocker, knallt mit der Spitze auf den Boden und springt auf. Mick kriecht über den Boden, um die beiden Hälften wieder aufzusammeln. Er merkt es erst, als er sie wieder zusammensetzen will. Das ist kein normaler Stift, sondern …

Herman van Romondt

Mittwoch, 22. März 2017

Herman warf seine Schlüssel auf das Tablett, legte seine Tasche auf den Tisch und rieb sich die pochende Stirn. Der Berufsorientierungstag war endlich vorbei. Es war anstrengend gewesen, den ganzen Tag so zu tun, als sei alles in Ordnung. Vor allem, als Lambert Groen beim Kinderbauernhof den wichtigen Wohltäter raushängte. Noch ein paar Tage, dann würde ganz Hieteren lesen, dass der Eigentümer von Groen Compleet in Wirklichkeit ein Verbrecher war.

Herman fühlte sich, als wäre eine Grippe im Anflug, und seine Muskeln taten weh. Leider musste sein Bett noch einen Moment warten. Die Uhr der Mikrowelle zeigte 16:45. Wenn er noch eine Kopie von den Fotos machen wollte, musste er sich beeilen.

Hastig ging er zum Schrank.

Sein Herz setzte einen Moment aus.

Aber nein, du schaust nur nicht richtig, versuchte er, sich selbst zu beruhigen.

Er zwang seine Hand zu dem Becher mit den Kugelschreibern und Bleistiften.

Die Hand, die auf einmal nicht mehr seiner Hand ähnelte, sondern einer schwer zu lenkenden Prothese. Er hob den Becher hoch und hielt ihn gegen das Licht. Seine Augen registrierten zwei Bleistifte, einen blauen Kuli, den Brieföffner und zwei

Feinschreiber, aber sosehr er auch schaute und schaute: Der Kugelschreiber von Aquacadabra war nicht mehr dabei!

Die Panik verbiss sich in ihm wie eine Zecke.

Er hatte gedacht, es sei das perfekte Versteck. Telefone und Computer waren Orte, wo die Leute suchten und die man hacken konnte. Aber dass jemand auf die Idee käme, in einem Stifthalter stünde irgendetwas Wichtiges ...

Das konnte einfach nicht wahr sein! Der Stift war wahrscheinlich irgendwie rausgefallen.

Er stellte den Becher mit einem Knall auf seinen Platz zurück, suchte fieberhaft im und unterm Schrank, während er sich selbst verfluchte. Hätte er den Kuli doch einfach bei den Unterlagen aufbewahrt. Verteilte Risiken – blöde Idee! Wenn er jetzt nicht zum Fluss fuhr, war er zu spät und er durfte gar nicht dran denken, was dann mit Ruxandra passieren könnte.

Ratlos stand er auf und nahm seine Schlüssel. Sie lagen neben der Whiskyflasche. Einen einzigen Schluck, dachte er. Einen kleinen Schluck zur Beruhigung und um seine zitternden Hände zu entspannen.

Es wurden zwei Gläser. Dann eilte er nach unten und fuhr mit halsbrecherischer Geschwindigkeit zum Naturschutzgebiet Blauwe Bosjes.

Mink Bekkering

Freitag, 31. März 2017

Die Waschmaschine läuft. Mink sitzt an der Küchentheke in Bens Ferienhäuschen, die Einzelteile des Kugelschreibers von Aquacadabra liegen vor ihm. Die Hülse aus zwei Stücken, eine Feder, eine Füllung, die seltsam kurz ist – als wäre ein Teil abgeschnitten worden. Der Grund? Platzmangel. In der oberen Hälfte des Stifts ist etwas verborgen. Mink kann nicht sehen, was, aber er kann es erraten, denn es ragt ein kleiner Stecker heraus.

Ein USB-Stick! Sein Herz hüpft in alle Richtungen.

Und dieses kleine Loch an der Außenseite über dem Clip ist nicht einfach ein Loch, sondern das Auge einer Kamera. Mit diesem Stift hat Ruxandra die Aufnahmen gemacht, da ist Mink sicher.

Na ja, fast sicher.

Er braucht ein Tablet oder einen Laptop.

Mink überprüft die Lämpchen an der Waschmaschine, die den Programmverlauf anzeigen. Das dauert noch eine Weile. Vielleicht kann er sich ein paar Kleidungsstücke von Herman ausleihen.

Er geht ins Wohnzimmer und studiert die Beschriftung der Umzugskartons. Bücher. Noch mehr Bücher. Teller. Kleidung! Er öffnet den Deckel und beginnt zu wühlen. Boxershorts, Jogginghose – mit einer Kordel, die er straff ziehen kann, damit das Ding nicht gleich runterrutscht –, ein T-Shirt und einen Sweater, einen Schal, falls er sein Gesicht verbergen muss, und zu kurze Socken. Zum Glück sind seine Schuhe nicht in der Wäsche!

Mit dem USB-Stick in der Tasche verlässt er das Häuschen, lässt den Weg aber links liegen. Er wählt den Schutz der Baumschatten und läuft hügelaufwärts. Je weiter weg vom Gemüsegarten, von der Scheune und der Cafeteria, desto geringer ist die Chance, dass ihn jemand sieht.

Nach einigen Minuten scheint es ihm sicher genug. Er bleibt bei einem Häuschen stehen und späht hinein. Ein Fernseher, aber kein Computer. Schade, dass er von hier aus nicht in die Schränke schauen kann, ob vielleicht irgendwo ein Laptop liegt.

Mink bewegt die Klinke. Die Tür ist verschlossen.

Ob überhaupt jemand ein Tablet im Ferienhaus liegen lassen würde?

Na ja, es gibt genügend Leute, die hier heimlich auch dauerhaft wohnen, wie sein Opa früher.

Mink geht hinter das Häuschen. Auch dort trifft er auf eine verschlossene Tür und einen Reserveschlüssel kann er leider nicht entdecken. Nächstes Häuschen: das gleiche Spiel. Im dritten Häuschen liest ein Mann Zeitung. Mink zieht den Schal höher und eilt weiter. Bei jedem knackenden Ästchen und raschelnden Blatt erschreckt er sich fast zu Tode – ob es wohl allen Einbrechern so ergeht? –, aber dann denkt er an Jools und läuft doch weiter.

Beim vierten Haus steht die Hintertür offen. Er hört einen Staubsauger, aber sehen kann er niemanden. Wahrscheinlich ist er oder sie im Schlafzimmer beschäftigt und ...

Sein Herz trommelt wie Regen auf ein Zeltdach.

Dort auf dem Tisch liegt ein Tablet! Einfach so zum Mitnehmen. Er stolpert fast über seine Füße, so schnell will er hinein.

Normalerweise findet er das Geräusch eines Staubsaugers ausgesprochen nervig, aber jetzt klingt es wie Musik in seinen Ohren. Er braucht nicht einmal leise zu sein, kann sich das Tablet einfach so vom Tisch schnappen und dann ab.

Mink bedankt sich innerlich bei den Eigentümern von Zonneheuvel. Alle Ferienhäuschen haben kostenloses WiFi. Er braucht das Tablet nur zu berühren und das Display erwacht. Yes, kein Passwort drauf! Endlich wird er die Fotos zu Gesicht bekommen. Er nimmt den USB-Stick aus seiner Tasche ...

Es ist ziemlich ekelhaft, sich Fotos von nackten alten Männern anzuschauen. Polizeiwachtmeister van der Smissen ist dabei, aber das wusste Mink ja schon. Und da: der Bürgermeister.

Drehte sich die Story, an der Herman dran war, um diese beiden Männer? Kein Wunder, dass sie die Veröffentlichung verhindern wollten. Wenn das bekannt wurde, würden sie nicht nur ihre Anstellung verlieren, sondern man würde auch den Rest ihres Lebens mit dem Finger auf sie zeigen. Sie auslachen. Nie mehr ernst nehmen.

Mink scrollt von Foto zu Foto. Die anderen Männer kennt er nicht. Vielleicht ist Hermans Mörder ja auch dabei! Hat einer von ihnen Herman bei den Blauwe Bosjes bedroht: »Die Fotos oder dein Leben!«

Die Erkenntnis trifft ihn wie ein Keulenschlag.

Wenn er diesen dummen Kugelschreiber nicht mitgenommen hätte, wäre Herman jetzt nicht tot.

Wenn Herman den USB-Stick hätte abliefern können, hätten sie nicht noch auf seinem Laptop nach diesen idiotischen Fotos suchen müssen und Jools wäre nicht niedergeschlagen worden.

Mink ist zum Heulen. Es ist alles *seine* Schuld.

Herman van Romondt

Samstag, 18. März

Herman hatte Angst. Aber Lambert Groen anscheinend auch.

Sonst hätte er mich gestern Abend nicht fast von der Straße gedrängt, dachte Herman. Oder wahrscheinlicher: drängen lassen. Wegen seines Besuchs bei der dementen Wilma Kleikers? Herman konnte sich nicht vorstellen, dass das der einzige Grund war. Dahinter musste mehr stecken und er nutzte den trüben Samstag zum Recherchieren.

Er beschloss, mit der Geschichte von Zonneheuvel anzufangen. Lambert hatte behauptet, die ursprünglichen Pläne seien wegen der Krise geändert worden. Das musste doch zu überprüfen sein ...

Zonneheuvel war einst eine alte Grube. Nach der Schließung im Jahr 2005 musste die Landschaft neu gestaltet werden. Aus den Dutzenden eingereichter Pläne wurde der von Groen Compleet gewählt.

Weil Lambert den Bürgermeister und die Beigeordneten erpresst hatte?

Oder fanden sie seine Idee – den Bau autarker, ökologisch nachhaltiger Luxusvillen – wirklich am besten?

Herman suchte weiter. Zwischen dem vorigen Artikel und dem nächsten – »Bau von Zonneheuvel begonnen« – befand sich eine Lücke von fast drei Jahren. Plötzlich sollte es kein

Villenviertel mehr werden, sondern ein Ferienpark. Warum? Das wurde nirgends berichtet.

Was war in der Zwischenzeit passiert?

Er erinnerte sich an ein anderes Entwicklungsprojekt aus demselben Zeitraum und blätterte durch die Papiere.

Ja, da war es: Paradise Project – der Garten Eden. Grün wohnen mit freier Aussicht. Unterirdische Garagen mit elektrischen Aufladestationen und Sedumdach. Ziergärten, Gemüsegärten, ein Bioladen und ein Naturschwimmbad. Solarboiler, getrennte Leitungen für Trink- und Duschwasser …

Herman hatte bei seinem Besuch von Groen Compleet eine Menge Modelle grüner, nachhaltiger Projekte gesehen, aber nicht eines davon kam an Paradise heran. Das heißt: wenn es realisiert worden wäre. In Hieteren und Umgebung war nichts dergleichen zu finden. Hatte Lambert Groen seinen Einfluss genutzt, um den Plan zu torpedieren?

Aber warte mal …

Das *war* der Plan von Lambert Groen! Der ursprüngliche Plan mit den Luxusvillen. Herman hatte sich unter den Beschreibungen etwas ganz anderes vorgestellt. Nicht das Paradies, das ihn vom Papier her anlachte. Warum war dieses Projekt nie verwirklicht worden? Wegen der Wirtschaftskrise, behauptete Lambert. Das konnte stimmen, die Bauwelt hatte es sehr schwer in dieser Phase. Nur passte das dann nicht mehr …

Wo war noch diese Auszahlungsliste der Transportabteilung?

Hier! Etliche Fahrer hatten einen ansehnlichen Bonus erhalten. Woher kam auf einmal das ganze Geld?

Herman dachte wieder an den Kleintransporter, der ihn fast von der Straße gedrängt hatte. An Ruxandra, die telefonisch nicht mehr erreichbar war. Zufall oder …

Er schenkte sich einen großzügigen Whisky ein und leerte das Glas in einem Zug. Der Alkohol spendete Wärme und

Trost und nahm seiner Beunruhigung ein wenig die Schärfe. Bestimmt gab es eine einfache Erklärung. Ruxandras Telefon war gestohlen worden und deswegen hatte sie ihre Nummer blockieren lassen oder so.

Mink Bekkering

Freitag, 31. März 2017

Ich muss die Fotos sichern, denkt Mink. Dafür sorgen, dass sie nicht einfach so verschwinden können, wenn mir auch etwas passiert. Aber wie?

Ihm fällt nichts Besseres ein, als sie zu verschicken. An seine eigene Mailadresse, die von Jools und ...

Was ist das? An der Vordertür wird gerüttelt!

Mink steht so schnell auf, dass er fast mit Thekenhocker und allem umfällt. Sie haben ihn gefunden! Sein Blick fliegt durch die Küche, auf der Suche nach einem Versteck. Es gibt keines. Während er ins Wohnzimmer flüchtet, geht das Rütteln in Bollern über.

Trottel! Seine Sachen liegen noch auf der Küchentheke!

Er eilt zurück, stopft seine Taschen voll und nimmt das Tablet mit. Dann steht er wieder keuchend im Wohnzimmer.

Hinters Sofa? Das wirkt plötzlich eher wie ein Kinderversteck.

Dann hinter die Umzugskartons? Nicht viel besser.

Voller Panik läuft er ins Schlafzimmer. Das Bett ist so ein blödes Boxspringteil mit kaum Platz zwischen Unterseite und Fußboden. Darunter passt höchstens das Tablet.

Das Bollern hört auf. Mink legt den Kopf schief und hält den Atem an.

Fuck! Jetzt hört er Geräusche an der Hintertür. Die mag zwar verschlossen sein, ist aber sehr nah. Zwei Schritte nach links und man kann durchs Fenster ins Schlafzimmer schauen.

Der Kleiderschrank – eine Notlösung.

Viel hängt nicht drin, nur ein paar Arbeitsklamotten und eine alte Winterjacke. Mink schiebt sie zur Seite und setzt sich mit hochgezogenen Beinen auf den Boden. Tür zu.

In der Ferne hört er ein Klirren, dann wird es still. Er wartet und versucht, lautlos zu atmen. Er lauscht, das Ohr an der Schranktür.

Ob sie schon wieder weg sind?

»Jetzt komm schon raus«, erklingt die Stimme von Sebas.

Ich halluziniere, denkt Mink. Er spät durch einen Spalt, hunderttausend verschiedene Gefühle durchfluten ihn. Sebas steht wirklich im Schlafzimmer. Mit einem Gartenzwerg, den er an der roten Mütze festhält.

»Woher wusstest du, dass ich hier bin?«, fragt Mink heiser.

»Ich habe deine Schuhe rumliegen sehen.« Sebas grinst, obwohl es nichts zu grinsen gibt. »Unter der Küchentheke.«

Während Mink aus dem Schrank kriecht, stapelt sich die Wut in seinem Kopf. »Und wo ist Peer?«

Sebas stellt den Gartenzwerg ab. »Peer?«

»Letztes Mal hast du ihn mir doch auch auf den Hals gehetzt.« Minks Stimme schießt ganz von allein in die Höhe. »Und van der Smissen. Wegen dir wurde ich zur Polizeiwache gebracht.«

»Dafür konnte ich doch nichts!«

»Dafür konnte ich doch nichts«, äfft Mink ihn nach. »Wenn du die Klappe gehalten hättest, hätte ich nicht fliehen müssen. Du hast mich verraten. Und Peer auch.«

Sebas starrt ihn an. Sein Blick wechselt von ungläubig zu verletzt.

Mink ist das egal. Die abscheulichen Tage und Nächte, in denen er mutterseelenallein und todkrank auf dieser dreckigen Matratze gelegen hat ...

»Hattest du von Anfang an vor, mich reinzulegen?«

Mink weiß, dass er etwas kaputt macht, aber er kann nicht mehr aufhören. »Als du mir den Schlüssel gegeben hast?«

Sebas springt ihn an, mit so viel Kraft, dass sie gemeinsam zu Boden gehen. Mink liegt unten. Er versucht, sich unter Sebas hervorzuzwängen, aber der hat seine Arme wie einen riesigen Kabelbinder um Mink geschnürt. Sie rollen hin und her, stoßen gegen das Bett und dann plötzlich, er weiß selbst nicht mehr wie, liegt Mink oben. Er drückt sich hoch – ha, er ist frei! – und holt mit der Faust aus, aber Sebas dreht seinen Kopf so schnell zur Seite, dass Mink nur seine Wange touchiert.

»Idiot.« Sebas dreht seine Hüfte und schiebt Mink von sich.

Dann haben sich beide ausgetobt.

Mink schaut auf seine Hand. Der Schorf von seiner Wunde ist aufgerissen. »Fuck, ich blute.«

»Dann erzähl halt auch nicht so einen Scheiß.« Sebas steht auf und zieht ihn hoch. »Wie konntest du auch nur denken, dass ich dich je verraten würde?«

»Das dachte ich nicht wirklich. Ich war bloß sauer.«

»Der Vater von Jools wird auch sauer sein«, sagt Sebas. »Ich habe eine Scheibe eingeschlagen, um reinzukommen.«

»Aha, deswegen der Gartenzwerg.«

Sebas nickt. »Das ist ein kleiner, gemeiner Einbrecher.«

Jetzt ist es Mink, der grinsen muss. »Früher hast du auch immer den Zwergen die Schuld gegeben.«

»Ich?«

»Ja, du.« Mink imitiert eine Kinderstimme. »Ich habe das Bonbon nicht genommen. Das war Zwerg Zipfelmütze.«

Sebas legt einen Arm um Minks Nacken und schleift ihn mit zur Küche. Keuchend setzen sie sich an die Theke.

»Mann, was bin ich froh, dass du hier bist«, sagt Mink und er meint es ehrlich.

Gilda van Buren

Donnerstag, 23. Februar 2017

Du hast es versprochen.« Kerzengerade stand Gilda auf ihren turmhohen Absätzen, das Kinn vorgestreckt in einer Komm-nur-ich-hab-alles-unter-Kontrolle-Haltung, aber ihre Stimme hatte sie nicht im Griff, die klang laut und schrill. »Du wolltest es ihr sagen.«

»Es tut mir leid, Liebling.« Lambert wirkte abwesend. »Ich hatte es ja vor, aber da ist unsere Lizzy mit dem Rad gestürzt und wir dachten, ihr Arm sei gebrochen, also haben wir stundenlang mit ihr im Krankenhaus gewartet. Zum Glück war es nicht so schlimm, nur verstaucht, aber du verstehst ... Und am Sonntag kamen meine Schwiegereltern zum Essen zu uns. An diesem Wochenende passte es wirklich nicht so gut.«

Gilda starrte auf das gerahmte Foto von Lamberts Frau und Kindern auf dem Schreibtisch. In Gedanken verzierte sie ihre lachenden Gesichter mit Tintenpickeln und Warzen, zeichnete Schnurrbärte unter ihre Nasen und Teufelshörner in die Haare.

»Es passt schon seit Jahren nicht so gut.« Jetzt klang sie nicht nur schrill, sondern auch noch vorwurfsvoll.

»Schätzchen, bitte.« Lambert drehte seinen Stuhl, fasste nach ihrem Handgelenk und zog sie auf seinen Schoß.

Sie spürte, wie sie nachgab.

Er gab ihr kleine Küsse auf den Hals. »Du weißt doch, wie verrückt ich nach dir bin.«

»Das weiß ich eben nicht«, sagte sie.

»Und was ist mit den ganzen Geschenken? Das Goldkettchen zum Geburtstag …«

»Was interessiert mich denn der ganze Kram.« Sie spielte mit seiner Krawatte. »Ich will dich.«

»Ich dich auch.« Er fummelte am obersten Knopf ihrer Bluse. »Bald muss ich wieder für eine Woche nach Paris. Dreimal raten, wer da mitdarf«, sagte er zu ihren Brüsten.

Gilda sah auf einmal glasklar vor sich, wie die Rollen verteilt waren. Er war ein Kind in einem Armani-Anzug. Und sie war sein Spielzeug.

»Ich komme nur mit, wenn du sie verlässt.« Ihre Stimme war fest und entschlossen.

»Hör doch auf, Gil, bitte«, sagte er. »Zu Hause nerven sie mich schon genug. Fang du jetzt nicht auch noch an.«

Es fühlte sich an, als würde Lambert sie treten. Sie machte sich los, stand auf und ging zum Fenster. Das Büro befand sich im dritten Stock. Die leicht hügeligen Wiesen weiter hinten waren durch den trüben Regen kaum zu erkennen.

»Du hattest es nie ernsthaft vor, oder?«, fragte sie.

»Was?«

»Dich scheiden zu lassen.« Gilda senkte den Kopf und sah zum Gewimmel der an- und abfahrenden Transporter und Autos unter ihr.

Immer noch keine Reaktion.

»Nun?«

»Die Kinder, Gil«, sagte Lambert endlich in einem Ton, der sagte: Das musst du doch verstehen. »Ich kann sie nicht im Stich lassen.«

Oh, aber mich schon?, dachte Gilda. Ihr wurde bewusst, dass er sie die ganze Zeit hingehalten hatte. Nie würde sie in einem Fotorahmen auf seinem Schreibtisch stehen.

Sie wollte ihn treffen, so wie er sie getroffen hatte.

»Vielleicht lässt dich deine Familie ja im Stich«, sagte sie. »Wie, glaubst du, wird deine Frau wohl reagieren, wenn sie dahinterkommt, dass du ...«

Lambert stand plötzlich neben ihr und holte aus. Der Schlag ließ ihr Ohr sausen und die Wange brennen – und trotzdem musste sich Gilda ins Gesicht fassen, um sich davon zu überzeugen, dass er es getan hatte, dass er sie wirklich geschlagen hatte.

Sie hasste Männer, die ihre Hände nicht unter Kontrolle hatten.

»Sorry«, sagte er. »Aber ich lasse mir nicht drohen. Sicher nicht von dir.«

Gilda zitterte vor unterdrückter Wut. »Und ich mir nicht von dir.«

»Ich warne dich.« Er schlenderte zu seinem Stuhl, setzte sich und tat, als wäre er vollkommen entspannt. »Wenn du meiner Frau oder den Kindern oder wem auch immer auch nur irgendwas erzählst, wirst du entlassen und ich sorge höchstpersönlich dafür, dass du nirgends mehr was findest.«

In den Tagen, in denen Lambert wie die meisten seiner Angestellten Karneval feierte, sammelte Gilda seinen Untergang zusammen. Die Beweise elektronisch zu verschicken, traute sie sich nicht, das würde man nachvollziehen können. Alles, was digital vorlag, druckte sie aus. Die restlichen Belege fand sie in Aktenschränken und alten Kartons. Es war wichtig, dass sie die richtige Auswahl traf, denn der Platz war beschränkt. Alle Unterlagen mussten in einen Umschlag passen. Sie hatte gut darüber nachgedacht. Wenn man ein Paket verschickte, war immer jemand daran beteiligt. Aber einen Umschlag konnte man vollkommen anonym irgendwo in einen Briefkasten stecken.

Zum Glück hatte sie die Visitenkarte mit der Adresse von diesem Journalisten vom Dagblad Zuid immer aufgehoben. Van Raymo... oder nein, Romondt, das war es. Als vor einigen Jahren eine seltene Doppelschnepfe in Limburg aufgetaucht war und er einen Artikel darüber schreiben sollte, war er bei ihr gelandet. Er konnte damals keinen Spatz von einer Meise unterscheiden. Sie war schon seit Jahren beim Vogelclub Hieteren und hatte das höchste Ranking von allen Mitgliedern ...

Schön. Auch an diesem Morgen war wieder keiner im Kopierraum. Gilda stellte den Papierkorb direkt vor die Tür, damit sie es sofort bemerkte, wenn jemand hereinkam, und überprüfte die Papierschublade. Die war noch ausreichend bestückt. Sie drückte auf Kopieren. Während das Gerät brummend seine Arbeit verrichtete, suchte sie nach einem großen unbeschrifteten Umschlag. Dieser Dreckskerl von Lambert Groen. Sie würde ihn drankriegen!

Mink Bekkering

Freitag, 31. März 2017

Sie sitzen an der Küchentheke im Ferienhäuschen und essen Brot mit Erdnussbutter. Das heißt – sie tauschen Informationen aus und nehmen hin und wieder einen Bissen.

Mink berichtet von dem leer stehenden Haus.

Sebas erzählt von Jools – »Sie reagiert manchmal auf Reize, ist aber immer noch nicht ansprechbar« – und von Minks Vater. »Der wird bald offiziell für verrückt erklärt. Hast du die Plakate gesehen mit deinem Foto darauf? Seine Idee. Oh, und ich bin auch noch einen ganzen Nachmittag mit ihm herumgefahren, um dich zu suchen.«

»Mit Pa?« Mink kann es kaum glauben. »Und wie hast du mich gefunden?«

»Lonneke hat dich in den Bus nach Zonneheuvel steigen sehen.«

Und er hatte geglaubt, er wäre nicht zu erkennen.

»Sie hat allerdings zehn Euro fürs Dichthalten verlangt.«

Mink grinste. »Die ändert sich auch nie.«

»Sie glaubt auch nicht, dass du Jools ins Koma geschlagen hast.«

Sebas schaut von ihm weg zum Erdnussbutterglas. »Aber sehr viele andere schon, fürchte ich.«

Mink will es nicht hören. Er will nicht daran denken, dass er vielleicht nie wieder nach Hause kann. »Ich hol mal kurz was.«

Er kommt mit dem Tablet zurück und dem als Stift getarnten USB-Stick.

»Die Fotos«, sagt er. »Ich hatte sie die ganze Zeit bei mir, ohne es zu wissen.«

Sebas ist einen Moment vollkommen verblüfft. »Und das sagst du jetzt erst! Zeig her!«

Außer van der Smissen und dem Bürgermeister erkennt Sebas noch zwei Kunden.

»Wie sie heißen, weiß ich nicht, aber das ist ein Kollege von meinem Vater und der hier ...« Er zeigt auf einen behaarten Mann. »... sitzt meiner Ansicht nach im Gemeinderat. Peer hält ihn für einen ziemlichen Arsch.«

»Keine Facebookfreunde also«, sagt Mink. »Sonst könnten wir ihre Namen vielleicht herausfinden.«

»Nachsehen kann nie schaden«, findet Sebas. Er loggt sich ein und geht gleich zu Peers Chronik. Ein tiefer Seufzer, dann schiebt er Mink das Tablet wieder hin. »Die Nadel im Heuhaufen. Mein Vater hat fast tausend Freunde. Wir können schlecht alle Profile mit den Leuten im Aquacadabra vergleichen. Da sind wir in hundert Jahren noch dran.«

»Hast du das gesehen?« Mink klickt ein altes Foto an, auf dem Peer getaggt wurde. Fünf junge Männer in bescheuerten Klamotten mit riesigen Schulterpolstern grinsen in die Kamera. Sie haben alle Frisuren wie Hans Klok, aber in verschiedenen Farben. Drei von ihnen haben eine Gitarre umgehängt, der kleinste hält ein Mikrofon fest und dann hockt auch noch einer am Schlagzeug.

HERAUSFORDERUNG ANGENOMMEN steht dabei.

»Ein Jugendfoto einstellen als Herausforderung?« Sebas streckt sich. »Man merkt echt, dass nur noch alte Leute auf Facebook sind.«

»Ja, aber schau mal genau hin«, sagt Mink. »Das ist Drummer, oder? Der mit dem Blutschwamm.«

»Stimmt«, sagt Sebas, ohne hinzuschauen.

»Und der Bürgermeister hat Peer getaggt.«

»Der war auch in dieser Band. The Green Machine, so hießen sie, wegen des Namens ihres Sängers. Lambert Groen.«

Der Mann, der bei der Eröffnung des Kinderbauernhofs dabei war!

»Warum hast du das nie erzählt?«, fragt Mink.

»Warum sollte ich? Das war irgendwann im Mittelalter, uns gab es da noch nicht einmal. Und außerdem ...« Sebas tippt mit dem Finger auf den Tisch. »... seit wann interessierst du dich für die Jugendfreunde meines Vaters?«

»Seit ein paar von ihnen auf den Fotos von Aquacadabra sind.« Die Waschmaschine ist fertig. Mink kauert neben der Tür und öffnet sie. »Zum Glück ist Peer nicht auch noch drauf.«

Sebas tut, als wollte er Mink das Tablet an den Kopf werfen, und legt es dann wieder hin.

»Was machst du?«, fragt Mink, während er seine nassen Kleider in den Trockner steckt.

»Die Posts von meinen Freunden auf Facebook durchsehen.« Sebas feixt. »Dass ich das früher bestimmt dreißig Mal am Tag gemacht habe ...« Er starrt auf das Display, als würde er einen Geist sehen.

»Was?«, fragt Mink.

»Jools.« Sebas hält das Tablet hoch. »Wusstest du davon?«

Zwei Fotos. Eins von Herman und eins von dem Ort, an dem er ertrunken ist.

Sebas liest vor. »Das ist mein Onkel, Herman van Romondt, Journalist beim Dagblad Zuid. Am Mittwochabend, den 22. März, wurde er in diesem Fluss im Naturschutzgebiet Blauwe Bosjes in Hieteren tot aufgefunden. Ich bin auf der Suche nach Zeugen. Hast du zwischen 16 und 18 Uhr jemanden an dieser Stelle gesehen? Ist dir etwas Besonderes aufgefallen? Bitte lass es mich wissen! Und wenn du diesen Aufruf teilen willst, gern!«

Mink könnte sich an den Kopf schlagen. Wie hat er das nur vergessen können? »Sie wollte ihn auch auf Insta stellen, hast du das nicht gesehen?«

Sebas zuckt mit den Schultern. »Ich bin da eigentlich gar nicht mehr. Wenn man jemandem kein Like gibt, wird derjenige stinkig. Also likt man pflichtschuldig jeden, aber damit bedeutet es nichts mehr und man bekommt nur einen Krampf im Daumen.«

»Gib mal das Tablet rüber«, sagt Mink ungeduldig.

Die Reaktionen auf Facebook sind überwältigend. Zumindest die Anzahl. Der Inhalt hilft ihm vorläufig nicht weiter.

Selbst schuld. Journalisten glauben, sie könnten sich überall einmischen.

Er wird es wohl verdient haben.

Wie schlimm für dich. Ich hoffe, dass du die Wahrheit schnell herausfindest.

Mink scrollt und liest und scrollt und liest und dann ...

Sein Magen saust ungefähr auf die Höhe seiner Kniekehlen und er bekommt Gänsehaut am ganzen Körper.

»Hast du was?«, fragt Sebas.

Mink kann nur noch nicken und dreht das Tablet um, damit Sebas die Nachricht von Gerda van Kemenade selbst lesen kann.

Gegen fünf sah ich, wie ein weißer Kleintransporter am Eingang hielt. Ich habe nicht auf den Fahrer oder das Nummernschild geachtet, aber ich erinnere mich gut an die Tänzerin auf dem Armaturenbrett.

Mink Bekkering

Freitag, 31. März 2017

Ich kapiere es nicht«, sagt Mink. »Drummer hat doch überhaupt keinen Grund, Herman zu ermorden? Er ist nicht mal auf den Fotos.«

Sie schweigen, jeder in Gedanken versunken.

»Ich hoffe nur, dass Jools schnell wieder aufwacht«, sagt Sebas dann. »Sie weiß, wer sie niedergeschlagen hat. Ob es Drummer war oder ...«

Vielleicht wird sie ja nie mehr wach, denkt Mink.

Er tritt gegen das Bein der Küchentheke. »Wenn er es ist, schnappen wir ihn uns!«

»Aber wie?«, fragt Sebas.

Wütend leert Mink seine Taschen. »Damit.« Er zeigt das Houdini-Schlüsselchen. »Der steckte in Hermans Laptoptasche, also hat er etwas mit seiner Arbeit zu tun. Er hat etwas versteckt und wir werden es finden.«

»Das haben wir doch schon versucht«, sagt Sebas wenig begeistert.

Mink will das nicht hören. Wenn er jetzt aufgibt, ist es, als würde er Jools aufgeben. »Es gibt noch mehr Schließfächer auf der Welt.«

»Wenn er überhaupt von einem Schließfach ist. Und tatsächlich, es gibt noch mehr Schließfächer. Hunderte oder vielleicht Tausende, wenn du die in der Stadt mitzählst. Im Schwimmbad, in der Sporthalle, in Bankgebäuden, am Bahnhof, in Schulen ...«

»Du vergisst etwas.« Mink legt den Schlüssel mit einem Knall ab.

»Jools hat den Schlüssel erkannt. Das bedeutet, dass sie ihn selbst einmal benutzt hat oder gesehen hat, wie Herman ihn irgendwo benutzte. Es kann also gar kein unbekanntes Schließfach in einer Bank sein oder so ...«

Endlich – Sebas erwacht wieder zum Leben.

»Bei uns im Tennisclub gibt es Schließfächer«, sagt er aufgeregt.

Mink schüttelt den Kopf. »Gute Idee, aber Herman treibt keinen Sport.«

Sebas runzelt die Stirn. »Im Eingangsbereich seines Apartmenthauses hängen Briefkästen.«

Mink verspricht sich wenig davon. Es scheint ihm logischer, einen Briefkastenschlüssel am selben Bund aufzubewahren wie den Hausschlüssel, damit man beim Nachhausekommen gleich die Post mitnehmen kann. Aber weil er es gut findet, dass Sebas wieder mitdenkt, greift er die Idee doch auf. »Würdest du probieren, ob er passt?«

»Und was ist mit dir?«

»Ich werde gesucht, weißt du noch?«

»Drüben steht ein Karton mit Karnevalskostümen. Herman hatte Perücken, Schnurrbärte zum Ankleben, Brillen. Wetten, dass dich keiner erkennt?« Sebas grinst. »Na ja, bis auf Lonneke vielleicht.« Er lässt sich vom Hocker rutschen. »Komm mit.«

Mink folgt ihm ins Wohnzimmer.

»Seltsam«, sagt Sebas. »Ich dachte, wir hätten alle Kartons mit Kleidung zueinandergestellt, auch die vom Karneval. Hast du den Kram verschoben?«

Es ist, als würde Mink in Hermans Apartment zurückgebeamt. Die Bücher, die nicht mehr in der richtigen Reihenfolge standen. Die Vase, die verrückt worden war.

»Nein«, sagt er heiser. »Was ich anhabe, stammt aus diesem Karton und der stand vorhin auch schon neben dem Sofa.«

Sebas lässt sich auf die Armlehne fallen. »Drummer?«

Das Häuschen fühlt sich plötzlich nicht mehr sicher an.

»Er hat wahrscheinlich gesehen, wo Jools den Reserveschlüssel versteckte«, sagt Mink. »Am Umzugstag. Er hat ungestört hier nach den Fotos suchen können.«

Sebas nickt. »Ich kapiere nur immer noch nicht, warum.«

»Vielleicht für Geld«, sagt Mink. »Vielleicht haben sie ihn angeheuert. Der Bürgermeister und wer weiß wer noch alles hat bestimmt eine Menge dafür übrig, diese Fotos in die Finger zu kriegen. Also schalten sie einen alten Bekannten ein, einen ehemaligen Soldaten, der keine Angst hat vor ein bisschen Gewalt.«

»Fuck, Mann.« Sebas nimmt sein Telefon.

»Was hast du vor?«, fragt Mink nervös.

»Solange Drummer diese Fotos nicht hat, kann er jeden Moment zurückkommen.«

»Also?«

»Frage ich meinen Vater, ob er uns abholt.«

»Nicht anrufen!« Mink ist drauf und dran, Sebas das Telefon aus der Hand zu schlagen.

»Wieso nicht?«

»Dann warnt er van der Smissen und ich hocke gleich wieder auf der Wache.«

»Nicht wenn ich ihm erst die Fotos schicke«, sagt Sebas.

Mink starrt durchs Fenster. Sein Instinkt sagt ihm, dass er fliehen muss, aber er weiß nicht, wohin. Und selbst wenn ... Die Vorstellung, er müsse die Nacht wieder irgendwo ganz allein an einem grässlichen Ort schlafen, versetzt ihn fast in Panik.

»Okay, dann«, sagt er. »Aber Peer muss schwören, dass er allein kommt.«

Während Sebas mit seinem Vater telefoniert, überprüft Mink seine Kleidungsstücke im Trockner. Leider sind sie noch feucht, also zieht er nur seine Schuhe an. Als er seine Schnürsenkel bindet, sieht er das Glas der kaputt geschlagenen Scheibe an der Tür. Das Loch ist gerade groß genug, um die Hand durchzustecken und den Schlüssel umzudrehen. So ist Sebas reingekommen und Drummer nach ihm vielleicht auch ...

Mink schiebt den Gedanken zur Seite. Drummer ist nicht hier, sonst hätte er sich längst sehen oder hören lassen. Schnell sperrt er die Tür zu, entfernt den Schlüssel und steckt ihn mit den anderen Schlüsseln und dem USB-Stick in die Hosentasche.

»Mein Vater ist schon unterwegs!«, ruft Sebas. »Ich habe gesagt, dass wir unten beim Parkhaus warten.«

Mink schnappt sich noch die Basecap – von dem Mann im Park – und Hermans Schal. Lieber hätte er einen Tarnmantel gehabt.

Der Heureka-Moment kommt, als sie fast beim Ausgang sind. Als Sebas zu ihm sagt: »Das Foto auf Hermans Desktop wurde meiner Ansicht nach von hier aus gemacht.«

Sofort hallt Jools' Stimme durch Minks Kopf: *Onkel Herman ging manchmal gucken, ob noch alles in Ordnung war. Deswegen hatte er einen Schlüssel.*

Was, wenn Herman ein Gefühl gehabt hatte, dass er in Gefahr war ...

Dann war dieses Foto vielleicht ein Fingerzeig gewesen!

»Zonneheuvel hat auch Briefkästen«, sagt Mink.

Herman van Romondt

Sonntag, 19. März 2017

Herman hatte seine Aufmerksamkeit Groen Transport zugewandt. Die Boni der Fahrer ließen ihm keine Ruhe. Und warum hatten nur fünf Männer zusätzliches Geld bekommen und nicht jeder?

Er notierte ihre Namen und Adressen und suchte ihre Telefonnummern im Internet.

Als Erstes rief er Milo van Dongen an.

»Jaspers.«

»Van Romondt am Apparat. Ich bin auf der Suche nach Milo van Dongen.«

»Kenne ich nicht. Haben Sie denn die richtige Nummer?«

Herman las sie von seinem Zettel ab.

»Das ist schon seit fünf Jahren meine«, sagte Jaspers. »Seit ich ein Smartphone angeschafft habe.«

»Sie wohnen nicht zufällig am Kompelweg?«

»Auch nicht absichtlich.« Jaspers lachte.

»Okay, danke schön.« Herman beendete das Gespräch und schaute auf seine Liste.

Dann eben den zweiten Fahrer. Driekes van Petteren. Herman gab die Nummer ein.

»Driekes.«

Herman richtete sich auf. »Sie sprechen mit van Romondt und ...«

»Lassen Sie uns in Ruhe«, klang es distanziert und van Petteren legte auf.

Herman massierte sich den Nacken und dachte nach. Es war leichter, ein Gespräch am Telefon abzubrechen, als wenn jemand tatsächlich vor einem stand. Er nahm seine Jacke, die Liste und die Autoschlüssel.

Der dritte Fahrer hieß Ties Vriens und wohnte in der Nähe des kürzlich eröffneten Kinderbauernhofs. Nicht er, sondern eine Frau mit Pferdegebiss öffnete die Tür.

»Guten Tag.« Herman reichte ihr seine Visitenkarte. »Ich arbeite für Dagblad Zuid und würde gern Herrn Vriens sprechen.«

»Worum geht es?«

»Das Unternehmen, für das er arbeitet. Groen Compleet.«

»Ties führt gerade den Hund aus«, sagte sie. »Er kann jeden Moment zurückkommen.«

Herman nickte. »Dann warte ich im Auto auf ihn.«

Sie zögerte, schaute noch einmal auf die Karte und entschied sich dann. »Sonst kommen Sie doch einfach rein. Ich habe gerade Kaffee gekocht.«

»Da sage ich nicht Nein.« Herman folgte ihr gespannt.

»Wir sitzen in der Küche.«

Das war ein langer, schmaler Raum. Ans Fenster passte gerade noch ein kleiner Tisch mit drei Stühlen. Auf einem saß eine Frau mit verlebtem Gesicht.

»Meine Freundin Maria«, sagte die Frau von Ties. »Oh, und ich heiße übrigens Anneke.« Sie legte Hermans Visitenkarte auf die geblümte Plastiktischdecke. »Er ist von der Zeitung und will Ties zu Groen Compleet befragen.«

Maria blickte auf.

»Setzen Sie sich doch«, sagte Anneke zu Herman und schenkte ihm eine Tasse Kaffee ein. »Mein Mann ist einer der ältesten Mitarbeiter. Sicher haben Sie ihn deswegen ausgewählt?«

Sie war recht gesprächig, fand Herman. Möglicherweise konnte er ja schon einmal bei ihr vorfühlen. »Und einer der meistgeschätzten, nehme ich an. Wenn man einen Bonus vom Chef bekommt ...«

»Herrje, dieser Bonus.« Anneke lehnte an der Anrichte, die Hand auf der Hüfte. »Das ist schon wieder ein Weilchen her, was, Maria? Wir haben uns ein Auto und E-Bikes davon gekauft.«

»Ich dachte, nur Bankdirektoren und Aktionäre bekämen Boni«, sagte Herman. »Aber eine Gruppe normaler Fahrer ...«

»Ties transportiert immerhin Abfall!«, sagte Anneke empört. »Gefährlichen Müll auch, also so normal ist das nicht. Man ist schließlich dafür verantwortlich, wenn etwas schiefgeht.«

»Ist denn mal etwas schiefgegangen?«, fragte Herman.

Am Tor erklangen Geräusche.

»Das wird er sein«, sagte Anneke.

Erst kam der Hund und dann der Mann auf den Innenhof. Ties sah aus wie ein ehemaliger Bodybuilder, der nicht mehr ganz in Form war. Sobald er Herman durchs Fenster am Küchentisch sitzen sah, gingen seine Augenbraucn in die Höhe.

»Das ist jemand vom Dagblad Zuid!«, rief Anneke. »Er möchte dich interviewen.«

»Was?« Eilig kam er herein, stolperte fast über den Hund, der ihm vor die Füße lief.

Herman stand auf und streckte die Hand aus: »Van Romondt.«

Der Hund schnüffelte an seinen Schuhen.

»Du kommst in die Zeitung«, sagte Anneke.

Ties schaute auf die ausgestreckte Hand, schüttelte sie aber nicht.

»Ich möchte, dass Sie augenblicklich mein Haus verlassen.«

»Aber, Ties ...«, setzte Anneke an.

Sein Blick reichte, um sie zum Schweigen zu bringen. Der Hund bellte und suchte sein Heil bei Maria.

Herman stand auf. »Ich wollte Ihnen nur ein paar Fragen stellen.«

»Und ich will, dass Sie gehen«, sagte Ties.

Bevor Herman über die Schwelle trat, drehte er sich noch kurz um und machte eine Kopfbewegung zum Tisch hin. »Sollten Sie es sich noch überlegen, dann liegt dort ...«

Meine Karte, hatte er sagen wollen. Aber sie war schon weg.

Mink Bekkering

Freitag, 31. März 2017

Sie stehen vor Briefkasten 37. Er hat die Größe zweier hochkant stehender Schuhkartons. Unter dem Schlitz befindet sich ein Schloss.

Minks sonst so geschmeidige Finger sind plötzlich ungeschickt und zittrig.

»Beeil dich bitte«, sagt Sebas. »Ich halte es nicht mehr aus.«

Der Schlüssel steckt im Schlüsselloch.

»Er passt«, flüstert Mink und zieht die Tür zu sich hin.

Ein Umschlag. Ein großer, dicker Umschlag mit Hermans Name und Adresse hintendrauf und einer ganzen Briefmarkenbatterie. Mink will sofort wissen, was drin ist, aber Sebas stößt ihn an und macht eine Kopfbewegung in Richtung eines Mannes, der auf sie zukommt.

Nichts wie weg hier!

Peers Auto fährt mit Schwung vor. Sebas setzt sich vorne rein und Mink schiebt sich auf die Rückbank. Er legt den Umschlag auf die Knie und öffnet ihn.

»Mensch, Mink!« Peer dreht sich um. »Was bin ich froh, dass du wieder aufgetaucht bist. »Es tut mir wahnsinnig leid, dass ich van der Smissen hinzugezogen habe. Diese Fotos – ich hatte ja keine Ahnung! Was musst du mitgemacht haben in den vergangenen Tagen, so ganz allein!«

»Fahr zu!«, sagt Sebas ungeduldig.

»Nur die Ruhe.« Peer fährt geschmeidig an und lenkt den Wagen auf die Straße. »Hast du deine Eltern schon angerufen, Mink?«

»Mache ich gleich noch.« Mink zieht den Inhalt aus dem Umschlag. Schlechte Idee. Quittungen fliegen umher, Papiere rutschen von seinem Schoß.

»Und?«, fragt Sebas.

Mink bückt sich, um sie aufzuheben. »Briefe, Rechnungen und so Sachen. Ich kapiere nichts davon.«

»Wovon?« Peer sieht in den Rückspiegel.

»Wir haben einen Umschlag gefunden«, sagt Sebas. »Den Herman auf Zonneheuvel versteckt hat.«

Mink richtet sich auf. »Weißt du, was mir gerade einfällt? Vielleicht suchte Drummer ja gar nicht nach diesen Fotos. Vielleicht will er diese Unterlagen haben.«

»Und hat Herman deswegen umgebracht?« Sebas nickt.

»Hört doch mal auf«, murrt Peer. »Drummer würde keiner Fliege was zuleide tun.«

»Er kann sich geändert haben.« Mink stopft einige Papiere in den Umschlag zurück. »Wenn man so lange bei der Armee war ...«

Peer schüttelt den Kopf. »Ich treffe ihn regelmäßig, seit er wieder zurück ist. Glaub mir, Drummer hat ein Herz aus Gold und man kann sich auf ihn verlassen. Das war früher schon so und ist es noch immer.«

Wieder verspürt Mink einen gewissen Argwohn. Wieso versucht Peer, sie auf andere Gedanken zu bringen? Er will protestieren, aber dann haben sie plötzlich Hieteren erreicht und er sieht ein paar Mädchen aus seiner Klasse auf Fahrrädern. Schützend hält er die Hand vors Gesicht.

»Und im Übrigen ...«, hört er Peer sagen. »Der Tod von Herman, der war doch Mittwochnachmittag, oder?«

Mink nickt. »Zwischen vier und sechs.«

»Da waren Drummer und ich auf dem Tennisplatz«, sagt Peer.

Mink ist einen Moment verblüfft. »Wie kam dann sein Transporter zu den Blauwe Bosjes?«

»Das ist natürlich nicht wirklich sein Transporter«, sagt Peer. »Drummer fährt vielleicht täglich damit, aber er gehört zum Fuhrpark von Groen Compleet. Im Prinzip kann jeder Arbeitnehmer ihn nutzen.« Er kratzt sich am Ohr. »Ich rufe mal eben Lambert an. Vielleicht führen sie ja Listen oder so.«

»Lambert, mit dem du in der Band warst. ›The Green‹ ...«

»... Machine.« Peer seufzt. »Das war eine geniale Zeit, bis der Brand allem ein Ende machte. Ferry und Lambert haben öfter mal was angestellt, aber das toppte alles. Wir hätten tot sein können.«

Wieso?, will Mink fragen, aber Peer telefoniert schon.

Und genau in dem Moment stößt er auf ein Blatt Papier, das er sehr wohl versteht. Es stammt nicht aus dem Drucker und ist auch keine Kopie. Es sind Notizen, mit Kuli geschrieben. Von Herman, da ist sich Mink sicher. Während des Berufsorientierungstags hatte er auch einen grünen Stift benutzt und es ist dieselbe Krakelschrift.

»Es wäre toll, wenn du die Daten noch heute Abend schicken könntest«, sagt Peer.

Der Oberst

Freitag, 31. März 2017

»Das war Peer Damen«, sagt Lambert, während er sein Telefon ablegt. »Er fragte nach dem bewussten Kleintransporter.«

Der Oberst knurrt. Warum lässt Peer sie nicht einfach in Ruhe? Damit hatte er doch früher auch keine Probleme. Und nicht nur er.

Während Ferry vor Schmerzen fast krepierte, hatte sich der Rest der Welt von ihm zurückgezogen. Der Brand wurde ihm in die Schuhe geschoben. Als wäre er der einzig Schuldige und als hätte keiner ihn dazu ermutigt, die Feuerwerkskörper zu zünden. Dass er Peer und Lambert aus dem Keller geholt hatte, zählte bei den Eltern und der Polizei offensichtlich nicht mit.

Jugendfürsorge, ein langes Martyrium durch die Krankenhäuser. Die Entstellung.

Er hatte den Abscheu in den Augen seiner damaligen Freundin gesehen und fortan allen Frauen abgeschworen. Eine Karriere bei der Armee konnte er auch knicken. Jede Zurückweisung hatte ihn wütender gemacht. Er hatte angefangen zu trinken und auf dem Dach eines Mietshauses gestanden, bereit zum Sprung.

Und dann war Lambert Groen wieder aufgetaucht.

»Du hast mich gerettet«, sagte er. »Jetzt will ich dich retten.«

Lambert hatte Ferry nicht nur Arbeit gegeben, sondern auch Freundschaft, Verantwortung und Respekt. Dank Lambert hatte er sein Leben wieder auf die Reihe bekommen. Er ist sein einziger echter Freund. Der einzige, dem er vertraut und für den er alles machen würde.

Und jetzt glaubt Peer Damen, er könnte das alles kaputt machen?

No way! Er hat sich von dem alten Ferry verabschiedet. Den ewigen Loser gibt es nicht mehr. Er ist der Oberst und mit ihm ist nicht zu spaßen.

»Wir werden Peer einen Besuch abstatten«, sagt er. »Er will Informationen von uns? Nun, wir auch von ihm.«

Herman van Romondt

Sonntag, 19. März 2017

Zutiefst enttäuscht machte sich Herman auf den Heimweg. Auch die beiden übrig gebliebenen Fahrer hatten das Gespräch mit ihm verweigert. Seine Recherche war total festgefahren und jetzt fing es auch noch an zu regnen. Er beschloss, unterwegs beim Chinarestaurant anzuhalten. Eine Portion Fu Yong Hai würde ihn vielleicht wieder aufmuntern.

Während er mit einem Pils an der Bar auf seine Bestellung wartete, klingelte sein Telefon.

»Hier spricht Maria van Dongen.«

Er musste kurz überlegen.

»Maria?«

»Von heute Nachmittag. Bei Ties und Anneke.«

Sie hatte also seine Karte eingesteckt!

»Mein Mann war einer der Fahrer«, sagte sie. »Kann ich Sie irgendwo treffen?«

Am nächsten Morgen lehnte Herman an der noch warmen Motorhaube seines Fiats. Der Parkplatz war zu dieser Zeit still und verlassen. Nur im Wald erklang das Kreischen irgendeines Vogels und die Blätter rauschten leise im Wind.

Moment – hörte er da nicht ein Auto?

Herman reckte sich und spähte in die Ferne.

Ja, das musste sie sein!

Während sich der gelbe Punkt näherte, stieg in Herman dasselbe erwartungsvolle Gefühl auf wie damals als Kind am Vorabend seines Geburtstags – solange die Geschenke noch eingepackt waren, konnten all seine Wünsche in Erfüllung gehen.

Maria bog in den Parkplatz ein. Sie drehte eine Ehrenrunde, damit das Auto mit der Nase zur Straße zum Stehen kam – als würde sie sofort wieder wegfahren wollen, dachte Herman, aber zum Glück: Der Motor schwieg.

Herman hob einen Arm zur Begrüßung. Maria nickte ihm zu und stieg aus.

»Schön, dass Sie hier sind«, sagte Herman.

Sie warf einen Blick über ihre Schulter zum Wald hin, als hätte sie Angst, die Bäume könnten Augen haben.

»Machen Sie sich keine Sorgen. Es ist noch zu früh für Jogger.« Er zeigte zu seinem Fiat hinüber. »Sollen wir uns in mein Auto setzen? Dort ist es ein wenig angenehmer.«

»Milo arbeitete wie Ties bei Groen Compleet als Fahrer«, begann Maria. »So habe ich auch Anneke kennengelernt.«

»Warum haben Sie das gestern Nachmittag nicht gleich gesagt?«, fragte Herman.

»In Anwesenheit von Ties?« Sie schüttelte den Kopf. »Wenn er wüsste, dass wir hier ... Er nimmt es mir jetzt noch übel, dass ich damals zur Polizei gegangen bin. Fand, ich würde den Namen meines Mannes besudeln.« Sie schnaubte. »Meiner Meinung nach hatte er nur Angst um seine eigene Haut.«

»Wann war das?«

»Ungefähr vor fünf Jahren, kurz nach Milos Tod«, sagte sie. »Ich hätte mir die Mühe sparen können. Polizeiwachtmeister van der Smissen hat alles notiert und mir versprochen, Ermittlungen aufzunehmen. Danach hörte ich nichts mehr von ihm. Als ich selbst wieder Kontakt aufnahm, behauptete er, der Fall sei ausgiebig untersucht worden. Wahrscheinlich hätte Milo während seiner Krankheit halluziniert und seltsame Sachen von sich gegeben – er hätte doch Morphium bekommen? Woher der Wachtmeister das nun wieder wusste? Auf jeden Fall habe die Polizei keinen einzigen Beweis gefunden und die Akte sei geschlossen worden.«

Herman machte sich Notizen auf seinem Block. »Aber Ihrer Ansicht nach ist sehr wohl etwas passiert?«

Sie nickte. »Fünf Fahrer wurden gefragt, ob sie sich etwas dazuverdienen wollten. Es ging um einige Arbeiten in den Abendstunden und später auch nachts. Laut Milo war das ganz normal in der Transportwelt und ich glaubte ihm. Erst auf seinem Sterbebett erzählte er, dass es darum ging, illegal gefährlichen Abfall zu deponieren, und dass es sich bei diesem Bonus um Schweigegeld handelte.«

Mink Bekkering

Freitag, 31. März 2017

Ich habe Hermans Aufzeichnungen gefunden!«, ruft Mink. »*Paradise-Project* steht hier in Riesenbuchstaben.«

Sebas hängt sofort über dem Beifahrersitz. »Nie von gehört.«

»Das gibt es nur auf dem Papier«, sagt Peer.

»Sie haben dort aber schon illegalen Abfall deponiert.« Minks Blick fliegt über die Zeilen. »Richtig gefährliches Zeug.«

»Unmöglich.« Peer fährt das Auto in die Auffahrt vor dem Haus und schaltet den Motor ab. »Früher vielleicht, aber heute wird alles doppelt und dreifach kontrolliert.«

»Trotzdem möglich«, sagt Mink. »Du brauchst nur die Fahrer zu bestechen oder erpressen, steht hier.«

Sebas bewegt ein imaginäres Zauberstöckchen durch die Luft.

»Aquacadabra.«

»Und die Fahrer haben Boni erhalten«, liest Mink.

»Lasst uns jetzt erst einmal reingehen«, sagt Peer. »Dann können wir uns alles in Ruhe anschauen.«

Als Peer die Lampe einschaltet, badet das Arbeitszimmer in einer Lichtflut. Die Lamellenjalousie ist geschlossen und der Schreibtisch liegt voller Akten. Auf dem Boden stehen noch mehr Kartons mit Papieren und der Schiebeschrank ...

Mink sieht sich wieder davorsitzen. Völlig verängstigt und allein.

»Dort habe ich Hermans Telefon gefunden«, sagt er mit rauer Stimme zu Peer. »Drummer sagte, es hätte nicht im Fluss gelegen. Deswegen dachte ich, du hättest ...«

»Es lag im Schilf«, sagt Peer. »In der Nähe des Ufers. Drummer sah es in dem Moment, als er aus dem Wasser kletterte.«

»Aber da waren Jools und ich schon weg.«

»Das hat er nicht dazu erzählt.«

Mink seufzt tief. »Wenn ich gewusst hätte, dass er das Telefon doch noch gefunden hat ...«

»Meine Schuld.« Peer wirkt ziemlich betreten. »Drummer ging natürlich davon aus, dass ich es euch geben würde. Und ich dachte, ihr wüsstet längst, dass das Ding total hinüber war.«

»Es lag in so einem Karton.«

»Bei den Akten?« Peer reibt sich das dünne Haar. »Ich habe das Gerät einfach auf meinen Schreibtisch gelegt. Das Einzige, was mir dazu einfällt, ist, dass dieser Karton, so wie jetzt, halb daruntergestanden hat und das Telefon aus Versehen hineingefallen ist, als ich etwas zur Seite geschoben habe. Wahrscheinlich hat die Putzfrau den Karton später in den Schrank gestellt. Das macht sie öfter, weil sie sonst nicht staubsaugen kann, sagt sie.« Er schweigt einen Moment. »Es tut mir sehr leid, Mink.«

»Mir auch. Ich hätte wissen müssen, dass du nie ...«

Sebas verdreht die Augen und stößt Mink an. »Jetzt erzähl doch mal weiter von diesem Paradise-Dings.«

»Es war Lambert Groens fantastischstes Projekt«, sagt Peer. »Leider hat ihm die Krise in die Suppe gespuckt. Kein Geld. Auf Wiedersehen, Pläne.«

»Schaut mal hier.« Mink legt die Unterlagen auf den Schreibtisch. »Laut Herman wurde an der Stelle allerlei chemischer Abfall deponiert.«

»In der alten Grube?« Peer studiert einen Plan und wird blass.

»Und das ist noch nicht alles«, sagt Mink. »Er hat einfach Häuser auf diesen Müllberg gebaut.«

»Ferienhäuser.« Peer starrt auf Hermans Notizen.

»Wenn man diesem Berichterstatter glauben kann, ist Zonneheuvel eine tickende Zeitbombe.«

Zonneheuvel!

Mink denkt an Opa. An Jools und ihren Vater. An die freundlich wirkenden Ferienhäuser. Er hat Gemüse aus dem Garten gegessen!

»Dieser Lambert Groen ist wirklich total durchgeknallt!«, sagt Sebas.

»Und ich habe ihm unwissentlich geholfen.« Peer sieht plötzlich todmüde aus. »Ich dachte, Lambert tut mit seinen Projekten ein gutes Werk. Darum habe ich ihn immer unterstützt.«

Die Tür des Arbeitszimmers wird weiter aufgeschoben. Ein kleiner Mann tritt ein, hinter ihm ein Riese.

Herman van Romondt

Dienstag, 21. März 2017

Maria van Dongens Geschichte hatte Herman total umgeworfen. Ein Giftmüllgürtel, hier in Hieteren. Er machte sich Notizen und wollte schon mit seinem Artikel beginnen. Aber er konnte sich nicht konzentrieren. Plötzlich hatte er Ruxandra wieder im Kopf. Wenn sie die Fotos nicht gemacht hätte, wäre er nie so weit gekommen.

Er musste sie sprechen!

Nur WhatsApp oder anrufen, hatte sie ihm immer ans Herz gelegt, sonst lesen meine Mitbewohnerinnen es vielleicht. Das war ein Notfall. Sie hatte ihm ja zum Glück doch mal eine Mail geschickt, also hatte er ihre Adresse.

Ruf mich an oder maile mir.

Er drückte auf Versenden.

Es kam keine Mail zurück, aber ein paar Stunden später krähte sein Telefon.

Ruxandra!, dachte er sofort.

Es war Jools.

»Darf Mink dich morgen begleiten?«, fragte sie. »Wir haben einen Berufsorientierungstag und er hat noch keinen Praktikumsplatz.«

Herman warf einen Blick auf seine Notizen. »Das passt gerade gar nicht gut.«

»Ach komm?«, bettelte sie. »Please, please.«

Er hatte eine Schwäche für seine Nichte. »Also gut.«

Das Telefon noch in der Hand, stand er auf.

Berufsorientierungstag ...

Warum war ihm das nicht früher eingefallen? Er wusste nicht, wo Ruxandra wohnte, aber wohl, wo sie arbeitete! Er beschloss, sofort zum Aquacadabra zu fahren.

Sein Besuch im Privatclub dauerte nicht lange. Sobald er von Ruxandra anfing, wurden die Mädchen misstrauisch, und als sie auch noch entdeckten, dass er Journalist war, wurde er ohne Pardon vor die Tür gesetzt. Die Madame, die den Laden leitete, griff sofort zum Telefon. Herman fürchtete, dass er etwas in Gang gesetzt hatte, was er eigentlich gerade hatte vermeiden wollen, und der Schweiß brach ihm aus. Was, wenn sie entdeckt hatten, dass Ruxandra diese Fotos gemacht hatte. Dann würden sie ihn jetzt auch noch mit den Fotos in Zusammenhang bringen können.

Wieder dachte er an die Höllenfahrt, als der Kleintransporter an seiner Stoßstange hing. Dieses Mal würde es vielleicht nicht bei einer Warnung bleiben. Leute, die gefährlichen Müll deponierten, waren zu allem in der Lage.

Der Umschlag mit den Beweisen!

Er wagte es nicht, ihn noch länger zu Hause aufzubewahren.

Mink Bekkering

Freitag, 31. März 2017

Ein Schauder überläuft Mink.

Lambert Groen. Er trägt dieselbe Regenjacke wie bei der Eröffnung vom Kinderbauernhof. Der Riese hat Ähnlichkeiten mit Drummer.

»Deine Unterstützung unserer Projekte scheint mir nicht mehr als logisch.« Lambert lächelt leutselig. »Wir helfen dir doch auch?«

Peer setzt sich auf die Schreibtischkante, die Arme wie Stützpfosten nach hinten, um eine breite Mauer zwischen den beiden Männern und den Beweisen zu errichten. Hinter seinem Rücken versucht Mink, die Papiere möglichst unauffällig zusammenzuschieben.

»Und nicht nur mit kostenlosen Umzugstransportern und Fahrern.« Lambert legt Sebas eine Hand auf die Schulter – der Siegelring um seinen Finger glänzt protzig im Licht der Lampe. »Hat dein Vater dir mal von dem Brand im Café ’t Hartje erzählt? Wenn Ferry damals nicht gewesen wäre, stünden Peer und ich heute nicht hier. Und du wärst nie geboren worden.«

»Und wenn Ferry die Feuerwerkskörper nicht gezündet hätte, hätte er uns nicht zu retten brauchen«, sagt Peer.

Lambert tut, als würde er es nicht hören, zieht seine Hand zurück und nickt Ferry zu. »Zeig mal deine Narben.«

Ferry protestiert kurz, zieht aber dann doch sein Hemd für

einen Moment hoch. Mink will nicht hinschauen, tut es aber doch. Rohes rotes Fleisch wie bei einem Beefsteak. Er bekommt einen metallischen Geschmack im Mund und heftet seinen Blick schnell wieder auf den Schreibtisch.

»Warum seid ihr eigentlich hier?«, fragt Peer. »Du bist bestimmt nicht gekommen, um alte Erinnerungen aufzuwärmen.«

Mink hat es endlich geschafft, die verstreuten Unterlagen zu stapeln.

»Du möchtest doch die Liste haben?«, sagt Lambert. »Nun, ich bin hier, um dir zu sagen, dass es sich hier um einen Irrtum handelt. Der betreffende Kleintransporter stand bei uns auf dem Gelände.«

Mink glaubt ihm kein Wort. Und außerdem ... Das hätte Lambert doch auch kurz am Telefon durchgeben können? Aber nein, er fährt den ganzen Weg hierher, um ...

Schlagartig wird es ihm klar.

Lambert weiß es! Er weiß, dass sie Hermans Umschlag gefunden haben, und deswegen ist er hier!

Der Papierstapel ist plötzlich wie eine Sprengbombe in Minks Händen. Was gäbe er jetzt für einen Verschwindeschrank!

»Jetzt weiß ich, woher ich dich kenne«, sagt Lambert auf einmal. Er lugt um Peers Schulter herum zu Mink. »Diese Plakate, die überall hängen. Du bist der vermisste Junge.«

Wenn du nicht willst, dass das Publikum auf deine Hände schaut, darfst du selbst auch nicht darauf schauen. Mink zwingt seinen Blick nach oben, zur Lamellenjalousie, zur Decke und dann zu Ferry.

»Lass den Jungen in Ruhe«, sagt Peer. »Er hat nichts getan.«

Lambert schaut jetzt auch zu Ferry. »Darüber denkt die Polizei aber ganz anders.«

»Die Polizei hat bald nichts mehr zu sagen«, platzt Sebas heraus. »Wenn die sehen, dass van der Smissen ...«

Er beißt sich auf die Lippe.

»Aha.« Lambert schaut zu Ferry hinüber. »Ich glaube, die Fotos sind wieder da.«

»Vielleicht haben sie ja noch mehr gefunden«, sagt Ferry und schiebt Peer grob zur Seite.

Minks Hirnzellen verwandeln sich in wimmelnde Ameisen. Es ist zu spät, um die Beweise noch irgendwo zu verstecken! Was soll er machen?

Er beginnt, am ganzen Körper zu zittern, und schaut wie ein ängstliches Kaninchen zu Ferry. »Ich will nicht umgebracht werden wie Herman. Oder dass ihr mich ins Koma schlagt ... Ihr dürft alles mitnehmen, wenn ihr uns nur in Ruhe lasst.«

Peer starrt ihn vollkommen verblüfft an.

»Mink, du Idiot, was tust du?«, zischt Sebas.

Vertrauen gewinnen, denkt Mink.

Er zieht den USB-Stick aus seiner Hosentasche und reicht ihn Ferry. »Die Fotos.«

Lambert Groen und Ferry betrachten das Ding von allen Seiten und lachen ungläubig.

Unterdessen nimmt Mink den großen Umschlag vom Schreibtisch. Er will die Unterlagen reinstecken, aber ...

»Fuck!« Vor lauter Nervosität rutscht ihm der Packen Papier aus der Hand. So jedenfalls soll es aussehen. In Wirklichkeit lässt er den ganzen Stapel – wie manchmal eine Spielkarte bei einem Act – in den Karton mit den Akten fallen. »Ich hebe sie schnell auf«, murmelt er, aber als er mit einem roten Kopf wieder auftaucht, hält er ganz andere Papiere fest. Er steckt sie in den Umschlag und reicht sie mit klopfendem Herzen Ferry hinüber.

Bitte lass ihn den Inhalt nicht überprüfen!

Ferry betrachtet Hermans Namen und Adresse und begnügt sich dann mit der Außenseite.

»Wo lag das Ding?«, fragt Lambert Mink.

»Auf Zonneheuvel. Im Briefkasten von Jools' Vater.«

Lambert grinst Ferry an. »Der Junge ist schlauer als du.«

»Ich konnte doch nicht wissen, dass Herman das Schlüsselchen hatte. An seinem Schlüsselbund war nur ein Schlüssel vom Haus, also habe ich das von oben bis unten durchsucht.«

Mink und Sebas wechseln einen Blick. Das ist so gut wie ein Schuldeingeständnis!

Lambert hat es auch kapiert und stößt Ferry an. »Wir gehen.«

»Warte«, sagt Peer.

Halt den Mund!, denkt Mink. Lambert kann immer noch auf die Idee kommen, in den Umschlag zu schauen.

»Dass du den Bürgermeister und den Beigeordneten in eine verwundbare Position gebracht hast, das kapiere ich ja noch«, sagt Peer. »Du wolltest Seelen fangen für die gute Sache, damit sie dich bei deinen grünen Projekten unterstützen. Aber dieser Müll ... ich dachte, du hättest wirklich eine Vision. Dass es dir nicht nur ums Geld ginge.«

Lambert bleibt stehen, die Klinke in der Hand. »So ist die Gesellschaft nun mal gestrickt, Peer. Ohne Geld kann ich meine Ideale nicht verwirklichen. Und ich will wirklich etwas bewirken. Etwas bedeuten für unseren wunderbaren Planeten.«

»Vermutlich durch die Lagerung von chemischem Dreckszeug?«, sagt Sebas verächtlich.

»Das war meine Idee«, sagt Ferry. »Groen Compleet ist während der Krise fast daran zugrunde gegangen. Alles, was Lambert aufgebaut hatte. Die Pläne, die noch dalagen ... Mit der Mülldeponie in der Grube verdienten wir jede Menge Geld. Genug, um das Unternehmen zu retten.«

»Und dass du mit der Gesundheit der Menschen spielst, interessiert dich dabei nicht?« Peers Stimme ist voll unterdrückter Wut.

»Doch, natürlich«, sagt Lambert. »Ich habe den Plan geändert, um jedes Risiko auf ein Minimum zu beschränken. Kein dauerhaftes Bewohnen, sondern Ferienhäuser.«

Mink könnte glatt zuschlagen. »Mein Opa wohnte dauerhaft dort, wie eine ganze Menge anderer Leute.«

»Tja.« Lambert zuckt die Achseln. »Dafür kann ich nichts.«

»Und Hermans Tod?«, sagt Mink. »Konnten Sie dafür auch nichts?«

Lambert sieht zu Ferry.

»Hat er ...?«, fragt Peer.

»Lass uns gehen.« Ferry hebt kurz die Hand mit dem Umschlag und dem Stick. »Ohne Beweise können sie uns sowieso nichts.«

»Glaub bloß nicht, dass du damit durchkommst«, sagt Peer.

»Das glaube ich schon.« Ferry dreht sich um. »Wenn ihr eure Klappe nicht haltet, könnte durchaus ein Unglück geschehen. So wie damals im Café ’t Hartje. Ich glaube nur nicht, dass ich dich noch einmal aus den Flammen werde retten können. Oder deinen Sohn und seinen Freund.«

Dann verlässt er endlich zusammen mit Lambert das Arbeitszimmer. Ihre Schritte machen kein Geräusch, aber Mink hört, wie die Küchentür zuschlägt, Peer späht durch die Jalousie. Ein Auto fährt davon.

Sie schnappen alle nach Luft.

»Was war los, Mann?«, sagt Sebas dann. »Jetzt haben wir keine Beweise mehr. Na ja, bis auf die Fotos, die ich Peer gemailt habe.«

»Doch, doch.« Mink kauert neben dem Karton mit den Akten. »Tata – Hermans Papiere.« Schwungvoll legt er sie auf den Schreibtisch.

»Wie hast du das denn wieder hingekriegt?«, fragt Sebas erstaunt.

»Weißt du noch?«, sagt Mink. »Jools' erster Auftritt in der Schule? Damals mit deiner Klassenarbeit?«

»Der Wechseltrick!« Sebas kriegt sich vor Lachen nicht mehr ein.

EPILOG

DIE RÜCKKEHR DER ZAUBERASSISTENTIN

The magician and the politician have much in common.
They both have to draw our attention away from
what they are really doing.

(Ben Okri – nigerianischer Dichter und Autor von Romanen)

Mink Bekkering

Samstag, 22. April 2017

Mink geht durch den Krankenhausflur, ein breites Grinsen im Gesicht.

Vor einer guten Woche ist Jools aus dem Koma erwacht. Als er das hörte, hat er Ma hochgehoben und im Kreis geschwenkt, das Radio lauter gestellt und fünf Minuten wie ein Verrückter getanzt, während Muffin ständig um seine Hosenbeine kläffte. Am liebsten wäre er sofort zu Jools gegangen, aber ihre Eltern wollten, dass er wartete, bis sie wieder vollkommen genesen war. Diese Sadisten!

Aber jetzt ist es dann doch endlich so weit. Zimmer vierunddreißig. Die Tür steht offen.

Ben ist der einzige andere Besucher und er sitzt an Jools' Bett.

»He!« Ihre Augen leuchten auf. Sie muss über den Ballon lachen, den Mink im Laden unten für sie gekauft hat. Ein Aluminiumexemplar in Form einer überglücklichen Blume.

»Ich soll dich von Sebas grüßen«, sagt er. »Wie fühlst du dich?«

»Ausgeschlafen.«

»Setz dich hierhin, Mink.« Ben schiebt seinen Stuhl zurück und steht auf. »Wenn du auf meine Tochter aufpasst, kann ich mal gemütlich einen Kaffee trinken gehen.«

Sie schauen ihm nach.

»Ich habe ihm versprochen, dass ich diesen Sommer nach New York komme«, sagt Jools.

»Topp.« Mink knüpft den Ballon an das Fußende ihres Betts. »Kannst du gleich gucken, ob die Freiheitsstatue noch da steht. David Copperfield hat sie mal verschwinden lassen.«

»Er hätte lieber Hexe Maggie wegzaubern sollen«, meint sie.

Mink schüttelt den Kopf. »Ich dachte, Ex-Komapatienten hätten immer Probleme mit Gedächtnisverlust, aber du ...«

»Ich auch, keine Sorge«, sagt sie. »Am Anfang konnte ich mich nicht erinnern, wie mein Angreifer aussah, bis gestern ein paar Polizisten zu Besuch kamen. Sie hatten Fotos dabei und damit kam alles wieder hoch.«

Fotos ... Mink ballt seine Fäuste und schaut von ihr weg. »Ich wünschte, ich hätte diesen dummen Kuli nie mitgenommen. Es ist meine Schuld, dass Ferry deinen Onkel umgebracht hat.«

Jools nimmt seine Hand. »So darfst du nicht denken«, sagt sie streng. »Du hast ihm doch geholfen, indem du den Umschlag mit den Beweisen gefunden hast.«

»Das warst wohl eher du.« Aber Mink fühlt sich trotzdem etwas erleichtert. »Wenn du nicht ›Houdini‹ gesagt hättest.«

»Und wenn du mich nicht verstanden hättest.« Jools gibt ihm noch einen Klaps und lässt ihn dann los. »Papa sagte, du wärst in irgendeinem leer stehenden Haus untergetaucht.«

Mink nickt, erzählt von den Schrecken dieser Tage und endet mit dem Wechseltrick.

»Und das ist dir einfach so gelungen«, sagt Jools gespielt erstaunt. »Ohne die Hilfe deiner anmutigen Assistentin?«

Mink grinst. »Wohl oder übel, die hing ja in den Seilen.«

»Und Ferry und Lambert sind darauf reingefallen?«

Mink nickt. »Natürlich hätten sie früher oder später entdeckt, dass gar keine Beweise im Umschlag waren, und wären zurückgekommen. Deswegen sind wir sofort in Peers Auto gesprungen und zu einem Hauptkommissar in Maastricht gefahren. In Hieteren und Umgebung vertrauten wir keinem Polizisten mehr.«

»Und dann?«, fragt Jools.

»Van der Smissen, der Bürgermeister, der Beigeordnete und das Gemeinderatsmitglied auf den Fotos wurden sofort suspendiert. Die Polizeibehörde und die restliche Gemeindeverwaltung wurde gründlich unter die Lupe genommen. Peer meint, da würden wohl eine Menge Leute entlassen und es gäbe bestimmt auch Haftstrafen.«

»Und Lambert Groen?«

»Ist gleichzeitig mit Ferry, oder dem ›Oberst‹, verhaftet worden«, sagt Mink. »Dank des Umschlags mit den Beweisen und den Zeugenerklärungen von van der Smissen und seinen Freunden. Laut Peer wird es wohl noch eine Weile dauern, bevor der Fall vor Gericht kommt. Erst müssen die Ergebnisse einer Gesundheitsumfrage bekannt sein, die unter den Bewohnern und ehemaligen Bewohnern durchgeführt wird. Und der Boden muss natürlich analysiert werden. Zonneheuvel ist komplett abgeriegelt und zur Sperrzone erklärt worden. Die Häuser werden bald abgerissen und dann beginnen sie mit dem Abtragen.«

Jools seufzt und dann rollt eine Träne über ihre Wange.

Wegen ihres Onkels natürlich.

Mink zaubert ein rotes Taschentuch mit weißen Punkten aus seinem Ärmel. »Weißt du, wie sie Herman in der Zeitung nennen?«, fragt Mink. »Der Held von Hieteren«.

Sie schnäuzt sich die Nase. »Das müsste er mal hören, mit seinem Superman-Bademantel.«

Mirjam Mous

Last Exit

Das Spiel fängt gerade erst an

Kaum ist der Bus losgefahren und die Schüler der 8C auf dem Weg in die Schülerfreizeit, erhalten sie eine anonyme Nachricht: Im Bus ist eine Bombe versteckt! Niemand weiß, wer dahintersteckt und was der Unbekannte überhaupt will. Aber eins steht fest: Seine Drohung ist ernst zu nehmen. Valentin ist sich bald sicher, dass der Täter an Bord sein muss. Ein Motiv hätten viele, denn in dieser Klasse brodelt es schon seit langem.

Arena

Auch als E-Book erhältlich

272 Seiten
Klappenbroschur
ISBN 978-3-401-60367-4
www.arena-verlag.de

Mirjam Mous

978-3-401-50421-6

978-3-401-50884-9

978-3-401-50885-6

978-3-401-50886-3